郷原宏

岸辺のない海　石原吉郎ノート

未來社

野生のため試　自然法論へ——

関曠野

岸辺のない海　石原吉郎ノート

目次

装幀——中島浩

岸辺のない海　石原吉郎ノート

〈ノート1〉処女作まで

1

《作家は処女作に向かって成熟する》という名言を吐いたのは、『転形期の文学』『大和古寺風物誌』『日本人の精神史研究』などで知られる文芸評論家、亀井勝一郎である。処女作には作者にとって最も切実な「永遠のテーマ」が包蔵されている。だから、作家はさまざまな回り道の果てに、結局はまたそこへ帰っていく。鮭が自分の生まれた川を遡上するように――。そういう亀井自身は、マルクス主義、「日本浪曼派」をへて、みずからの精神史の起点ともいうべき親鸞に帰着した。

詩人もまた処女作に向かって成熟する。生得の資質や感受性に発語の根をもつことの多い詩人にあって、この回帰願望はより強く現われるといっていい。だから、彼の処女作を見れば、その成熟のゆくえを占うことができる。だが、石原吉郎のように、過酷な体験によって発語の根を切断され、「失語と沈黙」を余儀なくされた詩人の場合、話はそれほど簡単ではない。詩人としての成熟を語る前に、まず処女作の「位置」を見定めておかなければならないからである。

『石原吉郎全詩集』（花神社、一九七六年）が出るまで、私は石原の処女作は『文章倶楽部』昭和二十九年

（一九五四）十月号の投稿欄に掲載された「夜の招待」だと思い込んでいた。それ以前にも詩作は行なわれていたに違いないが、それはいわば投稿のための下書きや習作といったもので、処女作の名に値する作品はあくまで「夜の招待」だと信じて疑わなかった。この作品は投稿詩としてはきわめて完成度が高く、同誌の本欄に載った作品でこれをしのぐものは一篇もないといっていいほどだが、にもかかわらず、そこにはこの詩人の初心ともいうべきものがあふれていて、いかにも処女作と呼ぶにふさわしい作品のように思われたのである。

ひとつには、私が初めてこの詩を読んだとき、石原はすでにまぶしいばかりに完成された詩人であって、その出発点からの距離を測りにくくなっていたせいでもあるが、より本質的には、そのころからさまざまなエッセイを通じて次第に明らかにされつつあった石原のシベリア体験に圧倒されて、このような体験の絶対性の前では、あらゆる奇蹟は許されてしかるべきだと思われたからである。その意味では、私もまた、世にいう「石原信者」の一人だったということになる。

しかし、考えてみれば、人が最初から完成された詩を書くなどということはありえない。完成とはつねにそのために払われた習作の決算であって、いかなる才能も習作に先立って完成を手に入れることはできない。ときに昧爽期の才能が完成を先取りしたかに見えることがあって、私たちはそれを天才と呼びならわしているが、それはたんに習作期のはじまりが他人より少しばかり早かったというだけの話であることは、ランボー、啄木、中也など幾多の天才たちの伝記に照らして明らかである。それにそもそも早熟の天才などというものに、伝記的な興味以上の意味があるわけではない。問題はつねに詩人がその生涯をかけて何を表現したかということであって、何歳でそれを書いたかというところにはないはずだからである。

石原吉郎はランボーでもなければ中也でもなかった。彼が「夜の招待」を書いたのは、シベリアから帰還した翌年、満三十九歳のときである。近代の夭折詩人たちに比べて詩的出発が遅いところに特徴がある戦後詩人のなかにあっても、これはとりわけ遅い出発だったといわなければならない。もとよりそのこと自体に特別な意味があるわけではないが、石原にそれを強いた時代の世代的な条件として、あるいはその初期詩篇の完成度にいくぶんかは寄与したに違いない年齢的な条件としては、やはり無視しえない意味をもっていたといえる。

たとえば、この詩を特選に選んだ理由について、選者のひとり谷川俊太郎は《詩そのものという感じがします》と前置きしてこう語っている。

《こういう詩はめずらしいと思うんです。道徳とか世界観とかいうものを詩にしているような作品が多い中で、これは純粋に詩であるという感じがしますね。この詩は詩以外のなにものでもない。全く散文でパラフレーズ出来ぬ確固とした詩そのものなんです。(中略)純粋な詩というのは、えてして遊びになってしまうんですけど、この詩は純粋に詩として自足していて、そのためにかえって遊びになっていない。そういう点が貴重なような気がします》

これに対して、もうひとりの選者鮎川信夫は《まあそういう詩だな》と同意しながらこう答えている。

《作者の想像力が豊かで、ちょっとメルヘン風な味もあるおもしろい詩です。作者は窮屈な人生観、社会観などに束縛されていない。言葉自身に伸びがあって、作者の想像力が自在の展開をしています。だけど、へたをすると遊びになるということは、やはりあると思うんだ。しかし、この場合は機智的なアイロニックな要素も交えて、全体がひきしまったものになっている》

このあと谷川が《投稿詩としてはめずらしい専門家の詩ですね。生活綴方ではない》といい、鮎川が《技巧的にもかなり上手ですね》と応じ、谷川が《こういうものこそ技術的と言えるかもしれない。この人はじめてですか？　こういう投稿詩が出てくるということは頼もしいですね》と話を締めくくっている。

ここに出てくる《専門家の詩》《技巧的》《技術的》といった評語はもちろん石原詩の完成度の高さを指しているが、そこにはおそらく詩人の人生経験や年の功といったものが微妙に影を落としていたに違いない。手元の資料によれば、このとき谷川俊太郎は弱冠二十二歳の新鋭詩人であり、一方、すでに大家のごとく発言している鮎川信夫もやっと三十四歳になったばかりで、石原より五歳も若い。もとより選者が投稿者より年下であってはならないという理由はないし、たとえ選者が誰であっても、この詩は確実に特選に選ばれただろうと思われるのだが、それにしてもこの三者の年齢構成は、ある種の感慨をもたらさずにはいない。それをひとことでいえば、石原がこの「夜の招待」によってほんとうに招待したかったのは誰だったか、そして招待状は確かに相手に届いたのかということである。

見ればわかるように、ここでより強くこの詩に惹かれているのは、石原と戦争体験を共有した戦中派の鮎川ではなく、戦時中は銃後の少国民だった谷川のほうである。鮎川はいわば谷川の称揚に引かれてしぶしぶそれを認めたあとで、改めてそのよさを発見したような気配が感じられる。両者の評語は奇妙なほどに一致しているが、この詩に寄せる共感という点では、明らかに谷川が先行している。いいかえれば、石原の招待を最初に受け取ったのは谷川であり、鮎川はその同伴者にすぎなかったのである。

このことは、谷川が《全く散文でパラフレーズ出来ぬ確固とした詩》と評したのに対して、鮎川がしきりに散文でパラフレーズしようと試み、ついには《機智的なアイロニックな要素》などという、およそこの詩に似つかわしくない常套評語にすがりついているのを見ても明らかである。ただし鮎川の名誉のためにいっておけば、谷川の直感をとっさに論理に置き換えようとすれば、どうしてもこのような言い回しになりがちなもので、むしろ一篇の詩からこれだけの解釈を引き出してみせたところに、鮎川のすぐれてクリティカルな資質をうかがうことができる。したがって、私たちはここで、石原の詩が世代の壁を超えてまず「第三期の詩人」谷川俊太郎の胸を撃ったことを記憶しておけば十分である。

2

谷川俊太郎は、先に引いた「文章倶楽部のころ」(『石原吉郎全詩集』月報所載)のなかで、《この全詩集で初めて読むことのできたシベリア詩篇と、この時期の作品との間の断絶に、今の私は驚いている。その間に過渡的な作品があるのかはわからないが、この激しい転換をもたらしたものが、石原さんの帰国後の経験と、その中から生まれたひとつの意志であるということは想像できる》と述べ、その例証として、石原のエッセイ「沈黙するための言葉」から二つの文章を引用している。

《ただこの詩(「脱走」)を書いたころには、私には一つの流れるようなリズムがいつもあって、そのリズムにのればいつでも詩が書けた時期だったということはいえると思います》

《この詩によって何が書きたいかという立場をひっくり返して、この詩によって何が書きたくないかということを考えてみる必要がないか、ということです。詩を書くことによって、終局的にかくしぬ

こうとするもの、それが本当は詩にとって一番大切なものではないか》

谷川がここで、シベリア詩篇と投稿詩との間の断絶の意味を、石原の帰国後の経験と、そこから生じた《ひとつの意志》に求めていることは重要である。これまでにおびただしい数の石原吉郎論が書かれてきたが、その詩の変貌の秘密を、このように明確にいいあてた者はいなかった。私を含む論者の多くは、それをシベリアの強制収容所に求めてあやしまなかった。つまり、私たちと石原の経験の落差がそのまま詩の断絶をつくりだしたと考えていたのである。もっとも、私たちは谷川と同様に、「夜の招待」の前にシベリア詩篇があることを知らなかったのだから、両者の間の断絶を意識しうるはずもなかったのだけれど、ただ石原における投稿詩以前の詩を想像しえなかったという意味では、詩人が詩を書くことによって隠しぬこうとした、その詩の真実をついに理解することはできなかったといわなければならない。

いまとなってはコロンブスの卵めくけれども、いわれてみればなるほど、石原に真の意味でのシベリア体験がはじまるのは日本に帰国してからのことであり、その激しい転換の意味が、帰国後の体験と詩人自身の意志に求められるのは当然である。とすれば、その経験とは何であり、そこからどのような意志が生じたのかが問われなければならないが、その前に、私たちはまず全詩集によって初めて目にふれることになったシベリア詩篇を見ておかなければならない。

石　一九四九年　カラガンダ獄中

怒り耐へたる夜もすがら

灯《ひ》をかざしては
眼を閉づる
ああ日もすがら
夜もすがら
怒りの膝を抱《いだ》きしめ
しのびて出づる
うすわらひ
冬ともなれば
石となりぬる

雲　一九四九年　バム

ここに来てわれさびし
われまたさびし
われもまたさびし
風よ脊柱をめぐれ
雲よ頭蓋にとどまれ
ここに来てわれさびし
さびしともさびし

われ生くるゆえに

裸火　一九五二年　ハバロフスク

われやはらかき
手のひらもて
風に裸火をふせがん
またたける
いのちを掩はん

くさめ　一九五二年　ハバロフスク

くさめ　くさめ
くさめはなんの
かなしみか
夕さりくれば
ゆらぎゆく
うすむらさきの
なかにあり

汝《なれ》は生けりと
よぶごとく
胸を揺《ゆ》りつつたまきはる
くさめとなりて
わきいづる
くさめ
くさめはなんの
かなしみか

全詩集の帯のコピーによれば、これらの詩篇は《シベリアの強制収容所で作られ、記憶の中に再現された》ものである。また詩人自身の「メモ」では《抑留中の詩篇で記憶にあるもの》だとされている。厳密にいえば《記憶にある》と《記憶の中に再現された》はまったく異なった精神活動の表現であり、もしそれが《再現》されたものだとすれば、その過程で「現在」の表現が混入した可能性も考慮しておく必要がある。

そのことを前提にしていえば、これらの詩篇を読んで私が最初に感じたのは、断絶よりもむしろ連続である。もちろん、「夜の招待」以後の石原は、このような七五調や文語体の詩は書かなかったし、《ここに来てわれさびし／われまたさびし》《くさめはなんの／かなしみか》といった直叙的で直情的な表現をしたこともない。しかし、たとえば、

風よ脊柱をめぐれ
雲よ頭蓋にとどまれ

というような身体の部位にまつわる暗喩や対句や切れ味の鋭い命令形、そしてまた、

くさめ　くさめ
くさめはなんの
かなしみか

と畳みかけるようなリズムと行《ぎょう》の切り方は、すでに後年の石原吉郎のものである。これがほんとうに石原の処女詩篇だとすれば、私たちはまたしてもその完成度の高さに舌を巻かざるをえないのだが、それと同時に、これらの詩篇が、石原のいわゆる「断念の海」を超えて帰国後の詩と地続きになっていることに、ある種の安堵をおぼえずにはいられないのもまた確かである。

詩というものが生得の感受性のなかに発語の根を有しているかぎり、あえていえば戦争体験ぐらいのことで、その表現が根こそぎ変わってしまうなどということはありえない。戦争をはさんでがらりとその表現を変えたのは、戦中の一部の便乗右翼と、戦後の一部の便乗左翼だけであり、彼らはもともと詩人でもなければ思想家でもなかったのである。私が石原の詩に戦中戦後を棒のようにつらぬく連続性を感じ取るのは、彼がそうした便乗思想とは無縁なところで戦争を体験してきたからであり、かえってそこに体験を超えた詩学のようなものを見いだすからに他ならない。

たとえば鮎川信夫が「夜の招待」についていった《言葉自身に伸びがあって、作者の想像力が自在の展開をしている》という評語は、そのままこれらのシベリア詩篇にもあてはまるだけでなく、むしろ逆に《機智的なアイロニックな要素》がこれらの詩篇を帰国後の作品から区別しているといっていい。なぜなら、石原が帰国後の体験のなかでまず身につけた方法は、さびしさやかなしみをそのままでは決してうたわないという、およそ機智的ならざるアイロニーだったはずだからである。

さて、私は大きな回り道をしてしまったようだ。ここまで題名だけを連呼してきた「夜の招待」とは、じつはこういう作品である。

窓のそとで　ぴすとるが鳴って
かあてんへいっぺんに
火がつけられて
まちかまえた時間が　やってくる
夜だ　連隊のように
せろふぁんでふち取って――
ふらんすは
すぺいんと和ぼくせよ
獅子はおのおの
尻尾《しりお》をなめよ
私は　にわかに寛大になり

もはやだれでもなくなった人と
手をとりあって
おうようなおとなの時間を
その手のあいだに　かこみとる
ああ　動物園には
ちゃんと象がいるだろうよ
そのそばには
また象がいるだろうよ
来るよりほかに仕方のない時間が
やってくるということの
なんというみごとさ
切られた食卓の花にも
受粉のいとなみをゆるすがいい
もはやどれだけの時が
よみがえらずに
のこっていよう
夜はまきかえされ
椅子がゆさぶられ
かあどの旗がひきおろされ

手のなかでくれよんが溶けて
朝が　約束をしにやってくる

《全く散文でパラフレーズ出来ぬ》はずだったこの詩にも、しいて探せば散文の入り込む余地がないわけではない。たとえば《かあてんへいっぺんに／火がつけられて》という形象は、詩人の貧しい窓を照らす夕陽の明るさを思わせるし、《ふらんすは／すぺいんと和ぼくせよ》という命令形は、当時の国際情勢に対する何らかの意志を示しているだろう。《切られた食卓の花にも／受粉のいとなみをゆるすがいい》という二行は、それこそ切り花のように切断されたみずからのアドレッセンスへの哀惜を表わしているはずだ。《夜はまきかえされ／椅子がゆさぶられ／かあどの旗がひきおろされ／手のなかでくれよんが溶けて》といった表現に、この詩人には珍しい性的なものへの関心を見てとることも可能である。

というよりも、この詩の全体が、夜になると《にわかに寛大に》なり、《もはやだれでもなくなった人》と手をとりあい、その手のあいだに《おうようなおとなの時間》をかこいとってみたりする以外になすすべのない、帰還直後の無為と倦怠の日々を映しているといっていいので、そこにある基本的な情動は、あのシベリア詩篇の《ここに来てわれさびし／われまたさびし／われもまたさびし》と寸分も変わるところはない。

両者を分けるわずかな違いは、この詩人のひらがな好きがさらに昂進して、ピストル、カーテン、セロファン、フランス、スペイン、カード、クレヨンなど、普通はカタカナで表記される名詞が全部ひらがなで統一されていることぐらいだろう。基本的な動詞はひらがなで表記するのがこの詩人の以前からの特徴だが、ここでは「和睦」という漢語までが「和ぼく」と交ぜ書きにされている。とすれば、この詩人における戦中と戦後の落差は、たかだか「ピストル」と「ぴすとる」の違いにすぎなかったといえなくもない。

このように、この詩を散文にパラフレーズするのはそれほど難しいことではない。しかし、いくら精細にパラフレーズしてみても、この詩の美しさを完全に説明することはできないし、詩人が詩を書くことによって最終的に隠しぬこうとした真実も見えてはこない。それを見るためには、やはり石原の帰国後の体験と、そこから生じた意志のゆくえを確認しておかなければならない。

3

昭和二十八年（一九五三）十二月一日、引揚船「興安丸」で十二年ぶりに日本の土を踏んだ石原吉郎は、出迎えた弟の健二に頼んで二冊の文庫本を購入した。堀辰雄の『風立ちぬ』とニーチェの『反時代的考察』である。『風立ちぬ』の初版は昭和十三年（一九三八）四月、石原が東京外語を卒業して大阪ガスに入社したころだから、当時リアルタイムで読んでいた可能性がある。ニーチェは、シェストフ、ドストエフスキー、カール・バルトなどと並ぶ出征前の愛読書だった。つまり三十八歳の帰還者は、何よりもまず、戦争と抑留によって奪われた自分の「青春」を取り戻そうとしたのである。「私の詩歴」（『流動』一九七五年一月号）という文章のなかで、石原は書いている。

《一九五三年冬、舞鶴の引揚収容所で私は二冊の文庫本を手に入れた。その一冊が堀辰雄の『風立ちぬ』であった。これが私にとっての、日本語との「再会」であった。戦前の記憶のままで、私の中に凍結して来た日本語との、まぶしいばかりの再会であった。「おれに日本語がのこっていた……」息づまるような気持で私は、つぎつぎにページを繰った。その巻末に立原道造の解説があった。この解説が、詩への私自身ののめりこみを決定したといっていい。東京に着いた日に、私は文庫本の立原道造詩集を買い求め、その直後から詩を書き始めた》

春秋の筆法をもってすれば、もしそのとき舞鶴の引揚収容所の書店に『風立ちぬ』が置かれていなかったら、詩人石原吉郎は誕生しなかったかもしれない。たとえそれがなくても、石原と日本語との「再会」は、いずれどこかで果たされたに違いないが、その最初の出会いが『風立ちぬ』であり、しかもそこに立原道造の解説が載っていたということが、ここでは重要である。そのとき石原を魅了したのは、たとえばこういう「日本語」だったと思われる。

《そんなある日の午後、（それはもう秋近い日だった）私たちはお前の描きかけの絵を画架に立てかけたまま、その白樺の木蔭に寝そべって果物を嚙じっていた。砂のような雲が空をさらさらと流れていた。そのとき不意に、どこからともなく風が立った。私たちの頭の上では、木の葉の間からちらっと覗いている藍色が伸びたり縮んだりした。（中略）

風立ちぬ　いざ生きめやも

ふと口を衝いて出たそんな詩句を、私は私に靠れているお前の肩に手をかけながら、口の裡で繰り返していた》

この美しい文章が書かれたとき、日本はすでに盧溝橋事件、南京占領をへて太平洋戦争への急坂を駆け下ろうとしていた。近衛内閣は「尽忠報告」「挙国一致」「堅忍持久」の国民精神総動員令を発し、巷には「愛国行進曲」が鳴り響いていた。南京占領を描いた石川達三の『生きてゐる兵隊』が発禁処分を受けたのは、この年（一九三八）二月のことである。しかし、この作品には、そうしたきな臭い時代の影は微塵も感じられない。ここにはただ、「死の影の谷」を歩む若い男女の、ほとんど天上的な愛の日々が、富士見高原の美しい自然を背景に描かれているだけである。石原吉郎が惹かれたのは、その徹底した反時代性と超俗性、いいかえれば文学のなかにしか見出しえない純粋な「日本語」だったのだといえる。

しかし、それはまだ「日本語」であって「詩」そのものではなかった。そのとき石原の心をわしづかみにして詩にのめりこませたのは、巻末に収められた立原道造の解説だった。それはたとえばこういう一節だったに違いない。

《大きな響が空に鳴りわたる、出発のように。何のために？　聞くがいい……僕らは今はじめて新しく一歩を踏み出す。《風立ちぬ》としるしたひとつの道を脱け出して。どこへ？　しかしなぜ？　光にみちた美しい午前に》

立原のこの文章は、旧制中学時代から兄事した堀辰雄への愛と別れを感傷的に歌いあげているだけで、およそ作品解説の体を成していない。末尾に置かれたこの引用部分は、もはや散文ですらなく、行分けすればそのまま一篇の抒情詩になるといっていい。だが、その日から新しい一歩を踏み出そうとしていた石原にとって、そこに何が書かれているかは、じつはどうでもよかった。彼はただ、そこに鳴りわたる《出発》の声にうながされて、自分もまた《光にみちた美しい午前に》踏み出そうとしていたのである。

翌二日、引揚収容所で行なわれた復員式で、石原は正式に軍務を解かれ、復員手当二万円を支給された。さらに帰京後の七日に厚生省の引揚援護局で、シベリア抑留八年分の俸給として四万円を受領した。合計六万円。当時の大卒初任給の約半年分にあたる金額が、足かけ十四年にわたって凍結された石原の「青春」の代償だった。

十二月五日に東京に着いた石原は、ひとまず千代田区竹平町の弟健二宅に身を寄せた。健二は当時中央気象台に勤めており、住まいはその官舎だった。石原は翌日さっそく靖国神社に参拝した。のちに大岡昇平との対談「極限の死と日常の死」(『終末から』一九七四年六月号)のなかでこう回想している。

《うちが近かったのです。当然のことのように行ったんで、別に何を考えたわけでもないんですよ。ただ、やっぱり、あるひと区切りというような考えが無意識のうちにあったかもわからないです。でもお詣りしたときの気持はわりにすがすがしかったですよ》

この日、おそらくは神田の書店で角川文庫版の『立原道造詩集』を買い求めた。『風立ちぬ』の解説から始まった石原の詩に対する《のめりこみ》は、この詩集によってとどめを刺された。このころ、シベリアの抑留仲間、西尾康人に宛てた手紙のなかで、石原は《いい本を紹介しよう》と前置きして書いている。

《ちょっと不思議な詩だ。日本語でこれほどのニュアンスが出せるとは思えないほどだ。「わかれる昼に」という詩が特にいい》

これで見ると、石原が立原道造の詩に惹かれたのは、何よりも表現の新鮮さだったことがわかる。立原は大正三年(一九一四)生まれで石原より一歳年長だが、ほぼ同世代だといっていい。同じ戦争の時代を生きた人間が、同じ日本語を使って、なぜこれほど微妙なニュアンスを出せるのかと自問したとき、石原はすでに詩という底なし沼に身を浸しはじめていた。

石原が《特にいい》と推奨した「わかれる昼に」は、立原の処女詩集『萱草に寄す』(一九三七)十篇中の一篇である。

ゆさぶれ　青い梢を
もぎとれ　青い木の実を
ひとよ　昼はとほく澄みわたるので
わたしのかへつて行く故里が　どこかとほくにあるやうだ

何もみな　うつとりと今は親切にしてくれる
追憶よりも淡く　すこしもちがはない静かさで
単調な　浮雲と風のもつれあひも
きのふの私のうたつてゐたままに

弱い心を　投げあげろ
噛みすてた青くさい核《たね》を放るやうに
ゆさぶれ　ゆさぶれ

ひとよ
いろいろのものがやさしく見いるので
唇を噛んで　私は憤ることが出来ないやうだ

青春の旅立ちを感傷的に歌いあげたこの詩は、満洲とシベリアの寒風にさらされてきた石原の心を、青い梢を吹く風のようにやさしくゆさぶったに違いない。帰還した自分を、みんなが親切に迎えてくれる。単調な日々の暮らしや風景も《きのふの私》のままに推移していくように感じられる。まわりの人がみんなやさしいので、ほんとうは憤ることがたくさんあるはずなのに、いまは唇を噛んで耐えるしかないようだ――。

あとで詳しくみるように、この詩は石原の詩法に決定的な影響を与えただけでなく、シベリアであったことは何ひとつ告発しないという「断念の思想」の起点にもなったということができる。

この詩集を読んだ直後から、石原は詩を書きはじめた。日本語との出会いが「再会」だったとすれば、こちらは「再開」である。帰国後初めての正月を迎えた昭和二十九年（一九五四）一月十八日、石原は川崎の稲田登戸病院に入院していた満洲電々調査局時代の同僚、林秀夫にはがきを出した。そこには「風に還る」という一篇の詩が記されていた。これが現在知られている石原の帰国第一作である。

掌《てのひら》を翻《かへ》せ
問ひつめた踵《くびす》をひるがへせ
あゝ　風に
ひるがへれ
いたみやすい
いたましい　未来

雲を追ふな
風にさそはれるな
ものしずかに皈《かへ》れ
たけなはな
ひかりのなかを

旧字旧かなという文字遣いだけをとってみても、この詩はなお濃厚に「戦前」の名残をとどめているが、断言と命令形を多用した簡潔な詩句は、すでに「戦後」詩人石原吉郎のものである。前途には傷みやすく《いたましい未来》が待っているとしても、いまはとにかくやさしい日本の風に吹かれて明るい光のなかへ踏み出そうとする詩人の決意のようなものが感じられる。《雲を追ふな／風にさそはれるな／ものしずかに皈れ》は、時流にとらわれずに自分の道を行こうという新生の決意を示したものといっていいだろう。

光と風のなかの出発をうたった詩という意味で立原の前掲詩とよく似ているが、両者の詩風には明らかな違いがある。ひとくちにいえば、立原の詩はどこまでも青く澄んでいるが、石原の詩は苦渋に彩られている。その違いはどこから来たか。それを探るのが私たちに課せられた次の宿題である。

〈ノート2〉戦後の意味

1

昭和二十八年（一九五三）十二月、石原吉郎はスターリンの死去にともなう特赦により重労働二十五年の刑を解かれ、引揚船「興安丸」で舞鶴に帰還した。このとき石原は三十八歳。昭和十六年（一九四一）に渡満して以来、十二年ぶりの帰国だった。自筆年譜の十二月二日の項に、つぎの記述がある。

《舞鶴収容所で復員式を行ない、同日付をもって正式に軍務を離脱。ニーチェ『反時代的考察』、堀辰雄『風立ちぬ』、立原道造詩集を購入。旧陸軍軍服、軍靴、毛布などのほか、帰還手当ならびに交通費として二万円を支給される》

後年のエッセイ「私の詩歴」によれば、舞鶴で購入したのはニーチェと堀辰雄だけで、立原道造詩集は東京へ着いた日に買ったことになっている。『風立ちぬ』の巻末にあった立原の解説を読んで詩集を読みたくなったというのだから、おそらくこちらのほうが正しいだろう。

いずれにしろ重要なことは、石原がこの日にようやく軍務を解かれたという事実である。いいかえれば、石原はこの日まではまだ大日本帝国陸軍に属していたわけで、その兵役期間の長さは、その内容の重さに劣らず、見逃せない意味をもっている。すなわち、昭和二十年（一九四五）八月に始まる日本の戦後は、石原にとってはまだ戦中だった。山本健吉が『文學界』に「第三の新人」を書いて戦後文学の終焉を宣言したのはこの年（一九五三）一月のことだから、文学史的にいえば、戦後詩人石原吉郎は日本の戦後が終わった年に八年遅れの戦後を迎えたことになる。そのとき彼が最初に手にした本がニーチェと堀辰雄と立原道造であったことは、なにやら象徴的である。それはいかにもこの反時代的な詩人の再出発を告げるにふさわしい選択だった。

自筆年譜十二月三日の項には、こう記されている。

《午後、東京、東北、北海道方面向け梯団に編成され、舞鶴駅を出発。駅頭で日共党員が「諸君を待つものは、ただ飢餓と失業だけである」と演説し、激昂した帰還者の手で袋だたきにされる。（同様の事件は上野駅でも起った）》

この事件ほど、石原における戦後の意味を鮮明に物語るものはない。石原の戦後体験は、すべてここに集約されているといってもいい。急いでことわっておかねばならないが、この日共党員の発言は、きわめてまっとうなものである。そのとき帰還者たちを待ち受けていたものが「飢餓と失業だけ」であったことは、やがて彼ら自身が身を以て経験することになるだろう。その意味で、当時の日共の方針がそれほど的外れだったとは思われないのだが、ただ、この党員には帰還者たちの激昂の意味がついに理解できなかっただろうということもまた疑いのない事実である。もし彼にそれが理解できていたら、彼は袋だたきにされずにすんだはずだし、日本の戦後政治史も、もう少し様相の変わったものになっていたに違いない。

石原はその後、この事件についてはなにも語っていないが、比喩的にいえば、戦後における彼の詩の方法は、この事件によって最終的に決定されたということができる。すなわち石原がそこに見たものは、言葉はそのままでは決して他人に伝わらないという酷薄な現実だった。正確であればあるだけ、言葉は人を傷つける。しかし正確でなければ、言葉で自己を表現する意味がない。しかも石原の場合には、もともと言葉に移し換えることの困難な、まさしく筆舌に尽くしがたい体験があった。もし彼がシベリアで体験したことをそのまま語ろうとすれば、人々はそれを理解しないばかりか、場合によっては袋だたきにさえしかねないだろう。現に彼は、郷党や職場が彼をどのように誤解し排除したかについて、繰り返し怒りの言葉をつらねている。

しかし、すでに一九四九年にカラガンダの獄中で《怒りの膝を抱きしめ／しのびて出づるうすわらひ》というような自己観照の詩を書いていた石原にとって、世人の憐憫に訴えることは耐えがたかった。憐憫や同情はときに理解への入口になることもあるが、そうして得られた理解が当人の「怒り」に見合うことはありえない。よしんば仮に「怒り」が正当に理解されたとしても、その果てにしのび出る「うすわらひ」の意味だけは、他人にどう説明しようもない。そして「うすわらひ」の意味が伝わらなければ、ほんとうのところ「怒り」の意味も伝わらない。それがおそらく帰還直後に石原を襲った「失語」の内実である。

翌二十九年（一九五四）一月、石原は帰国の報告と静養を兼ねて、生地の静岡県田方郡土肥村（現在の伊豆市土肥）を訪れた。徴兵検査のとき以来、ほぼ十五年ぶりの帰郷だった。石原家は明治の初めから戸長（村長）をつとめた土地の旧家で、曾祖父重兵衛は土肥びわを西伊豆の特産品にした人として知られている。だが、石原の出征中に両親が相次いで病没したため生家は断絶し、土肥には親戚だけが残っていた。その親戚の家に身を寄せた石原は、到着早々思いもよらぬ言葉を浴びせられる。

《「よくぞ帰った」という声を心のどこかの隅で聞きながら、私が伊豆へ着いたその晩、N氏が居ずまいを正し、まだ私が何も話さないうちに、まず私にいったことは次のようなことです。

一、私が「赤」でないことをまずはっきりさせてほしい。もし「赤」である場合は、この先つきあうわけにはいかない。

二、現在父も母もいない私のために〈親代り〉になってもよい。ただし物質的な親代りはできない。〈精神的な〉親代りにはなる。

三、祖先の供養を当然しなければいけない。

私は、自分のただ一つの故郷で、劈頭告げられたこれらの言葉に対し、その無礼と無理解とを憤る前に、絶望しました。そうでなくても、ひどく他人の言葉に敏感になっており、傷つきやすくなっていた私の気持はこれですっかり暗いものになってしまいました。何度もいいますが、戦争の責任をまがりなりにも身をもって背負ってきたという一抹の誇りのようなものをもって、はるばる郷里にやって来た私は、ここでまず最初に〈危険人物〉であるかどうかのテストを受けたわけです》(「肉親へあてた手紙」)

シベリアで「民主化運動」の洗礼を受けた帰還者のなかには、共産主義の総本山から帰ってきたという勲章を胸に、当時はまだ武装革命を唱えていた日本共産党に入党する者が多かった。舞鶴駅頭で袋だたきにされた党員も、あるいはそうした帰還者の一人だったかもしれない。だから石原を「危険人物」ではないかと疑ったN氏の懸念は、当時の庶民感覚としては無理もないものだったといっていいのだが、日本人全体が負うべき戦争責任を身をもって引き受けてきたという石原の「一抹の誇り」は、この言葉によって完全に打ち砕かれた。以後、石原は親族との交わりを断ち、「祖先の供養」も放棄することになる。

二月初めに東京へ戻った石原は、大阪に住む収容所仲間の西尾康人に長い手紙を書いた。多田茂治の労作『石原吉郎「昭和」の旅』（作品社、二〇〇〇年）から引く。

《伊豆へは正月直後に出かけて二週間程居たが、酒を飲んだり詩を書いたりして何もしなかった。帰って来てから、結局、詩を書くことより他に俺には何の仕事も残っていないということがだんだん分って来るような気がする。教会には猛烈にひかれる。このみじめな、悲惨な混沌《カオス》の、真実の深い責任をこの地上で唯教会だけが一身にひきうけて苦悩しているような気がする。（中略）詩と神学――ポエジアとテオロギア。僕の新しい（？）生活のテーマはおそらくこの双つとなるかも知れない》

自分にはもはや詩と神学しか残されていない。石原の「戦後」の詩は、まさしくここから始まっている。その決断を促したものが二週間の土肥滞在だったことを思えば、伊豆は名実ともに詩人石原吉郎の「ふるさと」だったということになる。

2

このとき石原の前には、おそらく二つの道が残されていた。一つは、もともと言葉を知らなかった者のごとく沈黙のうちに閉じこもることであり、もう一つは伝達の不可能性を前提にして、いわば「失語」そのものの表現に賭ける道である。前者は戦後に復員した日本人兵士の多くが選んだ道であり、後者はまだ誰も足を踏み入れたことのない道だった。この場合に見落とされてならないのは、石原が帰還する前にすでに短からぬ習作期間をもつ詩人だったこと、そして自分たちを迎えた政治的言語の空洞性を直感的に見抜くだけの感受性の持ち主だったという事実である。とすれば、選択の方向はおのずから限られていた。石原は長い物忌みが明けた中世のうたびとのように、その翌日から矢つぎばやに詩を書きはじめる。

石原がのちにこの時期を回想して《一つの流れるようなリズムがいつもあって、そのリズムにのればいつでも詩が書けた》というとき、リズムとは長らく堰き止められていた言葉の一挙的な奔出をさしているが、一方では、すでに伝達を断念した詩人の「意味からの解放」をも示していたはずである。「夜の招待」もそうだったが、つぎの詩は、こうしたリズムの両義性をいっそう鮮明に伝えている。

自転車にのるクラリモンドよ
目をつぶれ
自転車にのるクラリモンドの
肩にのる白い記憶よ
目をつぶれ
クラリモンドの肩のうえの
記憶のなかのクラリモンドよ
目をつぶれ

（「自転車にのるクラリモンド」第一連）

これはこれまでに日本語で書かれた詩のなかで最も美しい音楽をもった作品だといっていいが、この音楽は多分に偶成的なもので、詩人によって予め選ばれたものではないように感じられる。もとより詩は偶成的なものであろうと意図的なものであろうと、それが一個の詩嚢から発しているという意味では、すべて彼の個性に属するといっていいのだが、この音楽はこの詩の主題には少しそぐわないように感じられるのだ。

誤解のないようにいっておけば、私はここで詩人がある主題を伝えようとして、方法的に失敗したといいたいわけではない。詩人はおそらくなにも伝えようとはしていない。そうではなく、石原がただ音楽の命じるままに言葉を置いていって、にもかかわらずある主題を表現してしまいそうになったとき、その主題はその音楽を裏切るような性質のものだったという、詩表現の怖ろしさに注意を喚起しておきたいのである。この詩はクラリモンドの「白い記憶」に意識的に目をつぶることによって成立しているが、「目をつぶれ」と呼びかけるたびに、詩人の意識は研ぎ澄まされ、クラリモンドの目は冴え返ってしまう。石原吉郎の読者としては、そのことに無関心でいるわけにはいかないのである。

ごく大雑把ないい方をすれば、戦後へ帰還した石原がふたたび詩を書きはじめたとき、日本の戦後詩はすでに「主題」の時代から「音楽」の時代へと足を踏み入れていた。それを『荒地』の時代から『櫂』の時代へと、あるいは戦後詩の第一期から第三期へといいかえても同じことだが、要するに戦死者の「遺言執行人」（鮎川信夫）による「意味の恢復」の時代は終わりを告げ、「焼夷弾を花火のように見ていた世代」（東野芳明）による「感受性の復権」の時代が始まっていた。つまり、戦争体験がそのまま詩になる土壌は、思想的にも方法的にもすでに失われていたのである。

それは石原にとって、ある意味ではたいへん好都合な状況だった。シュルレアリスムの影響を受けた第三期の詩人たちの新しい方法を借りながら、その「音楽」の葉陰にこっそりと「一番大切なもの」を隠すことができたからだ。いや、そういってしまったのでは不正確になる。正しくは、「音楽」のかたちに身を添わせながら、そのなかで徐々に自分の言葉を恢復させていった。私がさきに音楽が主題を発見しているといったのはそういう意味だが、その主題を発見したとき、石原は最も本質的な意味での戦後詩人として、日本の戦中戦後史を遡行しはじめていたのである。

3

石原吉郎の戦後詩史への登場の意味をさぐるためには、つぎのような比喩を借りるのがわかりやすい。

その昔、騎士道の夢に憑かれたドン・キホーテにとって、風車は強大な巨人でなければならなかった。しかし、愚直な農夫サンチョ・パンサにとって、それはたんなる風車にすぎなかった。風車にすぎないことを知りながら、一方では主人の夢を見捨てることのできなかった従者サンチョのなかに、私たちは近代日本の悲劇を見ることができる。

節操正しき殉教の騎士と、愚直なるがゆえに賢明でもあった農夫と、そのいずれに歴史的な真実があったかについては、いまは問わないことにしよう。ただ、そのときキホーテにとって、あるいはサンチョにとって、愛馬ロシナンテとは何であったのかということが、ここでの問題である。ロシナンテの存在の意味を問うことこそ、石原吉郎の体験の意味を問うことにほかならないからである。

ここで石原が登場するまでの戦後詩史をもう一度振り返っておけば、それは『荒地』のリーダー鮎川信夫の《僕等の敗北性については疑問の余地がない》《彼等〔一部のコミュニスト詩人〕の攻撃によって僕等が敗北的なのではなく、僕等の自覚によって敗北的なのである》（「幻滅について」）という前世代の詩人たちに対する宣戦布告によって端緒を開いた。そのとき鮎川は「僕等の自覚」にかける夢想の純潔さにおいて、もう一人のドン・キホーテだったといっていい。

一方、《私は、必ずしも私を離れたもの、私の失ったものに依って孤独なのではない。却って孤独は私の得たものによる。戦争がそれを与えたのだ》（「文学と現実」）と告白した加藤周一の場合も、まったく同じことである。彼らにとって戦争は、セルヴァンテスにおけるスペイン無敵艦隊の壊滅と同じ意味をもっていた。戦争には敗れたけれど、「僕等の自覚」は無傷で生き残ったのである。

しかもこうした「自覚」や「孤独」への信仰は彼らに固有のものではなく、戦前には私小説や心境小説として、あるいはその異母弟であるプロレタリア文学というかたちで、わが国の近代文学史を赤糸のようにつらぬいている。それが知識人の普遍ロマンティシズムの表現に他ならないという意味で、鮎川や加藤は、小林多喜二や保田與重郎とともに、殉教者ドン・キホーテの正嫡だといっていいのである。

しかし、また一方で、私たちの文学風土は、鮎川を反動呼ばわりし、人間から「観念への情熱」を奪いとろうとする、愚直なだけのリアリストにも事欠かなかった。彼らは風車が風車でしかないといい立てることによって、じつは風車をもっと奇怪な巨人に仕立て上げていることに気づかなかった。いずれにしろ、石原吉郎が自分を一人のサンチョ・パンサになぞらえて戦後の日本へと帰還したとき、故郷の村では相も変わらず「政治と文学」の果てしない論争が繰り広げられていたのである。

結論から先にいえば、風車が何であろうと、ロシナンテには関係がない。風車は人間にとってこそ一個の観念であり、一定の「立場」や「条件」からする「認識」の問題である。しかし、ロシナンテにはもともと、その前提となる「立場」もなければ「条件」もない。彼はただそこにあるだけの「存在」にすぎないからだ。そしてその「存在」は、あらゆる「立場」や「条件」から自由である。これは断じて逆説ではない。「一九五九年九月――六一年二月のノート」に、石原はこう書きつけている。

《私は、何ものをも、そして何ものにたいしてもついに賭けなかった。青春ということと賭けるということとはほとんど同義であると考えれば、私には青春というものが全く存在しなかったにひとしい。それはなんという悲惨なことであろうか。私が青春を失ったということはありえない。青春を失ったといえるときは、うしなうに足る青春を所有していたことになるが、私にはそのようなものは存在しなかったのだ。一切をひとつのことがらへ賭けて敗れたとき、その時青春をうしなったとはいえるであろう》

　私たちの経験では、青春とは「賭ける」ものではなく、むしろ「耐える」という言葉のイメージに近いもののように思われるのだが、それゆえに石原が《私はついに賭けなかった》と痛切な想いをこめて書き出したとき、そこには確かに失うに足る青春のなかったことがあざやかに感受される。鮎川が「敗北的立場」を前面に押し出すことによって、じつは決して敗れることのない自分たちの青春を守ろうとし、また加藤が「孤独」という言葉によって、時代のなかで移ろっていく自分だけの青春を哀惜の思いをこめて見つめていたのだとすれば、石原は人並みに青春を失ってみようとして、あるはずのない青春のありかを探し求めていたのである。これを仮に「自由への賭け」と呼ぶことにすれば、石原がこの危険な賭けによって手に入れたのは、たとえば「馬と暴動」という一篇の詩だったということができる。

われらのうちを
二頭の馬がはしるとき
二頭の間隙を
一頭の馬がはしる
われらが暴動におもむくとき
われらは　その
一頭の馬とともにはしる
われらと暴動におもむくのは
その一頭の馬であって
その両側の
二頭の馬ではない

よくできた西部劇のオープニング・シーンを思わせるこの詩は、しかしそれほどわかりやすいものではない。馬のイメージの比類なき躍動感と「暴動」という言葉の新鮮で唐突な現出。しかも「われら」という一人称複数形の代名詞と三頭の馬（?）との奇妙な共生感。これほどダイナミックで、しかもスタティックな詩を、私たちは他に予想しうるだろうか。ここで「両側の二頭」を仮にドン・キホーテとサンチョ・パンサに比定すれば、その間隙をはしる「一頭の馬」は、いうまでもなくロシナンテである。また前者を鮎川信夫とその敵対者だと考えれば、後者はもちろん石原吉郎その人である。

しかし、この比喩は十分なものではない。「立場」と「条件」の間隙をはしるのは、すでにあらゆる比喩を超えた「存在」そのものであるというべきだ。そして詩が後半にさしかかるとき、私たちの眼には、その「一頭の馬」を駆るものが殉教の騎士や愚直な従者ではなく、つねに「原点」を志向してやまぬ一人の詩人であることが見えてくる。

ゆえにわれらがたちどまるとき
われらをそとへ
かけぬけるのは
その一頭の馬であって
その両側の二頭の馬ではない
われらのうちを
二人の盗賊がはしるとき
二人の間隙を
一人の盗賊がはしる
われらのうちを
ふたつの空洞がはしるとき
ふたつの間隙を
さらにひとつの空洞がはしる
われらと暴動におもむくのは

その最後の盗賊と
その最後の空洞である

ここで「盗賊」や「空洞」が何のアレゴリーかを詮索してみても仕方がない。それはおそらく何のアレゴリーでもないだろう。この詩が発表されたのが『現代詩手帖』の昭和三十六年（一九六一）六月号だったところから、この「暴動」を前年六月の安保闘争に比定する人が多いようだが、そうした卑近な読解は、この詩を過小評価することになりかねない。私たちはただここに、この詩人の「中心」への志向と、「存在」への究極的な信頼をみてとれば足りる。こうした中心と原点への執着は、しばしば石原の詩を後背から支える倫理とも見えることがあるが、第一詩集『サンチョ・パンサの帰郷』のあとがきは、それがまぎれもない倫理であるゆえんを示している。そこで石原は《私にとって人間と自由はシベリヤにしか存在しない》と前置きしてこう述べている。

《日のあけくれがじかに不条理である場所で、人間ははじめて自由に未来を想いえがくことができるであろう。条件のなかで人間として立つのではなく、直接に人間としてうずくまる場所。それが私にとってのシベリヤの意味であり、そのような場所でじかに自分自身と肩をふれあった記憶が〈人間であった〉という、私にとってかけがえのない出来事の内容である》

「条件」や「立場」のなかで人間として立つのではなく、直接に「人間」としてうずくまる場所、それが自分にとってシベリアの意味であり、自分がそこにそうして存在していたという事実の記憶がシベリア体験の意味なのだと詩人はいう。ここでその体験が《〈人間であった〉というかけがえのない出来事》としてとらえられていることに注意しよう。それはなるほど詩人固有の「出来事」には違いないが、その記憶は「人間であった」という存在論の中核を撃つ言葉によって個人的な「条件」を踏み越え、倫理的な普遍性を獲得している。そのとき私たちもまた、自分の「条件」と「立場」を超え、一個の人間として詩人と同じ場所にうずくまるのである。この場所から「位置」という作品までの距離は、ほんのひとまたぎである。

しずかな肩には
声だけがならぶのではない
声よりも近く
敵がならぶのだ
勇敢な男たちが目指す位置は
その右でも　おそらく
そのひだりでもない
無防備の空がついに撓み
正午の弓となる位置で
君は呼吸し
かつ挨拶せよ
君の位置からの　それが
最もすぐれた姿勢である

ここでもメタファーはすべてのアレゴリックな憶測を峻拒して自立している。その完璧なまでの自立性は《その右でも　おそらく／そのひだりでもない》という、本来あいまいきわまる「位置」に堅固な詩的リアリティを与えている。にもかかわらず、私たちはそこに詩人のほんとうの「立場」などないことに、すぐに気づかされてしまう。詩人の「位置」はすでにして「立場」と「条件」を超えた、どこにもない場所の表徴にすぎないからである。同じことは「条件」という作品についてもいえるだろう。その冒頭の一節。

条件を出す　蝙蝠の耳から
落日の噴水まで
条件によって
おれたちは起き伏しし
条件によって
一挙に掃蕩されるが
最も過酷な条件は
なおひとつあり　そして
ひとつあるだけだ

この詩は、その圧倒的なリアリティを作者の戦争体験という源泉に汲んでいるにもかかわらず、いや、むしろそれゆえに、『荒地』グループの戦後詩とは際立った対照を示している。鮎川信夫の方法を「あらわす」ことによって自己を「かくす」詩法と考えれば、石原のそれは逆に自己を「かくそう」とすることによって、いよいよ明らかに「あらわれる」逆説的な方法だといえる。つまり、鮎川には、明確な世代的「立場」から自分の体験を表現するひとつの「条件」として詩がとらえられているのに対し、石原の場合は、自分の体験を表現するためには、まず「人間として直接にうずくまる場所」から「最も過酷な条件」へと遡行しなければならない。いいかえれば鮎川が生から出発して死へとおもむくのに対して、石原は死から生へとまったく逆の旅程をたどるのである。そのとき石原にとって詩とは何よりも「条件」からの解放であり、詩を書くことは「恢復」にほかならなかった。

4

石原吉郎の詩が「恢復」であるというとき、それはたんなる青春の恢復でもなければ、戦争で傷ついた心の恢復でもなかった。そういう意味での恢復ならば、私たちは四季派の抒情詩や復員詩人の戦争体験詩にいくらでも作例を見つけることができる。そうではなく、石原の恢復は「存在」そのものの恢復、かつて「人間であった」という、その「人間」の恢復である。

石原が「もはや戦後ではない」といわれた日本へ帰還したとき、彼にとってただひとつ信じるに足ると思われた「条件」、すなわち戦争責任の遂行者としての「立場」が「飢餓と失業」や「赤」といった政治的な死語に迎えられてもろくも潰え去った事情についてはすでに見てきた。そのとき、石原の内部で起きた回心は、たとえばつぎのような詩篇に明らかである。

わかったな　それが
納得したということだ
旗のようなもので
あるかもしれぬ
おしつめた息のようなもので
あるかもしれぬ

（「納得」）

そこにあるものは
そこにそうして
あるものだ
見ろ
手がある
足がある
うすわらいさえしている

（「事実」）

ここで「わかったな」といい「見ろ」と呼びかけているのは、すでに詩人ではない。詩人はただ「おしつめた息」のように「うすわらいさえ」浮かべながら、「そこにそうして」立っているだけだ。

この倒錯的なコンテキストは、しかし稠密な憎悪ともいうべきものに支えられて、確かな詩のリアリティを獲得している。このように「おしつめた息」や「手」や「足」など、動かしようのない「事実」だけを「納得」するやり方で、石原は徐々に体験を思想化しはじめる。それは一連のシベリア・エッセイの原型となる「ノート」がこの時期から書きはじめられていることを見ても明らかだが、作品のほうでも「デメトリアーデは死んだが」「その朝サマルカンドでは」など、具体的な「出来事」に取材した作品としてあらわされる。これらの詩は、シベリアにも空があったというほどの意味で、一種さわやかな日常性といったものを感じさせるが、そのことはまた石原におけるシベリアの意味が徹底的に対象化されて私たちの前に開かれはじめたことを物語っている。いずれも冒頭の数行を引く。

デメトリアーデは死んだが
五人の男が　それを見ていた
五人の国籍はべつべつだが
してはならない顔つきは
アルメニアでも　日本でも
ポーランドだっておんなじことだ

（「デメトロアーデは死んだが」）

火つけ
いんばい

ひとごろし　いちばん
かぞえやすい方から
かぞえて行って
ちょうど　五十八ばんめに
その条項がある
〈ソビエット国家への反逆〉
そこまで来れば
あとは　確率と
乱数表のもんだいだ

（「その朝サマルカンドでは」）

石原吉郎の数多い秀作のなかでも、いわば詩的感動の最高音部を形成しているといっていいこれらの作品は、そこで切り落とされた自我の重さによってではなく（結局は同じことなのだが）獲得された空間の深さと広がりによって、私たちを詩の自由へといざなわずにはいない。いったい想像力が詩の根源だという意味は、それが詩を生み出す母胎というにとどまらず、それがまさに詩の自由を全面的に担保する事情をさすのだが、そのような意味で石原吉郎は、数ある日本の戦後詩人のなかでも、戦争体験に足をすくわれることの最も少ない、自由な想像力の詩人だったということができる。

では、その自由はどこからもたらされたのか。それをさぐるのが私たちに課せられたつぎの宿題である。

〈ノート3〉暗い傾斜

1

伊豆半島西海岸の中央部に土肥《とい》という小さな町がある。天正年間に大久保長安が開いた伊豆最古の金山として知られ、明治から昭和にかけて佐渡に次ぐ産出量を誇ったが、昭和四十年（一九六五）に閉山したあとは、もっぱら温泉と漁業の町として知られるようになった。鉄道は通じていない。修善寺からバスに乗って船原峠を越えていくと、雑木林の向こうにいきなり海が立ち上がる。南国の陽を浴びて海は一枚の銀紙と化し、そのへりに干魚のように集落が張りついているのが見える。

石原吉郎は、大正四年（一九一五）十一月十一日に、この海辺の町——静岡県田方郡土肥村土肥（現在は伊豆市土肥）で、石原稔、秀《ひで》夫妻の長男として生まれた。父二十六歳、母二十三歳の第一子である。幼いころ父の仕事の関係で東京へ移ったので、故旧の地といえるほどにはならなかったが、ここが詩人のふるさとであることに変わりはない。

石原家は明治の初めから戸長（村長）をつとめた土地の名家で、吉郎の曾祖父にあたる重兵衛が土肥びわを西伊豆の特産品にしたことは前にも述べた。ところが、明治四十年代に祖父母が相次いで早世したため家運が傾き、吉郎が生まれたころには経済的に逼迫していた。父の稔が東京へ出たのは職探しのためだったと考えられる。

石原吉郎の自筆年譜によれば、稔は「夜間工業出の電気技術者」だった。当時、産業戦士を養成する工業学校が各地につくられたが、そのうち夜間部を併設していたのは東京・築地の工手学校（工学院大学の前身）と芝の攻玉社工学校の二つである。吉郎がのちに攻玉社中学校に入学していることから見て、稔が学んだのはその前身の攻玉社工学校だったと思われるのだが、同校の卒業生名簿に石原稔の名は見当たらない。吉郎の記憶違いか、あるいは中退だったのかもしれない。

母秀は大正八年（一九一九）三月に次男健二を産んだが、産後の肥立ちが悪く、二十七歳という若さで亡くなった。このとき吉郎は三歳になったばかりで、生母のおもかげを瞼に宿すことはできなかった。現代詩読本『石原吉郎』（思潮社、一九七八年）のグラビアに掲載された秀の写真は、まだ少女を思わせるほど清楚な美人だが、石原吉郎の著作にこの生母に関する言及はない。

二人の幼児をかかえた稔は、やがて六歳年下のいくを後妻に迎えた。東北の農家に育ったいくは純朴でやさしい人柄だったが、人見知りのつよい吉郎は、ついにこの継母になじもうとしなかった。つまり、吉郎は長男として大切に育てられはしたが、母と子の自然な情愛を知らない子供だった。このことは石原吉郎の詩を理解するうえで見逃せない意味をもっている。

稔は電気技術者として各地の水力発電所の建設工事現場を渡り歩き、一家は東京、福島、東京、新潟、東京と何度も転居を繰り返した。そのため吉郎は長くて数年、短いときは数ヶ月おきに転校を余儀なくされた。したがって彼には母校と呼べる学校がなく、親友と呼べる友だちもできなかった。その意味で、石原吉郎はシベリアに抑留される以前から、すでに事実上の故郷喪失者だったということができる。

昭和三年（一九二八）四月、吉郎は東京・五反田の攻玉社中学校に入学した。攻玉社は幕末維新の教育家近藤真琴が築地の海軍操練所内に海兵養成のために開いた「攻玉塾」の流れをくむ私立中学で、海軍神広瀬武夫をはじめ、海軍大将鈴木貫太郎、海軍大臣財部彪、連合艦隊司令長官高橋三吉など幾多の将星を輩出した。創立当初は薩摩出身の生徒が多く、質実剛健の気風がつよかったが、関東大震災のあと西五反田の不動ヶ岡に白亜三階建ての校舎を建てて移転してからは、折からの大正デモクラシーの影響もあって、かなり自由な校風に変わっていた。

長男のためにこの学校を選んだ稔の胸中には、颯爽たる海軍将校に育てたいという思いがあったに違いないが、その息子はおよそ軍人には不向きな、内向的で孤独癖のつよい少年だった。

吉郎は入学したその年のうちに、父親の転勤にともなって新潟の中学校に転校したが、一年ほどでまた攻玉社に戻り、昭和八年（一九三三）に卒業している。学業成績はつねに上位を占めた。体操、国漢、作文が得意で、化学だけは苦手だった。上級生になると、修身に関心をもつようになった。修身は皇民意識の涵養をめざして孝行、従順、勤勉などの徳目を教えた戦前の道徳教育だが、吉郎の関心は文字通り「自分の身をいかに修めるか」というところにあった。

《かつて、まだ少年期を脱したばかりの頃、私は貧窮にやせ細った姿で一人ルターの註解を読みつづける一人の青年を、自分の理想像として熱っぽく思いえがいた時期がある。それがいわば私のヒロイズムであった。このような希求のなかには多くの笑うべきものがあったにせよ、なお私自身が存在することに対する希望がある。そして私の夢想がいつもそのような暗い傾斜を持っていることは今でさえ少しも変わらない》（「一九五九年のノート」）

これが石原吉郎における「思想」の始まりを示すものだとすれば、彼に「詩」が始まったのも、おそらくこの時期のことである。

《中学四年のとき、初めて藤村の『若菜集』を読んだ時は、一週間ほど熱に浮かされたような気分だった。中学を出るころハイネを生田春月訳で読んだのがきっかけで、一時期春月の詩を耽読したことがあって、東京外語(旧制)へ入ってからも、しばらくはそれがつづいた。春月は詩の他に、詩の解説書や入門書を書いていたので、それらを読みあさるうちにいつとはなく春月の詩観に影響されるようになったのかもしれない。私はその頃から、詩を絵画よりもむしろ音楽に近いものに考えていたが、いまもそういう偏見が頑固に残っている》(「私の詩歴」)

生田春月は絶えざる放浪と生活苦のなかで魂の救済を求め、キリスト教、人道主義、社会主義、アナーキズムと思想的な遍歴を重ねた詩人である。「日本のハイネ」を自称したが、少年時代から自殺願望がつよく、昭和五年(一九三〇)五月、ついに瀬戸内航路の汽船から身を投げて死んだ。三十八歳だった。死後に出版された詩集『象徴の烏賊』(一九三〇)は、当時の文学青年を魅了したという。吉郎が心を惹かれたのは、たとえばこんな詩だったろうと思われる。

いとたかき人とならまし、
うつくしき人とならまし、
のちの世に慕はるゝ人とならまし。
人によきことをなさまし、
世のために血を流さまし、

くるしみをおのれ一人にとりておかまし。

（「あはれなる基督の弟子の歌」）

春月の詩に出会ったころ、吉郎もまた自殺を企てたらしい。前記の大岡昇平との対談のなかで、こんな告白をしている。

《ぼくは今でもはっきり覚えているのですけれど、ぼくが十八歳のときですかね、自殺しそこなったことがあるのです。家庭の中のごたごたがいやで、睡眠薬を飲んで、それを気付かれちゃって病院に入れられ、薬を吐かされて、しばらく軟禁状態だったのですが、一週間ぐらいしてやっとうちの人の目を盗んで、近くの森へ行ったのです。ちょうど五月だったのですが、そのときの緑の美しさというのは、今でも覚えています。自然ってこんなに美しいものかと思ってね》

死ぬほどいやな「家庭の中のごたごた」とは何だったのか、今となっては確かめようがないが、このころ稔は半失業状態で、子供たちの学資にも困るほど窮迫していた。家族――おそらくは継母を「うちの人」と呼んでいるところに、吉郎の孤絶感が表われている。いずれにしろ、そのとき彼を死に駆り立てたものが「貧窮にやせ細った姿で一人ルターの註解を読みつづける青年」を理想像として思いえがくような心理の「暗い傾斜」にあったことはいうまでもない。逆言すれば、その心理的な傾斜が彼を春月の詩に向かわせたのである。

とはいえ、吉郎はこの時期、春月にばかり傾倒していたわけではない。昭和八年（一九三三）三月、すなわち彼の卒業直前に刊行された校内文芸誌『攻玉』第三十三号に、五年D組石原吉郎の創作「都会の横顔」が掲載されている。これは現在私たちの目にしうる石原吉郎の最初の作品である。

リズムなんてものは――。

彼は灰色のペイブメントをエナメル靴の先で、こつこつとたゝき乍らつぶやくのだった。

五月の空、何かこう遠い夢を思い出しさうに澄渡つたコバルト色の空に、ほんのりと薄く刷きのこされた白い雲は、八月の雲程強烈な色彩を持つてはゐないにしても、神経衰弱にかかつた都会の寄生虫共を憂鬱《メランコリー》にするに充分な迫力を含んでゐる。

迫力だって?

このペン先から、あのふわくした真綿の古典《クラシック》的な魂を、かうもみにくゝ形容しなければならない程、私達はひねくれてゐるのか?

――ばばあめ、熱に浮かされて物を言つてゐるやうだ――。

彼はファウストの一句を引づり出して、ヒイヒイ笑つた。

目新しい、そのくせ妙に人なつこい、燕が一羽スイーと彼の腋の下を抜けた。

一読して明らかなように、ここには大正末期に流行した新感覚派の影響が顕著である。《神経衰弱にかかつた都会の寄生虫共を憂鬱にするに充分な迫力》といった言い回しは、横光利一の先蹤を抜きにしては考えられない。その意味では、石原吉郎もまた「時代の子」だったのである。

この作品は、都会に生きる若者たちの神経衰弱症状を「私」と「彼」の対話を通じて描こうとしたもので、若書きの衒気以外に見るべきものはないといっていい。ただし、たとえば「このペン先から、あのふわくした真綿の古典的な魂を、かうもみにくゝ形容しなければならない程、私達はひねくれてゐるのか？」といった表現に対する過度なこだわりに、将来詩人たることを宿命づけられた人の語感の萌芽を見ることができる。

この作品は次のように結ばれている。


哀れな詩人《ポエート》たちよ！


遠くの方でネオンサインが又あくどく、燃え始めた。

蛇！

蛇！

どこへ行つても、あの赤と青の、この醜い悪魔《デーモン》は私達をとりまいて、哄笑する。


おれ達は、何をしてゐたのだらう。

都会病患者の彼が、我に反つて、そつとつぶやいた。

私はペイヴメントに横たはつたまゝだつた。遠くの空で、小さな星が、またゝいて——。

左に流れて行つた。


狂人が、忘れかけた、過去を思出し始める様な夜であつた。

この作品を石原吉郎の処女作と呼ぶのはためらわれる。ここには後年の石原詩に通じるものはなにもない。十七歳にしては表現が未熟すぎるといってもいい。「哀れな詩人たちよ！」と呼びかける作者は、自分が実は呼びかけられる側の人間であることにまだ気づいていない。だから、私たちはここではまず、春月の詩に惹かれて死を思う少年には、このような都会派のモダンボーイともいうべき一面があったことを記憶しておけば十分である。

2

昭和八年（一九三三）春、吉郎は東京高等師範学校の受験に失敗し、一年間の浪人生活を余儀なくされた。当時の高等師範には、卒業後教員になることを条件にした授業料免除、奨学金支給などの特典があった。半失業者の父をもつ吉郎が高等師範をめざしたのは、学費がかからず、将来の就職が約束されていたからである。だが、似たような境遇の受験生が多かったとみえて競争率が高く、攻玉社中学の優等生だった吉郎も、その難関を突破することは叶わなかった。あるいは、春月の詩に惹かれて死を思うような心の傾斜が受験勉強の妨げになったのかもしれない。

翌昭和九年（一九三四）にふたたび東京高師に挑戦したが、またもや失敗したため、やむなく東京外語学校ドイツ語部貿易科に入学した。東京外語は当時は大学ではなく四年制の専門学校だった。自筆年譜では「ドイツ語を選んだことに特別な理由はない」とされているが、「一九五七年のノート」には、次のような記述が見られる。

《私が外国語というものに興味を持ち、ついにこれを自分の Spezialität（引用者註＝専門職）として選んだという〈宿命〉の中には、現在なお克服しきれずに悩んでいる自分自身の性格的なマイナスがはっきり反映しているように思う。いわば自分の浅はかな虚栄心が、ついに職業的なものへ結びついたのだと考えることができる。私の記憶にまだ残っているのは、私がまだ十六歳の頃、何とかしてギリシャ語とラテン語を勉強したいと思ったことである。その時ラテン語やギリシャ語は、英語しか知らない同級生に対する一種の優越感を意味していた。幼時から極度に劣等感の強かった私は、自分の劣等感からくるいたみを、このような方法でいやそうと思ったのである。その頃の私の蔵書の一部を思い出すだけでも明瞭である。貧しい一人の中学生の書架にあったものの中には、たとえばセネカの『幸福論』、スペンサーの『第一原理』、ダーウィンやメンデルのもの、クロポトキンの『相互扶助論』のようなものさえあったが、これはみなこの少年の愚劣な虚栄心のあらわれにすぎなかった》

ここにいう「虚栄心」は、「貧窮にやせ細った姿で一人ルターの註解を読みつづける青年」に自分の理想像を見出していたという「ヒロイズム」と同じものである。語学修得の動機が同級生に対する虚栄心にあったという告白は、私どもの経験に照らして少しも異とするに足りないが、それをおのれの「宿命」と見なす自己観照のありようは、本来公表を予想しなかったはずの「ノート」にこのような自虐的な文章を綴らずにはいられなかった心の傾きとともに、石原吉郎の読者がつねに銘記しておくべきことがらだと思われる。

昭和十年（一九三五）、二十歳になった吉郎は、河上肇の『第二貧乏物語』を読んだのがきっかけでマルクス主義に関心を抱き、手に入るかぎりの文献を読みあさった。河上の『貧乏物語』（一九一七年）は一般的な社会科学の入門書としてベストセラーになったが、昭和五年（一九三〇）に出た『第二貧乏物語』は明確にマルクス主義の宣教を意図したもので、吉郎がこれを読んだころ、河上はすでに獄中にあった。つまり、吉郎は特高に目をつけられてもおかしくない危険な本を読んでいたのである。

学校の授業では、専門のドイツ語よりもむしろ第二語学のフランス語を熱心に勉強した。これもあるいは「虚栄心」のなせるわざだったのかもしれない。その一方では、教科とは関係のないエスペラントに興味をもち、校内にエスペラント・サークルを組織して「ポ・エ・ウ」（プロレタリア・エスペランチスト同盟）のメンバーともしばしば会合をもった。

エスペラントはポーランドのユダヤ人眼科医ラザロ・ザメンホフが「大きな人類家族」の理想をめざして考案した人工的な言語で、日本には国際平和主義の思想とセットでもたらされ、大杉栄や長谷川テルが運動を主導した。昭和五年（一九三〇）には日本プロレタリア・エスペランチスト協会（PEA）が設立され、翌六年（一九三一）に日本プロレタリア・エスペランチスト同盟に改組された。これがすなわち「ポ・エ・ウ」だが、この組織は当局の徹底的な弾圧にあって昭和九年（一九三四）にはすでに消滅していた。したがって、吉郎が会合をもった相手は非合法の残存メンバーだったことになる。

エスペラントはのちに石原吉郎と鹿野武一を結びつける重要な紐帯となる。この盟友と出会わなければ、少なくとも石原吉郎のシベリア・エッセイは書かれなかった。その意味で、吉郎がこの時期にエスペラントと出会ったのはまさに「宿命」的な事件だったといわなければならない。

とはいえ、吉郎がそれをひとつの思想運動として継承し発展させる社会的な基盤はすでに奪われていた。弾圧の恐怖もさることながら、時代はすでに戦争へ向けて舵を切り始めていたからである。吉郎が二十二歳で遭遇した二・二六事件は、それを象徴的に示していた。自筆年譜の昭和十一年（一九三六）の項には、この事件のことだけが記されている。

《二・二六事件起る。校舎（現在の毎日新聞社敷地の一部）が警戒区域にはいり、学年試験中止となる。真相は外部にはまったく不明であったが、死を賭した〈決起〉という青年将校の姿勢だけがやき

ついて印象にのこった》

すでにマルクス主義の洗礼を受け、「ポ・エ・ウ」の非合法メンバーとも接触していた青年の感想としては、これはいささかそっけない記述といわざるをえないのだが、情報が完全に遮断されているなかで、彼はともかく青年将校たちの「死を賭した〈決起〉」という一点に世代的な共感を覚えていたのである。

この事件と前後して、もうひとつの衝撃が彼を襲った。ハンセン病の作家、北條民雄との出会いである。自筆年譜では昭和十二年（一九三七）の項に《北条民雄の作品と手記を読み衝撃を受ける。衝撃はそれまでの価値観を顚倒してしまうほど強烈なものであった》と記されているが、現代詩読本『石原吉郎』所収の渡辺石夫編の年譜では、昭和十一年（一九三六）の項に《「文學界二月号に掲載された「いのちの初夜」を読み衝撃を受ける》とされている。些細な問題ではあるが、石原自身がつぎのように回想しているところからみて、北條ショックは二・二六事件のあとに起きたとみるのが正しいように思われる。

《マルクス主義の全面的な退潮と、戦争前夜の不気味な真空状態のなかで、すべての座標を失いはじめていた私たちにとって、つぎつぎに発表される彼の作品は、私たちの理解の及ばぬ大きな出来事であり、私たちはただ茫然と彼の作品の前に立ちつくすだけであった》（「私の古典——北条民雄との出会い」）

マルクス主義の退潮と軍国主義の擡頭のなかで思想的な座標軸を失った青年の多くは転向し、人道主義的ヒューマニズムや日本的な美意識に救いを求めた。たとえばマルクス主義文学論の旗手として知られた亀井勝一郎は、昭和九年（一九三四）のナルプ（日本プロレタリア作家同盟）解散と同時に「日本浪曼派」の同人となり、親鸞と浄土真宗に傾倒していった。吉郎の場合には、転向といえるほどの回心は生じなかったが、北條民雄という「大きな出来事」は、亀井における親鸞の発見に通じるものだったといっても、それほど大きな的外れにはならないはずである。

昭和十三年（一九三八）六月に創元社から上下二巻の『北條民雄全集』が刊行されると、吉郎はそれを《待ちかねるようにして購った》。そして下巻に収められた北條の日記を読んで、はげしい自責の念にとらえられる。

《日記によると、北條民雄は昭和十一年六月に死を決して二週間、東京の近辺を放浪している。私はこころみに私自身の日記の、同じ時期の箇所を読み返して愕然とした。なんのこともない。退屈きわまる記述の連続でしかなかったからである》（同前）

春月の詩を読んで自殺の衝動に駆られた少年は、ここでは自分の日常が北條民雄のそれに比べて「退屈」すぎることを恥じている。文芸作品に対する過度の感情移入は、青年期の読書に通有のものだといっていいが、吉郎はそれを倫理的な自己処罰の書として、いいかえれば「バイブル」として読んでいたのである。

この聖書のごとき愛蔵本は、翌十四年（一九三九）の入隊に際して東京の実家に置き去りにせざるをえなかった。動員先の哈爾浜《ハルビン》の書店で新本を見つけてすぐに買い求めたが、ソ連軍の侵攻にともなう混乱のなかで失われてしまった。昭和二十年（一九四五）の敗戦直後に哈爾浜の古書市で再会し、商売道具の露和辞典と引き換えに三度目の購入を果たしたが、これもシベリア抑留と同時に手放すことになった。抑留期間の末期、ハバロフスク収容所の素人劇団のために「癩院受胎」をシナリオとして書き下ろしたが、このとき原作はもちろん手元にはなかった。そして帰還後、神田の古書店で四度目の全集を手に入れ、これだけは終生手放さなかった。これほど深く北條民雄を愛した読者は、おそらくほかにはいなかったと思われる。

3

昭和十一年（一九三六）、吉郎は三年生に進級し、文芸部委員として校友会雑誌『炬火《かがりび》』に作品を発表する。

《外語の後半の二年間、文芸部の委員となって校友会雑誌「炬火」の編集をしたことがあって、その頃の雑誌に二篇ほど詩がのった。ペンネームで書いたので、よもや今頃になって掘り返されることはあるまいと思っている》（「私の詩歴」）

ところが、そのうちの一篇は本名で掲載されていたので、四十三年後に掘り返されて『石原吉郎全集』第一巻に収録された。『炬火』二十三号（一九三六年六月）に載った「時代」という作品である。石原吉郎の作品史上見過ごせない詩なので、少し長いが前文を引いておこう。

1

法衣を着た俗衆は言ふ
地球に引力があるなぞと
とんでもない間違ひぢや
太陽は地球の廻りを廻り
地球は扁平で

その上で月が笑ふ！
分りました　坊さん方
あなたの仰言る事は
ほんとに
ほんとに
正しい——

俺は糞と唾だ
そして
貴様も糞と唾だ
全て
動き
苦悩し
進歩するものは
皆　糞と唾だ
有難い　神聖な「時」は
さう決めて下さる

おゝ　でつかい機械だ

猫の様なしなやかな 肘《ピストン》だ
力強いモーターの唸りだ
トコトンまでも
動いてゐるこの世界
リズミカルなドリルの響き
あれだ！
わし等の求める新しいリズム
神秘なリズム！
労働者の神秘なポーズ
スヰツチを切る手の描く
曲線《カーブ》の美しさ！
（気の毒な未来派の紳士方！
一寸その細い
芸術家らしいと仰言る
その手を
ドリルの中につゝこんで見給へ）
文化
とは
腐つた

林
檎
だ
黙れ
さう　仰言い！
文化とは腐つた林檎だ　と
えゝよく出来ました
もう一度

2

生活は暗くなつた
勉強しすぎた男
垢だらけの机の前で
サメザメと涙が流れる

　$(a+b)^2$は
分ります
$a^2+2ab+b^2$だ！
だが　こんな真理を

誰が今頃信じて呉れるだらうか！

ペーヴメントに血がにぢんでゐる
ポッチリと小さく　だが
深く　深く
　深く　深く
地殻の中にしみとほつてゐる
何処やら
ニトログリセリンの匂がする

驚くべきことに、学生詩人石原吉郎は、れっきとしたモダニストだった！　このように感嘆符や記号を多用し、文字の配列にこだわるのは、初期モダニズム詩の特徴である。モダニズムはやがてプロレタリア詩と融合してダダイズムやアナーキズムへと進化していくのだが、ここにはその進化の過程があからさまに示されている。モーターの音やドリルの響きを「わし等の求める新しいリズム」と呼び、スイッチを切る労働者の手つきを芸術家の細い手と比較してその「曲線の美しさ」を賞めるあたりはプロレタリア詩そのものだし、「俺は糞と唾だ」と怒鳴りながら、「文化とは腐つた林檎だ」と罵倒するあたりはまさにアナーキズムである。「法衣を着た俗衆」が出てきて怪しげな説教を垂れる冒頭部分は、ダダイスト高橋新吉の禅問答詩を思い出させる。

ことほどさように、この詩は同時代の詩の技法をふんだんに詰め込んだ、ある意味ではたいへん意欲的な実験詩だといっていいのだが、別言すれば、それはこの詩人がまだ自分の詩法を発見していないことを示している。世に石原吉郎ファン多しといえども、この詩を匿名で読まされて、若き日の石原の作品だと指摘できる人はまずいないだろう。

昭和十二年（一九三七）、最上級生になった吉郎は、『炬火』の編集兼発行責任者になる。同年七月刊の二十五号では「作家論特集」を組み、東京外語出身の二葉亭四迷、有島生馬、永井荷風、石川淳、小田嶽夫の五作家を分担して論じている。全員が筆名を用いているので、どれが吉郎の書いたものかを判別するのは難しい。「石井三介」なる筆者が同誌二十四号に「ハイデルベルヒの学生達」、二十五号に「艶書」「地平線上の嘲笑」、二十六号に「哀訴」という詩を書いていて、これがどうやら吉郎の筆名だろうと思われるのだが、確認がとれない以上、断定は避けるべきだろう。ただし、二十五号の編集後記を書いた「Y・I」が石原吉郎であることだけは間違いなさそうである。

《委員が一新したので、いろいろ見当のつかない事などもあって、思うようにいかなかった点が多かったことを初めにお詫びしておきたい。どうせ外語はアカデミイではないのだからと言ってしまえばそれまでのことだが、あまりに文化的関心を失なったオポルトニストを僕等の周囲に見出すのは悲しい事だと思う。解らないなら解らないなりに、迷うなら迷うなりに、真理の道を求めて行くのが本当の僕等の道ではなかろうか。「真理」と言われればすぐ嘲笑しようとするのは、恥ずべき世紀末的自嘲に外ならないと思う》

この号が出た七月には、北京郊外で盧溝橋事件が勃発し、日中戦争が始まっている。近衛内閣は国民精神総動員令を発し、巷には「愛国行進曲」が鳴り響いていた。しかし、少なくともこの誌面には、そうしたきな臭い「戦時色」はまったく見られない。周囲の学生たちが「文化的関心」を失っていくなかで、吉郎たち文芸部員は「解らないなら解らないなりに、迷うなら迷うなりに、真理の道を求めて」行こうとしていたのである。とはいえ、『炬火』が文芸誌たりえていたのはこの号までで、二十六号からは編集長が代わってにわかに戦時色がつよくなる。ちなみに同誌二十七号には、のちに『人間の条件』を書く五味川純平が五味川滋の筆名で「山小屋」という短篇を発表している。

昭和十三年（一九三八）春、吉郎は東京外語を卒業して大阪ガスに入社する。

《東京に開催を予定されていたオリンピックが、前年に勃発した日華事変のため中止に決定した年の春、私は東京外語（旧制）のドイツ語部貿易科を卒業して、大阪ガス会社の研究部に就職した。大阪へ就職したのは、前年中国大陸で戦死したおなじドイツ語の先輩のあとを補充するためである》（「教会と軍隊と私」）

中学時代に化学を苦手にしていた吉郎が研究部に配属されたのは、もちろん試験管を握るためではなく、研究者用の外国文献を翻訳するためだった。それにしても、戦死した先輩の穴埋めとして大阪ガスに就職したという事実は重要である。戦時体制が強化されるなかで、死はすでに身近なものになっていたが、彼は死者の身代わりとして就職することによって、いわば死の影を身にまとうことになる。まもなく受けた徴兵検査によって、死はもはや避けられないものになった。その不安から逃れるために、彼はやがてキリスト教に引き寄せられていく。その意味で、石原吉郎の大阪行きは、まさしく宿命的な出来事のひとつだったといわなければならない。

〈ノート4〉
単独者の祈り

1

昭和十三年（一九三八）六月、石原吉郎は父稔とともに伊豆に帰省し、修善寺の小学校で行なわれた徴兵検査を受けた。結果は第二乙種の第一補充兵役。これで召集はもはや避けられないものとなった。石原にとって戦争とはすなわち死ぬことであり、未来とはそれまでの短い時間を意味した。死ぬからには心静かに姿勢を正して死にたい。その安心を得るために自分はいま何をなすべきか——という焦燥と不安が彼をキリスト教会へと向かわせた。

当時住んでいた大阪のアパートの近くに日本基督教会派の住吉教会があった。鬱蒼たる蔦に覆われた古めかしい教会だった。そのたたずまいに心を惹かれて内部に足を踏み入れた。石原はのちに《仏教その他の宗教でなくキリスト教をえらび、カトリックをえらばずにプロテスタントをえらんだ理由については、全くの偶然だったというほかない》（「教会と軍隊と私」）と述懐したが、かつて少年期の終わりに《貧窮にやせ細った姿で一人ルターの註解を読みつづける一人の青年を、自分の理想像として思いえがいた》（一九五九年のノート）時期があったことを思えば、そこにはやはり一定の必然性があったというべきだろう。

そのとき石原は《一夜にして深い感動が私をおそって、自分を生死を超越した男に作りかえてくれること》(「一九五六年から一九五八年までのノート」)を期待していた。しかし、そんな奇蹟は起こらなかった。住吉教会の老牧師は当時の軍国主義的な風潮に合わせてキリスト教を日本的に解釈することに腐心していた。石原は特に反軍でも反戦でもなかったが、その退屈な説教にはどうしてもなじめなかった。

そこでエゴン・ヘッセルという若いドイツ人牧師と出会った。ヘッセルは旧制松山高校のドイツ語講師だったが、客員のようなかたちで住吉教会へ来ていた。まだ日本語が不自由なヘッセルのために、石原は老牧師に頼まれて説教の手伝いをすることになった。ヘッセルがドイツ語で書いた原稿を、石原が日本語に訳したのちにローマ字化し、それをヘッセルが教壇で読み上げるのである。その打ち合わせのために、石原はときどきヘッセルの田辺の自宅に招かれた。

ヘッセルは「危機の神学」で知られるカール・バルトの直弟子だった。石原にバルトを読むようにすすめ、『ロマ書』の原書を貸し与えた。予備知識のない石原にはとうてい歯の立つ代物ではなかった。幸いなことに、そのころ丸川仁夫訳の『ロマ書』が出版されたので、すぐに買い求めて読んだ。直訳風の粗い訳文で、内容はほとんど理解できなかったが、逆説に満ちたその文体は、兵役を前にした若い求道者に「背理そのものとしての信仰の位相」を気づかせるのに十分だった。丸川訳はいまでは入手困難だが、そこにはたとえばこういう一節があったはずである。

《イエスへの信仰は、徹底的な「にもかかわらず」であり、その内容である神の義もまた徹底的な「にもかかわらず」であることと同じである。イエスへの信仰は、全く「愛のない」神の愛を感じて把握し、いつも不快感と躓きを与える神の意志を行ない、その完全な不可視性と隠蔽性にある神を神と呼ぶ前代未聞のことである。イエスへの信仰はあらゆる冒険の中の冒険である。この「にもかかわらず」、この前代未聞のこと、この冒険が、われわれの指示する道である》(小川圭治・岩波哲男訳『ローマ書講解』平凡社、二〇〇一年)

論理的な矛盾や飛躍を「にもかかわらず」という逆接によって結びつける歯切れのいい断言、「この」という指示代名詞の反復による畳みかけるようなリズムは、後年の石原の詩によく似ている。これでもわかるように、石原にとってキリスト教は文字どおり「初めに言葉ありき」の世界だった。安西均との対談「背後から見たキリスト」(『近代日本キリスト教文学全集13詩集』月報、一九七七年)のなかで、石原はこう語っている。

《あの文章はびっくりしたんですけれども、今考えますと、非常に詩の方法に似ていますよ。たとえば、論理がたくさん矛盾してるんです。それをのり越えのり越えして結論に到達するわけです。ですから、その間には「にもかかわらず」とか「垂直に」とか、そういうことばがたくさんはいってくるんですね。ぼくはあれを詩としては読んでいなかったんですけれど、ああいうことばづかいの影響が多いと思うんです》

たとえば第一詩集『サンチョ・パンサの帰郷』の冒頭の詩「位置」は、石原がそこから何を学んだかを如実に示している。

しずかな肩には
声だけがならぶのではない
声よりも近く

敵がならぶのだ
勇敢なる男たちが目指す位置は
その右でも　おそらく
そのひだりでもない
無防備の空がついに撓《たわ》み
正午の弓となる位置で
君は呼吸し
かつ挨拶せよ
君の位置からの　それが
最もすぐれた姿勢である

この詩については昔から、キリストの磔刑をあらわしたものだ、いやシベリアにおける銃殺をえがいたものだろうなどと、さまざまな解釈がおこなわれてきた。詩は作者の手を離れた瞬間から読者のものだから、読者の数だけの解釈があっていい。ただ私には、「勇敢なる男たちの目指す位置」とは「冒険の中の冒険」としての「イエスへの信仰」をあらわし、「無防備の空がついに撓み／正午の弓となる位置」とは不可視の神が「垂直に」降りてくる瞬間を意味しているとしか思えない。つまり作者はその「右」でもなければ「ひだり」でもない信仰者の位置が自分の詩人としての立脚点だといっているわけで、ここに『ロマ書』の影響を読み取らなければ、私たちは詩人の「挨拶」を受け止めたことにはならないはずである。

2

ヘッセルが師事したカール・バルト（一八八六―一九六八）は、カール・マルクス、カール・ヤスパースとともに「二十世紀思想の三K」と呼ばれたドイツ系スイス人の神学者である。戦争と革命に揺れる危機の時代にあって、それまでの人間主義的な近代神学を否定して神と人間の断絶を唱えながら、「にもかかわらず」信仰の絶対性を回復せよと主張した。その思想は「弁証法的神学」とも「新正統主義神学」とも呼ばれたが、バルト自身はそれを「神の言葉の神学」と称した。一九二四年、ナチスに追従するドイツ福音主義教会に反対して結成された「告白教会」の理論的指導者となり、有名な「バルメン宣言」を起草した。ボン大学の神学教授だった一九三四年には、ヒトラーへの忠誠宣誓書の署名を拒否して停職処分を受けた。『ロマ書』はバルトの初期の代表作で、一九一九年に第一版が、一九二二年に改訂版が刊行されている。

ヘッセルは、このバルトの教え子で「告白教会」の熱心な活動家でもあった。ドイツ宣教史研究会編『日本におけるドイツ――ドイツ宣教史百二十五年』（新教出版社、二〇一〇年）によると、ヘッセルは一九〇三年にデュッセルドルフで生まれ、ミュンスター大学でバルトに神学を学んだ。ヒトラーが政権を掌握した一九三六年に東亜伝道会の宣教師として京都に赴任したが、「告白教会」の立場からナチス批判の説教をしたため、同僚の密告によって伝道会を罷免され、松山高校の講師になった。しかし、一九三九年にはナチスと結託した日本の文部省によって教職と国籍を同時に剝奪された。

細見和之の労作『石原吉郎――シベリア抑留詩人の生と詩』（中央公論新社、二〇一五年）によると、カール・レーヴィットというドイツ系ユダヤ人の著書『ナチズムと私の生活――仙台からの告発』（秋間実訳、法政大学出版局、一九九〇年）に、ヘッセルと思しき人物が登場する。レーヴィットはハイデガーの一番弟子だった。ナチスの迫害を逃れてローマに亡命中にハイデガーと親交のあった九鬼周造の斡旋で東北大学に招かれ、昭和十一年（一九三六）秋に来日した。そして昭和十六年（一九四一）十二月にアメリカに移住するまでの五年間を仙台で過ごした。渡米の前年（一九四〇）にハーヴァード大学の懸賞募集に応じて書かれたこの手記は、弟子によるハイデガー批判の書としても貴重なものだという。

ヘッセルはそこに「HI」というイニシアルで登場し、反ユダヤ主義的なドイツ人「HG」と対比的に描かれている。

《HIは（HGとは）まったく違った性格をもった人物であった。ひとり立ちしており、妥協のない生活を築いていた。告白教会の立場をとっていて、これを理由にドイツ人教区の牧師としての地位を失っていた。日本の高等学校における教職も、ドイツ公使館の働きかけで取り上げられてしまっていた。彼はたえずドイツの役所とたたかっていて、彼の説教は、全体国家への攻撃をも日本の天皇制への攻撃をも辞さなかった。倦むことなく日本人のあいだで自分の小さな「教区」のために宣伝をしつづけた。この「教区」はもちろん、ただ数人のドイツの「ユダヤ人たちと異教徒たち」だけで構成されていたのである》

これによれば、HI（ヘッセル）は昭和十五年（一九四〇）の時点ではすでに牧師の資格と松山高校の教職を剥奪されていたらしい。石原がヘッセルと出会ったのはその一年ほど前のことだが、彼らが協働して作り上げた説教が反ナチズム、反天皇制の思想に貫かれたものだったことは疑えない。とすれば、石原は学生時代にポ・エ・ウ（プロレタリア・エスペラント同盟）の残存メンバーとつきあっていたときと同じく、かなり「危険な橋」を渡っていたことになる。

《戦争の勃発に際しては、彼は公開した声明のなかで、ヒトラーの政府――これをその声明のなかでは反キリスト教的と特徴づけていた――のために行なわれるすべての種類の協力を拒否した。私がHGにHIの決断を突きつけたとき、HGは、自分はヒトラーの政府が反キリスト教かそうでないかを決定しなければならないとは考えていない。総じてキリスト者であることとドイツ人であることとのあいだに境界線を引くのは非常にむずかしいことだと答えた。自分はHIの人柄はたしかに大いに好きだが、彼には残念なことに常識（common sence）が欠けている、という。――まさにそれが欠けているからこそ、HIは、彼を日本の役所に出かけていって中傷するすべての党員たちよりもよけいにドイツ人であったのである。彼は、若いルター派の牧師というタイプで、文字どおりの異議を申し立てるプロテスタントであり、K・バルトの活動的な弟子であった》（同前）

この文章は、当時の在日ドイツ人社会にドイツ国内の政治的対立がそのまま持ち込まれていたことを示している。そのような緊迫した状況のなかにあって、ヘッセルには「常識」が欠けていたからこそ、彼を密告したナチス党員よりもまともなドイツ人だったというレーヴィットの指摘は鋭い。ここで日和見を決め込む反ユダヤ主義者HGの態度は、そのまま天皇制ファシズムに対する住吉教会の老牧師の態度に通じるものだった。

《一と月も通ううちに、私はその教会に次第に抵抗を感ずるようになった。高齢者が多いため全体の空気が停滞して、ひどく退屈なこともあったが、なによりもがまんならないのは、牧師の説教であった。牧師はすでに高齢で、説教はひどく常識的であるだけでなく、あきらかに当時の軍国的な風潮に進んで迎合する態度が露骨にみられたからである》（「教会と軍隊と私」）

石原はいずれ洗礼を受けるつもりでいたが、そうした不満と危惧をかかえたままでここで受洗し、この教会に所属してしまうことは耐えられなかった。そこで休日を利用して神戸の中央神学校を訪ね、知り合いの神学生に老牧師の説教に関する率直な感想を求めたが、教会と多少関係のある彼は、口を濁して答えようとしなかった。ここにもひとりの「HG」がいたのである。

失望して大阪へ帰った石原は、ヘッセルに悩みを打ち明けた。ヘッセルは石原に同情し、住吉教会からほど遠からぬ姫松教会を紹介した。同じ日本基督教会派に属する教会だった。石原は住吉教会の会員ではなかったので、黙って移ってもよかったのだが、いちおう挨拶をしておこうと老牧師あてに手紙を出した。「自分の考え方とかなりちがうと思うので、他の教会へ行くことにした。お許しを願いたい」と正直に書いた。これがあとで思わぬトラブルを引き起こすことになる。

このトラブルと前後して、石原は姫松教会でヘッセルから洗礼を受けた。教会の牧師がその場に立ち会った。これで石原は名実ともにキリスト教徒となった。あまり熱心な教徒とはいえなかったが、洗礼を受けたという「事実」は、生涯にわたって彼の生き方を規定した。もしこの「事実」がなければ、私たちの知る詩人石原吉郎は存在しなかったかもしれない。

《教会をかわってしばらく経ったころ、私の新しい教会で大阪南部地域の合同祈禱会が、各教会の牧師や信者の代表の参加のもとに行なわれた。S教会の老牧師の姿もみえた。祈禱会が型どおりの次第を追って進み、何人かの出席者がこもごも立って祈り終るのを見はからったように、最前列の老牧師が立ちあがった。牧師の祈りはまず「主よ、このなかに恥ずべき裏切り者、ユダの徒がおります」という異様なことばで始まった。ユダの徒が私を指してのことばであることは即座に分った。あきらかに私の同席を意識しての牧師の祈りは、ほとんど罵倒と挑発に近いものであったが、その祈りを彼が、このような許しがたい僕《しもべ》の罪をも、主のみこころにより許したもうように、とのことばで結んだとき、私は胸がわるくなってそのまま外へ出た。私のかたわらにいた人のことばによると、その時の私は文字どおり顔面蒼白だったそうである。一体私が何を「裏切った」というのか》(同前)

もしこのとき石原が何かを裏切ったとすれば、それは教会のしきたりや教区の運営にかかわる問題であって、信仰の本質とはなんの関係もないことである。死地に赴く前に心の平安を求めて教会の門をたたいた青年に、そんなことがわかるはずはない。しかも彼は手紙で転籍の挨拶をしているのだから、手続きのうえでも特に咎め立てされる筋合いはないはずである。にもかかわらず、飼い犬に手を噛まれたかのように怒り狂って裏切り者呼ばわりし、あまつさえ、その「許しがたい僕」の罪をも許したまえと会衆の前でそらぞらしく祈ってみせた老牧師の罪は許しがたい。それが老牧師の個性の問題ではなかったとすれば、当時、天皇制ファシズムの病熱に冒された教会の荒廃はそこまで進んでいたのである。

もしこの事件が受洗より前に起きていれば、石原はそもそも洗礼を受けなかったはずだし、神学校への入学を志すこともなかったにちがいない。彼を教会に踏みとどまらせたのは、あくまでも自分がすでに受洗したという「事実」だった。何があろうとも、その事実だけは裏切るわけにはいかなかったのである。

この事件は、石原をすっかり「教会嫌い」にした。前出の安西均との対談で《ぼくは、教会でいっしょに立ち上がって賛美歌を歌うとか、主の祈りをとなえるとかいうのがテレくさくてしようがない》《信仰は本来孤独なものであると、ぼくは思います》と語っている。祈る姿を他人に見せてはならないという聖書の言葉を信じる石原は、それをことさら会衆に見せつけようとする集団的な祈禱のありかたに、ある種の恥ずかしさを感じないではいられなかった。しかし、この事件はまた石原の信仰をさらに深めることにもなった。

《この事件によって、すくなからず私が動揺したことも事実である。この事件があってから、むしろ加速的と思えるほど、信仰への傾斜をはやめて行ったが、それはただ、私自身のそれ以上の動揺をひたすら危惧したためであろう。ついには献身を決意するに至るが、この決意をいざなった有形無形の誘因のなかに、この祈禱会を契機とした危機感があったことはまちがいない》（同前）

ここにいう献身の決意とは、むろん神学校へ入学することである。召集を前にして入学準備にかかることが果たして可能なのか。入学後に召集令状が来たらどうするのか。そういうことはまったく考える余裕がなかった。ただ闇雲に神学校へ行きたいと思った。それがこの事件のもたらした心理的動揺の反映だったことはいうまでもない。

当時、神戸の中央神学校は自由神学派が優勢で、東京神学校はバルト神学への関心を深めていた。石原は東京神学校を選び、入学試験に備えて九月初めに大阪ガスを退社した。そして上京する前にヘッセルに会いに行った。

《この時私がヘッセル氏に神学校入学のことを話したかどうか憶えていないが、多分なにも話さなかったと思う。もし話していれば、相当熱っぽい話題となったはずである。ヘッセル氏から私は、東京へ行ったらぜひ信濃町教会の福田正俊牧師を訪ねるようにとの慫慂を受けた。たまたま話がゾルダーテンフリスト（兵役拒否）に及び、その義務の有無をたずねられた。ヘッセル氏はすでにドイツ本国からの召集を拒否しており、いずれは亡命を余儀なくされる立場にあったが、暗にそのような立場について考えてもよいのではないかと、遠まわしの暗示を受けた。私はこれに対しては、なにも答えなかった。答えうる立場というものが、そもそも私になかったというのが本当である。私がヘッセル氏に会ったのはそれがさいごである。のちになって私は、ヘッセル氏が米国へ亡命したことを知らされた》(同前)

これは不思議な文章である。そもそも石原が神学校への入学を決意したのは、ヘッセルの手引きで姫松教会へ移ったことを住吉教会の老牧師から裏切り者呼ばわりされたからであり、東京神学校を選んだのはヘッセルのすすめでバルト神学を学んだからである。にもかかわらず、石原はヘッセルに神学校入学についてはなにも語らず、ただ東京へ行くと告げただけだったという。もしそれが事実だとすれば、石原とヘッセルの仲は、この時点ですでに疎遠になっていた。ひょっとすると、祈禱会事件に際して救いの手を差し伸べようとせず、沈黙を守ったヘッセルに失望していたのかもしれない。《兵役なり出征については、私は、当時の青年の平均的な考え方以上のものを持っていたわけではない。拒否するにたる明確な思想的立場というものは何もなかった。というよりは、戦争を政治の延長として考える立場が、私には徹底的に欠けていた。戦争というものを、そのまま死へと短絡して行く考え方は、すでに牢固として抜きがたいものになっていたといっていい。運命としての死の受容。その激烈な様相が私にとっての戦争であったと、私は考える。これを訂正する立場には今もない》(同前)

ここへきてヘッセルと石原の考え方の違いが明らかになる。ヘッセルにとって戦争とはまさしく政治の延長であり、ナチスの戦争に反対することがすなわちキリスト者としての義務だった。したがって兵役拒否は自明の選択だった。これに対して石原は戦争を拒否する思想的な立場をもたず、戦争とはすなわち「運命としての死」を受容することだった。石原がキリスト教に求めたのは、その運命としての死を前に「よしよし、こわがらなくてもいいんだよ」と抱きしめてくれる母性愛にも似た神の慈愛だったはずなのだが、ヘッセルはそこに峻烈な父の倫理を求めていた。とすれば両者は最初から運命的にすれ違っていたのだといわなければならない。

ところが、『一期一会の海』(日本基督教団出版局、一九七八年)に収録された談話体の回想録「随想」によると、上京前後の事情は少し違ったものになる。神学校入学についてヘッセルに相談すると、「それなら東京神学校へ行け」とすすめられた。上京後も連絡を取り合っていたのだという。

《神学校から学徒兵として自分で志願して来た人がたくさんいます。あの当時は神学校でもそういう空気だったのです。それでヘッセルさんが非常に心配しまして、とにかく一回上京するからその時会いたいと手紙をよこしました。ところがヘッセルさんが来られる前に召集令状が来ましたので、すぐヘッセルさんには電報を打ちました。たしかその時ヘッセルさんは、自分自身はナチの徴兵を拒否して亡命していたのでしょう。そして私にもそういう態度をとれと暗示があったのですが、私は徴兵拒否できるほど強い根拠は持っていませんし、またそういう理由もありません。ですから私は、この戦争のために行くしかないのだと思いました》

この談話が収録されたのは昭和五十年(一九七五)七月、「教会と軍隊と私」が『断念の海から』(日本基督教団出版局、一九七六年)のために書き下ろされたのは同年十一月のことである。したがって、後者は前者を自分の文章として訂正したかたちになっているが、そこにはおそらく石原の現在の「立場」からする作為があり、事実関係としては前者のほうが自然で説得力がある。その「立場」は、これに続く談話のなかで次のように語られている。

《私はヘッセルさんのことはほとんど知りません。あまり個人的なことは聞きたくありませんでした。

ただその時、ヘッセルさんは前の奥さんが亡くなっていました。そして二人の女のお子さんがあって、知り合いの女性が家の中の手伝いをしていました。結局そのあとでアメリカに亡命したのですが、亡命の直前に、アメリカ人の女性と結婚しました。そして一緒にアメリカへ渡ったのです。

戦後、私が帰国する前にもう日本へ戻って来ていました。実際関西方面にいるという話を聞きましたが、その頃はもう私の考え方とかなり違っていました。それから徴兵拒否の問題についても、だいぶ私と異なる考えでしたから、ヘッセルさんにはもう会わないほうがいいだろうと思って、いまだに会っていないわけです》

ヘッセルがアメリカ人女性と結婚して渡米したとき、石原は自分が裏切られたように感じたにちがいない。俺に徴兵拒否をすすめておきながら、自分は奥さんとアメリカに亡命するのは卑怯ではないか……。これはもとより石原の一方的な思い込みにすぎないのだが、石原の対人関係はいつも一方的で関心はつねに自己に向けられていた。戦後ヘッセルが日本に帰っていることを知りながら、自分の考え方とは違っていたので、もう会わないほうがいいだろうと思ったというところに、その主観的な性格がよく表われている。とすれば、信頼を裏切ったのは果たして誰だったかが問われなければならないだろう。

3

この時期、石原はキリスト教にのみ関心を向けていたわけではない。『ロマ書』と並行してシェストフの『悲劇の哲学』を読み、それに導かれてドストエフスキーを読んだ。石原はこの時点ではまだロシア語を学んでいない。おそらくは中村白葉訳だったろうと思われる。前出の「随想」で、石原はこう語っている。

《シェストフの悲劇の哲学は（中略）非常に特殊なドストエフスキーなのです。私はそれを普通なものと思って、ドストエフスキーの文学とはこういうものだと先入観で読み始めたものですから、かなり偏った、狭い見方をしたわけです。あとでそれを訂正するのにかなり時間がかかりました。シェストフの本の焦点は、ある時期からドストエフスキーの考え方が百八十度の転換をする、そこの要のところの過程を追究するわけです。（中略）シベリアから帰ってくるまでの時期のドストエフスキーのヒューマニズムとか、それがある時期にひっくり返る、あるいはまた『地下生活者の手記』が転機になっている、それの分析にあてられているわけです。私はそれを気にしたものですから、まず『地下生活者の手記』から読みだしました。ですから私は、ドストエフスキーはまず『地下生活者の手記』以後の作品から先に読んだわけです。そしてあとからはじめの作品『貧しき人々』などを読み直しました》

このとき、石原は自分が数年後にドストエフスキーと同じくシベリアに抑留されることになろうとは夢想だにしていなかった。応召前にシェストフを読んだのはまったくの偶然といっていいのだが、そこに描かれたヒューマニズムから絶望へという思想的な転換は、やがて石原自身を見舞うことになる。その意味で、石原とドストエフスキーとの出会いは、キリスト教との出会いと同じく、あるいはそれ以上に必然的な「事件」だったといわなければならない。ともかくこうしてドストエフスキーは、生田春月、北條民雄、カール・バルトにつづく石原の終生の愛読者となった。

詩もまた中断することなく書きつづけられた。「私の詩歴」によれば、同期入社の同僚のなかに、たまたま詩を書く青年がいたらしい。
《一九三八年春、私は外語を卒業して大阪に就職したが、一緒に入社した青年で、その頃関西で発行されていた「日本詩壇」に詩を発表していた青年がいて、彼の紹介で私も二篇ほど詩をのせた。編集者はたしか吉川則比古氏だったと記憶している。このときもペンネームを使った。私は翌年の秋、応召したので、ここまでが戦前の私のささやかな詩歴になる》
ペンネームで書かれたはずの詩が一篇、「日本詩壇」昭和十三年（一九三八）六月号の投稿欄に本名で載っているのが見つかり、『石原吉郎全集Ⅰ』（花神社、一九七九年）に補遺として収録されている。「暁明を望まぬ歌」と題する散文詩である。

たとへば　暁を浴びて起ちあがるものが世紀の彫像であつても　所詮陽光に耐へぬこの身はひたすらに昏冥を希うて羽博き　まだ破貞の懺悔を終へぬこの身は最早ロゴスへの歓喜も知らぬのだ　既に時刻は絶望を刻み汚辱の胸元を洗ふ海南風は最早遅いが　白い指先は愛憐の花蔭に慄へながら　併し静かに北極を指すことをわすれない
たとへば　胸もと深く組みあはされる双の腕《かひな》であつても　所詮解き放つて　高く　さしあげることのできない哀しい拒否を　なぜあなたは不逞の沈黙と誤解するの

かうすうすと洩す微笑の底に既に嘲笑はその影を絶ち　たとひ試ろみに挿込む鋼鉄の腕であらうとも最早感応すべき電流は流れ去つてゐる
たとへば　浮きあがる蒼穹の階段を攀ぢのぼらうとする眸には　大地に横たはる双つの脚が悲しいのだ
あゝ哀憐を希はぬ双つの胸に　惜しみなく投げ与へられる扇情の花束を　ぱらぱらと振りおとしながら起ちあがる　夕陽を浴びた敗残の額に　ゆらゆらと照り映える五彩の哀傷がある

学生時代の石原がモダニズムの申し子だったとすれば、ここでの石原は「四季派」の弟分ともいうべき感傷的な抒情詩人である。月刊『四季』の創刊が昭和九年（一九三四）、立原道造詩集『萱草に寄す』の刊行が同十二年（一九三七）だから、石原はおそらくそれを読んでいた。この詩にたとえば立原の第二詩集『暁と夕の詩』（一九三七年）の影響を見出すのはそれほど難しいことではない。ただし、同じ青春の感傷をうたっていても、立原の詩がどこまでも透明で甘やかなのに対して、石原の詩は暗い苦渋の色を湛えている。それを両者の育ちの違いだといってしまえばそれまでだが、石原の詩にはやはり彼をキリスト教へと誘った「運命としての死」が深く影を落としているというべきだろう。「まだ破貞の懺悔を終へぬこの身」「胸もと深く組みあはされる双の腕」といった詩句は、すでに求道者のものだといっていい。

それよりも私が注目したいのは「海南風」という言葉である。シベリアから帰還してからの石原は「風の詩人」と呼んでいいほど多種多様な風を詩のなかに吹かせることになるが、その最初の風のそよぎが、この詩に感じられるからである。「海南風」は「海風」と同義で、夜になって海から陸へ向かって吹く南風のことだが、詩人はそれを「汚辱の胸元を洗ふ」ものとしてとらえる。時刻はすでに絶望を刻んで遅く、いまさら風が吹いても間に合わないのだが、それでも自分の「白い指先」は静かに「北極」を指すことを忘れないだろうというのである。ここで「白い指先」は青春の純潔を、「北極」は神を意味しているとみて大過はないはずである。

この詩は私たちにただちに石原の帰還後の詩「陸軟風」を思い出させる。同人誌『鬼』の第三十九号（一九六四年十月）に「望郷」と題して発表されたあと、『現代詩文庫26　石原吉郎詩集』（思潮社、一九六九年）への収録に際して「陸軟風」と改題された。「陸軟風」はすなわち「陸南風」だから、これはまさしく「海南風」の対義語といえる。

陸から海へぬける風を
陸軟風とよぶとき
それは約束であって
もはや言葉ではない
だが　樹をながれ、
砂をわたるもののけはいが
汀《みぎわ》に到って

憎悪の記憶をこえるなら
もはや風とよんでも
それはいいだろう
盗賊のみが処理する空間を
一団となってかけぬける
しろくかがやく
あしうらのようなものを
望郷とよんでも
それはいいだろう
しろくかがやく
怒りのようなものを
望郷とよんでも
それはいいだろう

これはもう完全に「シベリアの詩人」石原吉郎の詩のスタイルになっていて、形式的にも思想的にも「海南風」とは比ぶべくもないのだが、子細にみれば両者は多くの言葉を語感の深部で共有していることがわかる。陸風と海風の対応もさることながら、たとえば「しろくかがやくあしうら」は「白い指先」に、「盗賊」は「不逞」に、「望郷」は「絶望」に対応している。とすれば、これは石原における戦前と戦後、暁と夕を風向の対比によって表現した詩だといっていいので、この二つの詩の間にいったい何があり、何がその詩の方向を逆向きに変えたのかを探ることが、私たちに課せられた次の宿題である。

〈ノート5〉

哈爾浜特務機関

1

昭和十四年（一九三九）九月、神学校受験のために大阪ガスを退職して上京した石原吉郎に召集令状が届いた。エゴン・ヘッセルから徴兵拒否を勧められていたが、もともと「運命としての死」の受容を前提にキリスト教に入信した石原にとって、ヘッセルのように戦争を拒否する積極的な理由は見いだせなかった。だから、「普通の日本人」として応召することにした。普通でなかったのはただひとつ、小型の賛美歌集を隠し持って入隊したことである。そんな小さなことにさえ大きな勇気を要する時代だった。

昭和十四年十一月中旬、静岡市の歩兵第三十四連隊に入隊した石原は、陸軍二等兵として歩兵砲中隊速射砲（対戦車砲）班に配属された。原隊はすでに中支に派遣され、連隊には留守部隊が残されていた。その留守部隊で三か月間みっちりとしごかれたあと、幹部候補生と身体虚弱者を除く兵の大半は中支へ送られた。東京外語を卒業した石原は、短期間で下士官や将校になれる幹部候補生試験の有資格者だったが、あえて受験しなかった。人を押しのけてまで軍隊で出世する気にはなれなかったからである。

それにもかかわらず前線に送られなかったことを訝しんでいると、中隊の人事係准尉に呼び出された。今度、陸軍に露語教育隊なるものが新設されることになり、静岡連隊から大阪の露語教育隊に三名分遣することになった。貴様は東京外語出身で語学に強そうだから推薦することにしたい――という話だった。何のための露語教育隊か准尉も知らないようだったので、即答を避けて内務班に戻り、初年兵仲間に相談すると、そんなわけのわからない分遣は断ったほうがいいといわれた。そこですぐに准尉のところへ引き返して断ろうとしたが、そのときはすでに遅かった。

二日後、夜の点呼の際に正式命令が出た。「語学修得のため歩兵第三十七連隊へ分遣を命ず」。何のための語学修得なのか、この時点でもまだわからなかった。しかし、いったん命令が出た以上、それに従わないわけにはいかない。兵は石原だけで、あとの二人は乙種幹部候補生（下士官要員）の伍長だった。

陸軍露語教育隊は、北方情報要員を養成するために、東京、大阪、函館、敦賀、奈良、下関、大村の七か所に設けられ、中等学校以上の学歴をもつ下士官（乙種幹部候補生）と兵を一個師団につき約二十名選抜して速成教育した。対ソ開戦に備えた緊急措置だったことはいうまでもない。

昭和十五年（一九四〇）四月、石原は大阪城に近い歩兵第三十七連隊内の仮兵舎に設けられた大阪露語教育隊に入隊した。隊員は大阪、名古屋、姫路の各師団から分遣された下士官と兵約六十名。教官は大阪外語のロシア語教授二名と同校卒業生の二名だった。ここで八か月間、徹底的な詰め込み教育を受けた。日曜以外は自由行動を許されず、消灯後も一時間の自習を強制された。教材以外の本を読むことを禁じられていたので、いやでもロシア語の教材と辞書をめくるしかなかった。これは確かにきわめて効率のいい教育法で、自分でも驚くほどロシア語が上達した。

十一月に第一期生の教育期間が終了した。成績優秀者五名が選抜され、東京に新設された高等科へ送られることになった。石原はおそらくトップの成績で選抜された。高等科は世田谷区三軒茶屋の野砲兵第一連隊内に設けられ、教官には当時のロシア語教育の権威矢杉貞利やチェーホフ研究家の中村白葉らがいた。ここに全国の露語教育隊から選抜された約四十名の隊員が集結したが、そのなかに奈良教育隊出身の鹿野武一が含まれていた。

鹿野武一は大正七年（一九一八）一月二十六日、京都の薬種商の長男として生まれた。大正四年（一九一五）十一月生まれの石原より年齢で三つ、学年では二つ後輩ということになる。京都府立一中（現在の洛北高校）から京都薬学専門学校へ進んだが、これは家業を継ぐための不本意な選択で、ほんとうは旧制三高から京都帝大へ進みたかった。

学生時代は石原とよく似た哲学青年で、ニーチェ、キェルケゴール、クロポトキン、マルクス、ドストエフスキーなどを読み、十代の初めからエスペラントに親しんだ。徴兵検査は石原より格上の第一乙種合格だったので、石原より半年早く昭和十四年（一九三九）四月に京都伏見の歩兵第九連隊に入隊した。幹部候補生試験を受けて合格したが、その資格を自分の意志で放棄し、兵のまま奈良教育隊に分遣されていた。こうした生い立ちや経歴を見ただけでも、この二人は出会うべくして出会ったのだということがわかる。

《私が彼とはじめて口をきいたのは、到着後しばらくたった日曜日の午後である。その日、教育隊の生徒にとって初めての外出が許可されたが、鹿野と私は当番で残留した。午後になって、私たちがストーブの傍で所在のない時間をすごしていたとき、急に思いついたように口笛を吹きはじめた。私の知っているメロディであった。Espero（希望）という題の、エスペランチストの集会では必らず歌われる曲である。私は学生のとき、エスペラントをやったことがあるので、大へんなじみの深い歌曲であった。珍らしく思って、こころみに私がたずねると、即座にĈu vi parolas Esperenton（君はエスペラントを話すか）という問いがはね返って来た。Jes（イエス）という答えを待ちかねたように、彼はつぎつぎとエスペラントで話しかけて来た。余り話しなれていないらしい口調だったが、正確な表現で、私にはほとんど理解できた》（「教会と軍隊と私」）

ここにはおそらく自己劇化という名の粉飾がまじっているはずだが、とにかく二人の運命的な出会いを語って余すところのない文章である。このように、最初にかわされた会話がエスペラントだったこともあって、以後、二人の間ではエスペラントが親密なコミュニケーションの手段となった。後年、シベリアの収容所で再会したときも、彼らは他人に聞かれたくないことはすべてエスペラントで話し合った。その意味で、エスペラントは単なる意思疎通の手段を超えた精神的な紐帯だったというべきなのかもしれない。

露語教育隊の高等科は、当時の軍隊には珍しい高学歴者の集団だったので、上からの締めつけが比較的ゆるやかで、自由時間も多かった。隊内にいくつかの学習サークルが生まれ、そのうちの二つが生き残った。一つは京大経済学部出身の隊員が組織したマルクス主義研究会、もう一つは石原が牧師出身の隊員とともに結成したキリスト教の読書グループ。そんな危険なサークル活動が認められたのは、もちろん敵性思想研究のためという大義名分があったからである。

ちょうどそのころ、信濃町教会の牧師福田正俊の論文集『恩寵の秩序』が出版された。石原はさっそく入手して読書サークルのテクストにした。知的好奇心の旺盛な鹿野は、二つのサークルに同時に所属して、誰よりも熱心に勉強した。石原は日曜日には信濃町教会の礼拝に出席して福田牧師の説教を聴いた。また三軒茶屋に隠棲していたニコライ堂（ギリシャ正教）のセルゲイ神父を自宅に訪ねたこともある。神学校への進学を断念した露語教育隊の生徒は、それでもなお熱心な求道者だったのである。福田牧師の説教は、「運命としての死」を目前にひかえた若い兵士に深甚な影響を与えた。それから三十数年後、佐古純一郎との対談「キリストはだれのために十字架にかかったか」のなかで、石原はこう語っている。

《福田先生の説教は、自分に向かって話しかけられているという感じがしました。ぼくはここにすわっている。ここにすわっているこのぼくに対して、福田先生は話されている。このことが、「位置」とか「断念」の下地となったのだと思います。戦争は、集団的な行動ですけれど、突撃命令で飛び出してゆくのはひとりひとりで、究極的には隣の人間が死のうとどうしようと関係ありません。それがいちばん恐ろしいことでもあり、強いテコでもあるわけです。体で覚えた思想は、観念的に考えていても出てこないと思いますよ》（『キリスト教文学の世界13』月報、一九七七年）

これだけでは、福田牧師の説教と「体で覚えた思想」とのつながりはよくわからないが、当時の石原がヘッセルに対する以上に福田の思想に傾倒していたこと、そして「位置」や「断念」といった後年の石原の詩と思想が、何よりも福田経由のバルト神学に由来しているという事情だけはよくわかる。もしそういってよければ、石原はシベリアに抑留される以前から、すでに「断念」の思想を身につけた「単独者」だったのである。

高等科の教育期間も八か月だった。卒業を間近にひかえた昭和十六年（一九四一）六月初めから、日曜祭日の外出が禁止になった。やがて満洲（中国東北部）で対ソ戦に備えた関特演（関東軍特別大演習）という軍の大移動が行なわれるという噂が流れ、高等科の生徒は卒業と同時に対ソ情報要員として新京（長春）の関東軍司令部に配属されることになった。この派遣に先立って成績上位の五名が参謀本部要員として東京に残されることになり、抜群の成績を収めた鹿野も当然その一人に選ばれたが、彼はそれを固辞して関東軍への配属を志願した。この男は石原と同じく、あるいは石原以上に、特権的な立場に身を置くことの嫌いな「単独者」だったのである。

2

関特演がすでに始まっていた昭和十六年（一九四一）七月下旬、高等科の卒業生三十数名は東京を出発した。下関で陸軍中野学校の学生と合流し、朝鮮半島を経由して八月初めに新京に到着した。ここで一息入れたあと、今度は数名ずつに分かれて各地の特務機関（関東軍情報部）に配属された。石原と鹿野の配属先は哈爾浜《ハルピン》で、石原は一班（軍状）と特諜班（流言や逆宣伝の分析）の兼務、鹿野は五班（白系ロシア人工作）だった。当時の哈爾浜特務機関長は、のちにインパール作戦で窮地に立たされる柳田元三少将である。

同じ特務機関に属していながら、鹿野は五班に起居し、石原は第三四五部隊（関東軍露語教育隊）から通勤していたので、二人は週に一度しか顔を合わせる機会がなかった。十二月八日朝、石原たちは宿舎で非常呼集され、米英と戦争状態に入ったことを知らされた。関特演でソ連国境に集結していた七十万の大軍がいっせいに南下を開始した。

昭和十七年（一九四二）四月、石原より半年早く入隊していた鹿野は、兵長で召集解除になった。しかし、完全に軍務を解かれたわけではなく、ひきつづき東安省の東安防疫所勤務となった。防疫所といえば聞こえはいいが、のちに生体実験で悪名を馳せた哈爾浜郊外の七三一部隊が「関東軍防疫給水部」と称していたことを思えば、なにかそれに類した秘密機関だったのではないかと思われる。鹿野はこの防疫所に勤務するかたわら、薬専出身の知識を生かして、隣接する東安省立病院で薬局の手伝いをしたり、医師養成所でロシア語を教えたりしていた。そのころ省立病院で看護婦をしていた関屋キエと結婚している。

鹿野は渡満直後から、満洲の開拓団の多くが無医村であることに強い関心を示していたが、昭和十八年（一九四三）の春、三江省千振郷《ちぶりごう》の八富里《ばふり》村に単身入植して周囲の人々を驚かせた。石原は自筆年譜一九四三年（昭和十八年）の項を、全文この出来事にあてている。

《この年鹿野は、開拓医志望の初志を捨て、一介の開拓民として入植した。鹿野のその後の行動を表向きに決定したのはこの出来事だったといえる。物資は北満でもすでに不足しており、月に一度ほどハルピンへ来る鹿野の服装は目に見えて悪くなって行った。ハルピンへ来るたびに、彼は風呂敷に一杯の書物を購入して帰った。当時は知識を大事にする、そのような彼の姿にある威圧を感じたが、のちになって回想すると、ついに書物を離し切れない彼の悩みがその時の彼の姿ににじみ出ていたと思う。戦争終結までのほぼ三年を、彼はストイックに労働と知識を信じつづけた。東北の貧農出身者がしゃにむに根をおろした開拓部落で、彼が疎外され孤立したのは当然の成行きであったというしかない。ただこれらの過程とその後の過程を通じて、かれの生き方につきまとったニュアンスは、自己を「試みる」という姿勢であって、それは彼の古い東洋哲学的な素養と、医科学的な素養の双方にかかわるものであろう。こうした彼の姿勢は多分に生体実験的なニュアンスを帯びてくる》

石原は鹿野の入植と「孤立」の意味を、彼の東洋哲学的かつ医科学的な「素養」に求めているようだが、私にはそれが哈爾浜の特務機関か東安省の防疫所における、なんらかの体験に起因しているように思われてならない。結婚したばかりの妻をあとに残しての単身入植には、単に自己を「試みる」という以上の自己処罰、自己流謫の姿勢が感じられてならないからである。

このころ石原にも身分上の変化があった。昭和十七年（一九四二）五月、哈爾浜の特務機関から新京の関東軍司令部に復帰し、五課（情報）内情班に所属して、ソ連軍の士気に関する情報の分析を担当した。そして同年十一月、鹿野に七か月遅れて召集解除となり、関東軍特殊通信情報隊（秘匿名称は満洲電々調査局）に徴用されて哈爾浜の本部に勤務した。

満洲電々調査局はソ連の無線傍受を任務とする関東軍の情報機関で、十数人のロシア語通訳者がいた。そのうち六名は露語教育隊出身で、あとは哈爾浜学院、東京外語、大阪外語、天理外語などの卒業生だった。ソ連全土からモスクワに打電されたモールス信号の受信テープを白系ロシア人のタイピストがロシア語で文書化する。その膨大な文書に眼を通して重要機密と思われるものを選び出し、それを日本語に訳すのが石原たちの仕事だった。

多田茂治の労作『石原吉郎「昭和」の旅』（作品社、二〇〇〇年）は、石原の同僚だった林秀夫の回想を通して、当時の石原の生きざまをヴィヴィッドに描き出している。ちなみに林は露語教育隊の第四期生で、年齢も石原より四歳若かったが、幹部候補生試験を受けなかった石原が上等兵止まりだったのに対して、乙種幹部候補生の林はすでに軍曹になっていた。つまり林は石原にとって年下の上官だったことになる。

そのころ彼らは哈爾浜市の中心部護軍街《ごぐんがい》の、白楊《ドロノキ》の並木路に面した満洲電々の独身寮「護軍寮」に住んでいた。ある夜遅く、寮内が突然騒がしくなり、中庭でなにか叫ぶ声がした。林が驚いて部屋を飛び出してみると、中庭で二人の男が武器を持って闘っていた。一人はふんどし一枚の素っ裸で、頭にはねじり鉢巻、手には寮の廊下に常備されている防火用の鳶口《とびぐち》を握っている。相手は寝間着姿で日本刀を振りかざしていた。

そのふんどし男の顔を見て、林は二度びっくりした。それはいつも口数少なく物静かに仕事をしている隣席の同僚、石原吉郎だった。相手は天理大出身のオペレーターで、二人はなにやら叫びながら必死に切り結んでいた。

はらはらしながら見守っていると、やがて留め男があらわれた。哈爾浜学院出身の西田という翻訳係である。胸を患って寮でぶらぶらしていたが、文学青年にして胆力にも秀でた文武両道の男だった。その西田の仲裁で、両者無傷のまま事なきを得たが、あとで林は、深酔いした石原がときどきこんな騒ぎをひき起こすことがあり、「石原の鳶口ストーム」は護軍寮名物のひとつだと教えられた。ストームとは、旧制高校の寮などでよく行なわれた乱痴気騒ぎのことで、気取っていえば「青春の饗宴」である。

しかし、石原のこのストームは、もはや「饗宴」の域を超えていた。深夜ひとりで飲んでいて一定の酒量を超えると、にわかに服を脱ぎ捨てて素っ裸になり、手拭いでねじり鉢巻をして部屋を飛び出し、廊下の鳶口をひっつかむ。そして狙いをつけた相手の部屋の扉を叩きながら「やい出てこい！貴様は……」と大声で罵倒する。怒った相手も得物を持って部屋を飛び出し、中庭へ出て本格的な乱闘が始まる。林も何度か「おい、セルジャント（軍曹）、出てこい！」とやられたという。

その被害者の一人に、詩人の倉橋顕吉がいた。倉橋は大正六年（一九一七）生まれ。京都府立二中時代から詩を書きはじめ、独学でロシア語を学んだ。アナキスト詩人岡本潤と知り合って『文化組織』の同人となり、詩やエッセイを書いた。治安維持法違反で検挙されたこともある。昭和十八年（一九四三）に満洲に渡り、ロシア語ができるところから電々調査局に採用された。『現代の英雄』のレールモントフに傾倒し、プーシキンなどの翻訳もある。この経歴からみても石原と気が合いそうに思われるが、実際はそうでもなかったらしく、「やーい、レールモントフ野郎、おまえなんか、シューバ（毛皮外套）をおれに残して、さっさと死んじまえ！」と、よく怒鳴られていたという。

石原は晩年、アルコール依存症で酒乱気味になり、切腹のまねごとをしたりして周囲の者を困惑させた。そうした酒癖の悪さはこの当時から顕著だったともいえるが、一方でそれは石原が胸に貯め込んでいた鬱屈の深さをも物語っていたはずである。

少年時代には《貧窮にやせ細った姿でルターの註解を読みつづける一人の青年》を理想像として思い描き、学生時代には北條民雄の小説を読んで打ちのめされるような衝撃を覚えた感受性の持ち主にとって、情報要員――つまりスパイという任務は、たとえデスクワークが中心だったとはいえ、神経をやすりで磨りつぶされるような日々だったに違いない。その点では、石原もまた鹿野と同じトラウマを抱えていた。また、寮の仲間たちはよく連れだって市内の売春宿へ出かけたが、石原は終始禁欲を貫いた。あるいはそれも突然の「暴発」の一因だったかもしれない。

護軍寮では、西田と石原の発案で『寮報』というガリ版刷りの冊子を出していた。その冊子に石原が書いた「鼈《べつ》」と題する詩を、林はうろ覚えに記憶していた。鼈とはスッポンのことで、おそらくは石原の男性自身をさしている。

あはれこの沼に
何時よりか一匹の鼈住みて
…………
営々として童貞の波長を量り
…………

3

このころ、石原は哈爾浜の書店で初めて萩原朔太郎の『月に吠える』を手にし、その清新な表現に衝撃を受けた。

《一九四一年、私は満洲へ動員された。さいごの勤務地になったハルピンで、私は初めて萩原朔太郎の初期の詩集を読んだが、その時のあざやかな印象は今でも忘れない。朔太郎の詩は、百田宗治などの解説でいくつか読んでいたが、まとまったかたちで読んだのはその時が初めてである。それは私が知っていたそれまでのどの詩ともちがっていた。なによりも驚かされたのは、それらの詩がイメージによって書かれていたことである。私はそれまで詩をむしろ音楽に近いものとして考えていたので、この邂逅は衝撃的であった。終戦の前の年である》（「私の詩歴」）

石原はこの時期に髙村光太郎と丸山薫の詩集も読んでいるが、丸山詩集にあった《破れた羽の鶴をうたった美しい詩》以外は印象に残らなかったという。その「美しい詩」とはおそらく丸山の第一詩集『帆・ランプ・鷗』に収められた「鶴」という作品のことだと思われる。

破れた羽根をひろげた鶴に
破れた羽根よりほかのなにがあらう。
破れた羽根を帆のやうに一杯に傾けて
鶴よ、風になにを防がうとしてゐるのだ。

丸山薫の詩として特にすぐれているとも思われないこの作品に石原が惹かれたのは、そこに飛翔の自由を奪われたおのれの姿を重ね合わせていたからに違いない。あるいはまた、シベリアですべてを失って帰国することになる自分の未来を、どこかで予感していたのかもしれない。いずれにしろ確かなことは、この詩が《詩をむしろ音楽に近いものとして考えていた》石原のそれまでの詩観にマッチした抒情詩だったということである。

とすれば、石原が《私が知っていたそれまでのどの詩ともちがって》いると感じた朔太郎の詩とはどのようなものだったのか。《イメージによって書かれていた》という一節からみて、それはたとえばこんな作品ではなかったかと考えられる。

みつめる土地《つち》の底から、
奇妙きてれつの手がでる、
足が出る、
くびがでしゃばる、

諸君、
こいつはいったい、
なんといふ鶩鳥だい。
みつめる土地《つち》の底から、
馬鹿づらをして、
手がでる、
足がでる、
くびがでしゃばる。

（「死」）

《あはれこの沼に／何時よりか一匹の鼈住みて》というような古風な詩を書いていた石原にとって、この詩はまさに衝撃的だったに違いない。少年時代に親しんだ島崎藤村や生田春月の詩が、彼の「音楽」的な感性を培ったのだとすれば、哈爾浜で初めて読んだ朔太郎の初期詩篇は、その「イメージ」のあり方に決定的な影響を与えた。帰国後いち早く書かれた「事実」（『文章倶楽部』一九五六年二月号）という作品は、石原がそのとき朔太郎から受け取ったものを如実に示している。

そこにあるものは
そこにそうして
あるものだ

見ろ
手がある
足がある
うすらわらいさえしている
見たものは
見たといえ
けたたましく
コップを踏みつぶし
ドアをおしあけては
足ばやに消えて行く　無数の
屈辱の背なかのうえへ
ぴったりおかれた
厚い手のひら
どこへ逃げて行くのだ
やつらが　ひとりのこらず
消えてなくなっても
そこにある
そこにそうしてある
罰を忘れられた罪人のように

見ろ
足がある
手がある
そうして
うすわらいまでしている

この詩の初めと終わりに反復される「手がある」「足がある」という詩句は、朔太郎の「手がでる」「足がでる」の先蹤を抜きにしては考えられない。こんな奇妙きてれつなイメージが、別の時代を生きた別の詩人の脳髄に偶然に浮かぶなどということは、およそありえないことだからである。したがって、これは一種の剽窃だといわなければならないのだが、しかし、もちろん石原は朔太郎の「死」を眼前において、その一部を書き写したりしたわけではない。

ありようはおそらく《そこにあるものは／そこにそうして／あるものだ》と書き出したとき、遠い記憶のファイルに保存されていた朔太郎の詩句が浮かんできて、すでに走り出していた詩のリズムに促されるように、ほとんど無意識のままそこに書き込まれた。あとになってそれが朔太郎の詩句に似ていることに気づいたが、そのときにはそれはすでに石原自身の言葉になっていて、他の語句と取り替えるわけにはいかなかったのである。とすれば、それは剽窃というよりむしろ同調とでも呼ぶほうが正しいのかもしれない。

このことからもわかるように、石原における朔太郎の影響は決定的なもので、もし彼がシベリアに抑留されることなく、終戦直後に復員してすぐに詩を書きはじめていたら、彼はあるいは数ある朔太郎の亜流詩人の一人として終わっていたかもしれない。しかし、不幸にも、断じて不幸にも、彼は八年間の不条理な抑留を余儀なくされたので、朔太郎の詩を文学的な滋養のひとつとして、より高度な思想性とイメージ喚起力を具えた詩人として、ポスト戦後詩の時代へ帰還することができた。「事実」と題されたこの詩の存在が、なによりも雄弁にそれを物語っている。

4

石原が朔太郎詩集を読んでいたころ、日本の敗色はすでに濃厚になっていた。哈爾浜はまだ嵐の前の静けさを保っていたが、昭和十九年（一九四四）六月には、サイパン島の守備隊三万人が住民一万人を巻き添えにして全滅し、その直後のマリアナ沖海戦では、日本海軍は空母と航空機の大半を失っていた。七月にはグアム島、テニヤン島の守備隊が全滅し、米軍に本土直撃の制空権を握られた。満洲でも九月八日に鞍山の製鉄所がB29機の編隊による空爆を受けた。

さらに十月二十四日、日本海軍はフィリピンのレイテ沖海戦で致命的な敗北を喫し、完全に戦闘力を失った。十一月二十四日にはマリアナ基地から発進したB29九十機が初めて東京を空襲し、それ以後、日本は常に空襲の危機にさらされることになった。民間では厳重な報道管制が布かれていたが、情報機関に身を置いていると、各地の戦況は刻々と伝わってきた。しかし、石原や林はそうした戦況とは関係なく、毎日大量のロシア語の電文読みに追われていた。

昭和二十年（一九四五）一月のある日、電々調査局のメンバーは、哈爾浜市内の映写室で、ソ連側が撮影したスターリングラード攻防戦の記録映画を見せられた。日ソ中立条約で表向きは友好関係にあった両国陸軍は、それぞれの戦闘記録フィルムを交換する約束になっていたが、その極秘フィルムを入手した関東軍が情報関係者に限って特別に上映して見せたのである。

ソ連軍の想像を絶する強大な戦力もさることながら、独ソ両軍が激突し、兵士の首や手足が吹き飛び、無数の死体が散乱する戦闘シーンのすさまじさに、全員が息を呑んだ。神経の細い石原は特にショックを受けたらしく、肩を落として職場へ戻りながら、「人間はいったい何のために戦争をするんだろう」と、かすれた声で林に話しかけたという。

この年八月八日の夜、電々護軍寮の石原の部屋では、恒例の『万葉集』輪読会が開かれた。それが終わって銘々自室に引きあげて寝込んだところへ、いきなり空襲警報が鳴り響いた。対日参戦に踏み切ったソ連軍が、哈爾浜南西にある浜江貨物駅の倉庫群を空爆したのである。それがソ連機によるものだと直感したのは特務機関のごく一部の者だけで、哈爾浜市民の大半は米軍機の空襲だと思い込んでいた。

九日未明、護軍寮に近い電々調査局の無線傍受所から宿直の庶務係が寮に走り込んだ。無線を傍受した白系ロシア人の速記者が騒いでいるので、ロシア語のわかる人にすぐに来てほしいという。林はすぐに調査局へ飛んで行き、ソ連の対日宣戦布告をタイプしたロシア語の文書を寮に持ち帰って班長格の石原に見せた。石原の部屋に仲間が集まり、林を中心に翻訳にとりかかった。その作業を見守りながら、石原は「宣戦布告を翻訳した翻訳者なんてめったにいないんだぞ」といった。

その宣戦布告は、前日の八日午後五時、モスクワでソ連外相のモロトフから駐ソ大使佐藤尚武に手交されたものである。

《ヒトラー独逸の敗北及び降伏後に於ては日本のみが戦争を継続する唯一の大国たるに至れり。三国即ち米合衆国、英国、及び中国の日本軍隊の無条件降伏に関する本年七月二十六日の要求（引用者註＝ポツダム宣言）は日本により拒否せられたり。よって極東戦争に関する日本政府のソ連に対する調停方の提案は全くその基礎を失いたり。日本の降伏拒否に鑑み、連合国はソ連政府に対し、同政府が日本の侵略に対する戦争に参加し、以て戦争の終了を促進し、犠牲者の数を減少し、かつ急速に一般的平和の回復に資すべく提案せり。ソ連政府はその連合国に対する義務に従い、連合国の右提案を受諾し、本年七月二十六日の連合国宣言に参加せり》

翻訳が終わると、石原ら古参の部員が翻訳部長の上萩原景の自宅に持参し、上萩原の指示により訳文を新京の関東軍司令部に電話で伝達した。自分も翻訳にかかわったこの文書が、その後の人生を決定することになろうとは、そのときの石原には知る由もなかった。

この日早朝、ワシレフスキー元帥を総司令官とするソ連極東軍は、地上軍百五十七万人を三方面軍に編成し、六方向から満洲中央部に向かって進撃を開始した。哈爾浜の北方からは第二極東方面軍が、東方からは第一極東方面軍が戦車軍団を先頭に進軍し、国境の要塞陣地を抜いて一挙に市内に突入する態勢を整えていた。さらに西方からはザバイカル方面軍の別働隊が海拉爾《ハイラル》、斉斉哈爾《チチハル》を制圧して哈爾浜を全面包囲する作戦を立てていた。

夜が明けて大本営からソ連の参戦が伝えられると、哈爾浜市内はたちまち上を下への大混乱に陥った。日本人は生活物資を求めてキタイスカヤの繁華街に押しかけ、中国人は荷車に家財道具を積んで南方へと逃げ出しはじめた。そして八月十五日、日本軍は連合軍に無条件降伏した。

《降伏とわかってから、私たちの仕事は、ばかばかしくいそがしくなった。ソ連軍が進駐する前に、書類という書類を一切合財焼却しなければならなかった。私たちは突如としてやって来た空白感から逃れるために、気違いのようにつぎからつぎへと書類を焼却炉に投げ込んだ。

……私たちのあるものは、気が狂ったように書類を焼きはじめ、あるものは逃亡の支度に忙殺され、またあるものは勝手に事務室を占領して酒をのみはじめた。処置に窮したように手榴弾が机の下にころがっていた。

……戦争が終ったというのに、あちこちで銃声がする。酔ってやけくそになった兵隊が、闇へ向けて発砲しているらしい。銃声を聞いているうちに、三日ほど前やっとの思いで手に入れたブローニング1型の拳銃を思い出した。私は寝台の下から拳銃を引っぱり出すと、三十発の銃弾と一緒に裏の井戸へ捨てた。拳銃を捨てた瞬間、私は名状しがたい無力感におそわれた》(「私の八月十五日」)

こうして日本の長い戦争は終わった。だが、石原吉郎の戦争は、まだ始まったばかりだった。

〈ノート6〉シベリアへ

1

昭和二十年（一九四五）八月九日の早朝に傍受したソ連の対日宣戦布告の翻訳を新京の関東軍司令部に伝達したことをもって、関東軍特殊通信情報隊員石原吉郎の任務は終了した。同年五月のドイツの降伏以後、部隊の任務はソ連参戦の時期を探るための情報収集に限定されていたからである。任務が終了した以上、あとは哈爾浜《ハルピン》の戦闘部隊と行動を共にするしかないと思われたが、指揮系統が混乱して上部からの指令が届かず、情報部隊は身の置きどころを失った。

隊員の一部は受信機を携行して新京の司令部へ向かった。関東軍研究部（暗号解読班）と合流するらしいという噂が流れたが、石原は哈爾浜に留まった。その日の夕方、護身用にブローニング1型拳銃と実弾三十発を手に入れた。さっそく試射してみたが、思ったより発射音が大きく、命中精度が低いことに失望した。しばらく寝台の下に隠しておいたが、三日後に銃弾ごと裏の井戸に捨てた。そのとき彼は名状しがたい無力感に襲われた。

戦争終結までのほぼ一週間、石原たちは書類の焼却に追われた。ソ連軍が進駐する前に、書類はすべて焼却しておかねばならなかった。突如やってきた空白感から逃れるために、彼らは気が狂ったように次から次へと紙束を焼却炉に放り込んだ。街には出所不明の手榴弾や青酸カリが出回り、人々は自殺用に争ってそれを買い求めた。一方では聖戦遂行のための召集が始まり、平服に戦闘帽の男たちが街頭で申告する光景が見られた。

そんな混乱のさなかに、鹿野武一が突然姿をあらわした。ソ連の参戦直後に関東軍の緊急召集を受け、指定された東安省の部隊に出頭したが、部隊はすでに国境線に出撃したあとだったので、哈爾浜で応召すべく出て来たのだという。いったん義務として受け容れた以上、何があってもそれを貫こうとする鹿野の姿勢は、露語教育隊以来一貫していた。しかし、哈爾浜の司令部も防戦準備に忙殺されて入隊手続きどころではなく、鹿野はそのまま捨て置かれて終戦を迎えた。

八月十五日にいわゆる「玉音放送」があり、日本の長い戦争は終わった。部隊は解散し、一部兵籍にある者は武装解除を受けるため東方へ出発した。ポツダム宣言の条文により、武装解除を受けたほうが早く帰還できると信じられていた。事実、この武装解除組はほとんど犠牲者を出すことなく四年後に帰還している。しかし、すでに兵籍を離脱していた石原は哈爾浜に残った。南崗《ナンガン》の日本人居留地から下町の道裡《ダオリ》へ疎開し、さらに松花江《スンガリー》に近い満洲電々の寮に入り、ソ連軍の接収に備えて管理局に籍を置いた。

この間、ほとんど無警察状態になった哈爾浜市内の秩序は、関東軍戦車隊の頻繁なパトロール、自主的に編成された満洲国警察、旧満洲国軍憲兵隊がそのまま居座った実態不明の保安隊という三者間の力関係によって、あやうくバランスが保たれていた。

そのころ、新京の関東軍総司令部では撤退準備が進められていた。山田乙三総司令官、秦彦三郎総参謀長、大本営から派遣された瀬島龍三参謀らの首脳は、事前の打ち合わせどおり空路南部の通化《ツウカ》に後退した。ところが通化には空爆に耐えるような建物がなく、通信施設も不備だったので、一行は十五日にふたたび新京に戻った。

司令部が右往左往しているあいだにも、最前線では兵による特攻作戦が続けられていた。牡丹江では爆弾や手榴弾を身体に巻き付けた決死隊員が次々にソ連軍の戦車に肉弾突撃した。ソ連兵のなかに紛れ込んで自爆する者もいた。ソ連極東軍司令官マリノフスキー元帥は自著『関東軍壊滅す』（石黒寛訳、徳間書店、一九六八年）のなかで、それを「生ける移動地雷原」と名づけた。

新京では満鉄が避難のための特別列車を出すことになり、関東軍は満鉄と協議して民間人、官吏、軍人の順に避難させることを決めた。第一列車の出発は八月十日午後六時。しかし、その情報は民間には伝わらなかった。この日から翌日にかけて新京を出発した計十八本の避難列車の乗客三万八千人のうち、約二万人は関東軍の軍人と家族、一万六千人は満鉄関係者、七百人は大使館員と家族で、民間人は三百人ほどにすぎなかった。取り残された民間人は、新京駅で来るあてのない列車を待ち続けた。その間、総司令部の高官の家族は特別機で日本へ送還された。事情はどうであれ、結果的に軍と官は民を見捨てたのである。

北満の曠野に点在する日本人開拓村は、さらに悲惨な状態になっていた。東北の小作農出身者が多い開拓民は、せっかく切り拓いた自分の耕地を手放そうとしなかったし、なによりも無敵の関東軍が護ってくれると信じ込まされていた。その関東軍が撤退してしまうと、あとは侵攻してきたソ連軍に抵抗するすべもなく蹂躙された。敵はソ連兵だけではなかった。それまで「満人」と呼ばれていた中国人たちが開拓団や居留地を襲って掠奪や強姦を繰り返し、追い詰められた日本人の集団自決が相次いだ。

これについて「関東軍は戦闘部隊だから作戦第一で、撤退も作戦のうちである以上、居留民保護が後回しになったのはやむをえない」とする弁護論もあるようだが、戦地で自国民を護れないような軍隊に寸毫の存在意義もないことはいうまでもない。

2

八月十八日、哈爾浜はソ連軍の占領下に置かれた。ソ連兵の目立つ市内に、生き延びた北満の開拓民が続々と流れ込んだ。新香坊《シンシャンファン》の元義勇隊訓練所、東西両本願寺、花園小学校、桃山小学校などが臨時の避難民収容所となり、収容者はたちまち十数万人にふくれあがった。

そのなかの一人に鹿野武一の妹、登美がいた。武一は二年前に結婚したばかりの妻キエを東安市（現在の密山市）に残して三江省の八富里《バフリ》村に単身入植したが、やがてキエが長男を産んだため、その世話をしてもらうために京都から登美を呼び寄せた。兄を敬愛する登美は喜んでそれに応じ、昭和十九年（一九四四）十一月に渡満した。そして義姉を助けながら東安の日本人小学校の教師をしていた。ソ連軍の侵攻が始まると、単独で逃避行を続けたが、牡丹江に近い海林《ハイリン》で偶然巡りあった兄とともに哈爾浜にたどり着き、花園小学校に収容された。その逃避行の途中で、登美はこんな場面を目撃した。

《日暮れ時になると、ロシア兵を待って高粱《コーリャン》の陰などに日本の女が佇むようになった。ある時、偶然、兄が通りかかって猛然と怒鳴った。聞きつけたロシア兵が兄に銃口をつきつけ、大声の二人の応酬が続いたが、結局それだけで終った》（鹿野登美『兄と私』）

登美が収容された花園小学校は旧日本領事館で、北満各地から逃れてきた約三千人の避難民が押し込められていた。夜昼となくソ連兵がやってきて女を物色し、外へ連れ出して強姦した。登美は避難の途中で死んだ日本兵から剝ぎ取った軍服をまとってソ連兵の目をかわしながら地獄の日々を耐えた。やがて友人の世話で、武一とともに天満ホテルに設けられた有料の収容所に移った。ここにいればソ連兵に襲われる心配はなかった。武一は難民委員会に所属し、いまも奥地に取り残されている開拓民の救出のために奔走した。登美は避難民の子供たちのために開かれた小学校の先生になった。

そのころから、ソ連軍による「日本人狩り」が始まった。石原の「自筆年譜」にはこう記されている。

《八月下旬、ソ連軍による、目的不明の日本人狩りが始まる。およそ屋外を通行する日本人男子はその場で拘束され、ハルピン駅構内に待機した貨車に収容された。逃亡して民間人のなかにまぎれこんだ日本人捕虜の追及が目的とも考えられた。日本人であることの確認には中国人または白系ロシア人が当った。最後にこの日本人狩りは南崗と道裡の唯一の連絡路である彩虹橋に集中した。私はソ連軍通信連隊使役の腕章で、何度となくこの橋を通過した。鹿野は結局これに引っかかって牡丹江方面に東送された。これらの日本人のほとんどは、結局またハルピンへ送還、釈放された。収容施設がまにあわなかったためらしい》

石原の目には「目的不明」と映ったこの日本人狩りは、ソ連側からすれば明確な目的をもっていた。一言でいえば、シベリア開発に従事する無料の労働力を確保するためである。それを裏書きする重要な証言が平成七年（一九九五）七月三十日付けの『毎日新聞』に掲載された。元ソ連共産党国際部副部長で、終戦時にはワシレフスキー極東軍総司令官の副官として関東軍との停戦協定に加わったイワン・コワレンコの証言である。

《ソ連は第二次大戦で約三千万人の労働力を失った。スターリンは戦後の経済復興のため、すでにドイツなど敗戦国の捕虜多数をソ連領土内に連行、強制労働に従事させていた。日本に対しても早くから捕虜抑留の方針を決めていた。準備を開始したのは、連合国が日本に無条件降伏のポツダム宣言を出した七月二十六日直後。（中略）日本人捕虜の抑留を命じたスターリンの極秘指令は約一ヵ月後の八月二十三日に出されているが、これだけの準備期間を置かないと、当初予定された五十万人もの捕虜の移送ができなかったからだ》

この人物は、戦後シベリアの日本人収容所で発行された「日本新聞」の編集長になり、退任後は長らく対日工作の責任者をつとめた。つまりスターリニズムの最前線の高官だったわけで、その証言には信憑性がある。日本のポツダム宣言受諾後にソ連があわてて参戦したのは、戦争を早く終わらせるためという大義名分もさることながら、日露戦争で失った領土の回復と奴隷労働力の確保が当面の目的だったのである。

「日本軍捕虜五十万人の受け入れ、配置、労働利用について」と題するスターリンの極秘指令は、九月二日付けでソ連内務人民委員部（NMGB）のベリヤ、クリベンコの両同志に発せられた。

（A）極東、シベリアの環境下での労働に肉体面で適した日本人捕虜を五十万人選別すること。

（B）ソ連への移送に先立ち、捕虜の中から各千人から成る建設大隊を組織し、まず技術部隊の下級下士官、下士官から優先的に各大隊、中隊の指揮官を命じる。各大隊に二名ずつ捕虜の医務担当者を付けた上、運営上必要な自動車、貨物輸送手段を与えること。戦利品の中から大隊の全員に冬夏用軍装、寝具、下着、野戦調理車、身の回り品を支給すること。
（C）各捕虜移送列車ごとに二ヶ月分の予備食糧を支給し、このため貨車を必要台数だけ増やすこと。

独裁者スターリンが発した極秘指令にしては、内容が具体的で細かいことに驚かされる。あきれたことにソ連側が用意するのは移送用の列車だけで、捕虜五十万人分の費用は、寝具や下着から食糧にいたるまで、すべて戦利品で賄えという。しかも旧日本軍の指揮系統をそのまま生かして建設大隊を編成せよというのだから、どこまでも効率的で安上がりな労働力確保作戦だったことがわかる。石原は日本人狩りの目的を「逃亡して民間人のなかにまぎれこんだ日本人捕虜の追及」にあるのではないかと疑ったが、なんのことはない、敵の狙いは「シベリアの環境下での労働に肉体面で適した日本人」を選別することにあったのである。

石原が当時所属していた満洲電々は、組織ぐるみソ連軍通信連隊に接収された。その公用腕章のおかげで彼は日本人狩りを免れ、自由に市内を歩き廻ることができた。九月中旬、哈爾浜—北安《ペイアン》間の通信線が途絶した。石原はその復旧のために数人の日本人電工を引率し、ソ連の通信兵一個分隊とともにディーゼル車で南下した。その途中、「満人」に追われて線路伝いに逃げる朝鮮人を数回にわたって列車に拾い上げた。一般に朝鮮人に対する「満人」、とくに農民の憎悪は、日本人に対する以上にはげしかった。関東軍の統制がなくなって、それまで抑えられていた憎悪が一挙に噴出したのである。満鉄沿線には南下する朝鮮人の列が延々と続いていた。

十月上旬に復旧作業を終えて哈爾浜に戻ると、電々管理局員の職を解かれた。勤務はもともと無報酬だったが、食糧だけは与えられていた。それを失ったいま、食うために自分で仕事を探さなければならなかった。日本へ帰国しようにも、鉄道は軍用を除いて全面的に停止していた。翌春の再開にわずかな希望をつなぎながら、雑役から下水の掃除まで、できることはなんでもやった。

そんなせわしない生活のなかで、石原は『北條民雄全集』と三度目の出会いをした。それはまさしく邂逅と呼ぶにふさわしい巡りあいだった。

《八月十五日、戦争は終った。無収入の私は、その日から生活に追われる破目になった。運び屋や下水掃除などあくせくしていたある日、たまたま街頭の古本市で思いがけなく『北條民雄全集』上下二巻を見つけた。値段を聞いてみたが、その時の私には手を出せる額ではなかった。思案に余った私は、かろうじてその時まで手許に残してあった岩波版の露和辞典を持込んで掛けあってみた。商談は二つ返事でまとまった。ソ連軍の進駐を控えて、ロシア語辞典の需要は大きかったのである。私は全集をかかえて、泣きそうな顔で疎開先の寮に帰った》（「私と古典」）

創元社版の『北條民雄全集』全二巻の初版が出たのは、昭和十三年（一九三八）六月である。この年、東京外語を卒業して大阪ガスに入社した石原は、待ちかねるようにそれを購入し、むさぼるように読みふけった。この最初の愛蔵本は、翌年（一九三九）秋の入営に際して東京の実家に置いてきたが、他の蔵書とともに空襲で焼けてしまった。哈爾浜に派遣された直後、市内の書店で上下揃いの新本を見つけ、折を見て愛読した。しかし、ソ連の宣戦布告と同時に、それまで住んでいた護軍街の寮に野砲陣地が構築されることになり、着のみ着のまま商舗街の寮へ追い立てられた。そのどさくさのなかで、せっかく手に入れた二度目の全集も行方不明になった。そして今回、三たび巡りあった全集は、ひょっとすると二度目の蔵書と同じものだったかもしれない。しかし、その所蔵期間は半年にも満たなかった。

《こうして三度目に奇跡的に出会った『北條民雄全集』も、その日暮しの生活に追われて落着いて読み返すひまもないまま、その年の暮れ、私はソ連軍に抑留されてシベリアへ送られた》(同前)

石原は前に、開拓村に入植した鹿野が月に一度哈爾浜にあらわれ、風呂敷に一杯の書物を購入して帰るのを見て、《ついに書物を離し切れない彼の悩みがその時の彼の姿ににじみ出ていた》と評したが、それはとりもなおさず石原自身の姿でもあった。人生のどこかで運命の書物と出会った者は、たとえ生命の危機にさらされようと、それを手離すわけにはいかない。『北條民雄全集』は、石原にとってまさしくその運命の書物だった。

シベリア抑留の末期、石原はハバロフスク収容所の素人劇団のために「癩院受胎」のシナリオを書き下ろしたが、そのとき原作はもちろん手許になかった。そして帰還するとすぐ、神田の古書店で四度目の全集を手に入れ、これだけは終生持ちつづけた。

話はまた昭和二十年(一九四五)秋に戻る。この時期、哈爾浜では発疹チブスが流行し、とくに日本人の子供が多数死亡した。石原が敬愛していた元共産党員で電々調査局の翻訳部長だった上萩原景も、チブスにかかって死んだ。もし生きていれば、戦後躍進した日本共産党の幹部になっていたかもしれない人物である。

石原は発疹チブスは免れたものの、もっと大きな災厄に見舞われた。恐れていた日本人狩りの網にかかったのである。自筆年譜によれば、それは十二月中旬のことだった。

《十二月中旬、同僚の一人がたまたまおなじ部隊にいた白系ロシア人に出会った。疎開先については言葉をにごして別れたといったが、彼が尾行されたのは、ほぼまちがいなかった。その夜やってきたエム・ベ・デ（ソ連内務省）軍隊によって、男子は全部エム・ベ・デが接収した旧日本領事館へ連行され、地下の留置場へ留置された。翌日から取調べが始まったが、調書はすでに作成ずみで、簡単な訊問ののちしばらく放置された》

しかし、石原の同僚だった林秀夫の回想によれば、その時期はもう少し早かったらしい。

「十二月初旬のある朝でした。当時私は市内の知人の家に身を寄せて、露店の穀物店で働いていましたが、店に顔を出すと、店主がそっと耳打ちしました。昨夜、調査局で使っていた白系ロシア人の密告で、石原らが避難していた商舗街の女子寮がソ連兵に踏み込まれ、男は全部連行されたそうだ。あんたは早く新京へ逃げろと」（多田茂治『石原吉郎「昭和」の旅』）

それを聞いてすぐ新京に逃れた林は、その後さらに大連まで南下して一年余りの避難生活を送ったあと、昭和二十二年（一九四七）二月に帰国している。しかし、苦難に満ちた避難生活のなかで胸を病み、帰国直後から長い療養を余儀なくされた。六年遅れで帰国した石原とのあいだで交流が復活し、石原が林に詩を書き送ったことはすでに見てきたとおりである。

一方、鹿野武一は八月下旬に早くも日本人狩りに引っかかって牡丹江に近い海林《ハイリン》に送られたが、このときはすぐに釈放されて哈爾浜に戻り、妻キエ、妹登美と再会した。前年の秋に生まれた長男は、栄養失調ですでに死亡していた。この子のためになにもしてやれなかったという思いが、長らく鹿野の心を苛んだ。

鹿野はふたたび開拓団避難民の保護活動に無料奉仕で取り組んでいたが、翌二十一年（一九四六）一月中旬、同じ天満ホテルの収容所にいた男たちが集団で働きに出た帰りにソ連軍に強制連行されるという事件が起きた。妻たちが旧日本領事館のソ連軍司令部へ釈放要求に出かけたが、ロシア語のできる者がいなかったので交渉にならず、ロシア語のできる鹿野に助けを求めた。

特務機関で白系ロシア人工作を担当していた者がロシア軍の前に顔をさらすのは、自分から捕まりに行くようなものだった。彼は固辞したが、妻たちの涙ながらの懇願には勝てなかった。鹿野の巧みなロシア語のおかげで交渉は成功し、男たちは全員釈放されることになった。ほっとして宿舎に戻ろうとすると、背中から「カノさん」と声をかけられた。振り向くと、特務機関時代に関わりのあったアブラーモフという男が立っていた。「私はカノではない。人違いだ」とロシア語で否定すると、アブラーモフは鼻で笑った。「私はあなたのことをよく知っています。そんな美しいロシア語を話せる日本人はカノさんしかいませんよ」

満洲の特務機関にいた男たちは、いずれもこのように、かつて使役していた白系ロシア人の密告によって逮捕された。日本人から見れば、それは許しがたい裏切りだったが、日本軍に協力した白系ロシア人がスターリン治下のソ連で生き延びるためには、そうするしかなかったのである。ただし、彼らが無事に生き延びられたとは限らない。秘密を知りすぎた者として処刑されるケースも多かったはずである。

鹿野はそのままロシア軍エム・ベ・デ（内務省憲兵隊）に連行され、司令部内の留置場に収監された。ひと月ほど前に石原たちがぶち込まれたのと同じ留置場である。そこにはすでに数人の先客がいた。翌日、その留置場から釈放された人物によって、天満ホテルにいたキエと登美に「鉛筆と紙がほしい」という鹿野の伝言が伝えられた。妻と妹はなけなしの白米でおにぎりをつくり、そのなかに梅干しと二センチほどの鉛筆を入れた。さらにお茶を入れた瓶にも小さな鉛筆に紙を巻いた栓をつけて差し入れに出かけた。二人はロシア語ができなかったので、それをどうやって渡せばいいのかわからなかった。三十数年後に書かれたエッセイ「遍歴の終わり――鹿野武一の生涯」（『思想の科学』一九八二年八月号）のなかで、登美はこう回想している。

《玄関に立つと、「兄ちゃん」と大声で叫んだ。「ウオッ」とほえるような兄の声に続いて、制止するような響きのロシア語が聞こえ、その声の主らしい兵隊が出てきた。私達は黙って弁当を渡して帰った。直ぐ昼食を作って持って行き、朝の空容器を受けとった。お茶瓶の栓には、「お前達は一日も早く南下して日本へ帰りなさい。気をつけて」とあり、夕食を届けて返された昼食の器には、「三度も食べなくてよろしい。二度で充分」とあった。

翌朝は十時頃行って、「こんなごちそうは勿体ない、俺は大丈夫だ、お前達が食べなさい」という連絡文と、きれいにしゃぶった魚の骨と卵の殻を受けとった。もうお金が無くなったので、午後高粱飯を持って行った。次の朝行くと兵隊は長い両腕を広げ、頭を横に振って「ニェット」と言ったのである》

鹿野が鉛筆と紙を求めたのは、おそらく「お前達は一日も早く南下して日本へ帰りなさい」という言葉を伝えるためだった。いいかえれば、彼はすでに釈放の望みがないことを覚悟していたことになる。こうして鹿野はシベリア送りとなり、二年後の昭和二十四年（一九四九）春、カラガンダの収容所で石原と奇蹟の再会を果たすことになるのだが、このときの鹿野にそれを予測するすべはなかった。

3

そのころ、石原はすでにシベリアに送られていた。自筆年譜一九四五年の項の最後はこう結ばれている。

《十二月下旬早朝、私たちはいっせいにトラックでハルピン郊外へ輸送され、待機していた貨車に分乗した。貨車の列が意外に長いのに驚いたが、その半分はすでに新京(長春)方面からの抑留者で占められていた。ハルピンを出発。満洲領内を北上し、十二月末、ソ連領に入る》

ここで石原が自分たちを「抑留者」と呼んでいることに注意したい。このときソ連軍に連行された旧日本軍の軍人と軍属は、国際法上の「捕虜」であり、日本政府ものちにそれを認めている。しかし、戦後帰還した旧軍関係者の多くは「捕虜」ではなく「抑留者」と呼ばれることを望んだ。石原もその一人である。そこにはそれなりの理由と背景があった。

昭和十六年(一九四一)一月、陸軍大臣東條英機は日本軍将兵の守るべき戦場道徳として、序と本訓三部から成る「戦陣訓」を布告した。「夫《そ》れ戦陣は、大命に基き、皇軍の神髄を発揮し、攻むれば必ず取り、戦へば必ず勝ち、遍《あまね》く皇道を宣布し、敵をして仰いで御稜威《みいつ》の尊厳を感銘せしむる処なり」で始まる名文は島崎藤村の書いたものとされている。その本訓第三部第八項に「生きて虜囚の辱《はずかしめ》を受けず、死して罪禍の汚名を残すこと勿れ」という一節があった。降伏して捕虜となるよりも死んで名を残せというもので、太平洋戦争の末期、この条項が多くの日本人敗兵を自死に追い込んだことはよく知られている。

この布告が生きているかぎり、満洲に残された膨大な数の軍人は、建前として降伏することができない。軍人が降伏しなければ戦争は終わらない。そこで昭和二十年(一九四五)八月十七日付けで「陸軍軍人ニ賜リタル降伏ニ関スル勅語」が発せられた。

《今ヤ新ニ蘇国ノ参戦ヲ見ルニ至リ内外諸般ノ状勢上今後ニ於ケル戦争ノ継続ハ徒《いたずら》ニ禍害ヲ累加シ

遂ニ帝国存立ノ根基ヲ失フノ虞《おそれ》ナキニシモアラザルヲ察シ帝国陸海軍ノ闘魂尚烈々タルモノアルニ拘ラス光栄アル我国体維持ノ為朕ハ爰《ここ》ニ米英蘇並《ならび》ニ重慶ト和を媾セントス（中略）汝等軍人克ク朕カ意ヲ体シ鞏固ナル団結ヲ堅持シ出処進止ヲ厳明ニシ（中略）忍ビ難キヲ忍ビテ国家永年ノ礎ヲ遺サムコトヲ期セヨ》

ソ連が参戦したいま、このまま戦争を続けると帝国存立の基盤が失われてしまう。お前たち軍人の闘志が衰えていないことはよく知っているが、朕は国体を護持するために米英ソならびに重慶の国民党政府と講和することにした。朕の意を体し、忍びがたきを忍んで降伏せよ——というのである。

これを補足すべくただちに陸軍参謀総長梅津美治郎による次のような命令が発せられた。

《詔勅渙発以後敵軍ノ勢力下ニ入リタル帝国軍人軍属ヲ俘虜ト認メズ》（「大陸命」一三八五号）

つまり、八月十七日の詔勅渙発以後にソ連軍に身柄を拘束された者は、たとえ軍人軍属であっても俘虜（捕虜）とは見なさないと国が保障したのである。とすれば、もともと「生きて虜囚の辱めを受けず」と教えられていた抑留者たちが、帰還後に「自分たちは捕虜ではない」と主張したのは、むしろ当然のことだといわなければならない。

しかし、「抑留者」とは本来、交戦国に拘束された民間人の呼称である。捕虜は国際法によって身分や権利が保障されているが、抑留者に関する明確な規定はない。たとえば強制労働に従事した場合、捕虜には一定の賃金を受け取る権利があるが、抑留者にはそれが認められない。あとでくわしく見るように、ソ連は日本人抑留者を捕虜として処遇せず、無賃の奴隷労働力として使役した。したがって皮肉なことに、シベリアの抑留者は名実ともに「抑留者」だったことになる。

シベリアへの移送について、石原の自筆年譜は「満洲領内を北上し、十二月末、ソ連領に入る」と簡潔に記しているだけだが、石原と同じ列車でアルマ・アタ第三分所に送られた元満鉄調査部員、西尾康人が詳細な記録を残している。ちなみに満鉄調査部も関東軍の特務機関の一部で、ソ連の鉄道関係電波の傍受を主たる任務としていた。その著『凍土の詩《うた》』（早稲田出版、一九九五年）のなかで、西尾は書いている。

《十二月十日夜半、突如留置場の鉄格子が開けられて、全員整列を命じられ、点呼と所持品検査のあと、総領事館の裏庭に待機しているトラックに乗せられた。そして、武装したコンボイ（警備兵）に護られて深夜の総領事館を出発、ハルビン駅の貨物構内に入り、そのまま有刺鉄線で巻かれた有蓋貨車に押し込められた。牛馬なみだった。車内は冷えきっており、まるで冷凍庫だった》

貨車の中程に箱型ストーブが置かれていたが、火は入っていなかった。冷凍庫のような車内で待つこと五日間、新京や奉天からの移送者を待って輸送梯団《エタップ》が編成され、十五日になって二十輛ほどの長い列車がようやく動き出した。石原の自筆年譜はハルピン出発を「十二月下旬」としているが、前後の記述から見て、西尾のいう十五日のほうが正しいように思われる。満洲里《マンチュリ》を過ぎてしばらく走ると、「アトポールだ！」と騒ぐ声が聞こえた。アトポールはシベリア最初の駅である。

この荒涼たる国境の風景は、抑留者たちの心象に鮮烈な刻印を残さずにはおかなかった。石原はのちに鮎川信夫の詩「遙かなるブイ」を読んだとき、《敗戦直後に私の記憶にきざみこまれ、その後十年近く凍結したままになっているひとつの光景に、不意にあたらしい光があてられたような一種奇妙な感動を私にもたらしたと》と前置きしてこう書いた。

《一九四五年冬、新京およびハルピン方面の抑留者を満載した貨車から成る輸送梯団は、満洲を北上して十二月末にソ満国境をこえた。満洲側のさいごの駅・満洲里とソ連側のサバイカリスクのちょうど中間で国境を通過する。国境に近づいたとおぼしいころ、凍りついたような汽笛がかすかに聞えた。三人ほどの日本人がにじり寄るようにして、腰板のわずかなすきまへ目をおしつけた。私もその一人であった。国境をこえることへの特別な感傷があったわけでなく、ただそのときまでわずかに残っていた好奇心が、無意味な行為を思いつかせたにすぎない。

なにもかも一様に黒ずんでみえる貨車の内部とは対照的に、貨車の外側はいきなりまっ白であった。満洲里通過以来すでにおなじみの凍原が、一眺のもと荒涼とひろがっているだけの、文字どおりの空白であったが、やがてその空白な視野をおびやかすようにして、傾いた杭の黒い一列が不意にうかびあがって来た。それは異様としかいいようのない光景であった。

音という音が死に絶えたような風景のなかで、立つというよりはむしろうずくまっているような黒い杭の、息をのむような単調なたたずまいは、一種沈痛な主張のようなものを私に連想させた。それは、その杭のほかになにも見るものがなかったという、つき放したような空白感とともに、記憶のなかにかたく凍結したまま、その後ながく思い出すことはなかった》(「国境とブイ」)

ここで石原のなかに凍結されていた凍原の光景を融かして現前させたのは、鮎川の詩のなかの次の二行だった。

いかなる悪魔も
あのブイをとり去ることはできない

もとより「ブイ」そのものが「黒い杭」をうかびあがらせたのではない。作者の視点と距離感は似ていなくもないが、そもそも南海のブイと凍原の杭とではイメージが違いすぎる。だから、それは視覚的なイメージの問題ではなく、いかなる悪魔もそれをとり去ることができないという存在の確かさのようなものが両者を結びつけたのである。つづけて石原は書いている。

《すべて流されて行くもののなかで、無意識のうちに私がさがし求めていたものが、いわばこのような存在そのものの確かさであったことに、そのときようやく私は気づいた。流されて行くだけの私自身の座標のようなものを、さがしもとめていたのだといえる。みずからのよるべなさの確認のためにも、そのような座標を必要としたのである。(中略)

流れて行くもの、それは、いずれは死者であり、死そのものである。そのおびただしい流れのなかで、存在することへの反証のように、立ち、あるいはうずくまりつづけるもの、それを名づけるすべを私はもたないが、すべてそのようなささやかな位置の確かさという、すがりつくような発想を私に植えつけたものこそ戦争であった》(同前)

石原はのちにその「座標」のひとつを国会の前庭にある「水準原点」に見出した。

みなもとにあって　水は
まさにそのかたちに集約する
そのかたちにあって
まさに物質をただすために
水であるすべてを
その位置に集約するまぎれもない

高さで　そこが
あるならば
みなもとはふたたび
北へ求めねばならぬ

北方水準原点

（「水準原点」）

石原がここで「みなもとはふたたび／北へ求めねばならぬ」と言明している以上、私たちもまた、彼の詩と思想の源流を求めて北上しなければならない。石原にとって、あるいは私たち日本人にとって「シベリア」とは何だったのか。ともあれ、この源流行は、いま始まったばかりである。

〈ノート7〉
強制と共生

1

長春・哈爾浜方面からの抑留者を乗せた有蓋貨車は、荒涼たるシベリアの曠野を二週間かけて北上したあと、昭和二十一年(一九四六)一月初めにザバイカル軍管区司令部のあるソチに到着した。髯も髪も伸び放題の抑留者たちは五列縦隊の隊伍を組まされ、凍結して歩きにくい街路を十数名の警備兵に囲まれて行進し、三キロほど離れた共同浴場に連れていかれた。入浴中に衣類の消毒を受け、ふたたび引き返して駅前の収容所に入った。これが以後八年にわたる石原のラーゲリ(強制収容所)生活のはじまりである。彼はこのとき三十歳だった。

収容所では狭い監房に十数人が押し込められた。仰向けになって寝るだけの余地がないので、全員が交互に逆向きになって寝た。食糧は一日に黒パン三百五十グラムとカーシャ(粥)二百グラム、それに塩鮭の切身一片。用便は床のない外便所で朝夕二回、それも一回二分間と限られていたので、警備兵にせき立てられながら急いで済ませなければならなかった。こうして抑留者たちは少しずつ人間としての尊厳を剥ぎ取られていった。

一月四日夜、零下三十度の寒気のなかで総勢八百人ほどのエタップ（輸送梯団）が編成された。日本人約五百人、白系ロシア人二百人のほかに、少数の中国人、韓国人、蒙古人も含まれていた。日本人の多くは特務機関関係者、官僚、警察官など「前歴者」または「前職者」と呼ばれる人たちで、白系ロシア人の多くはその協力者だった。

編成が終わるとふたたび家畜のように貨車に追い込まれ、列車は西へ向かって走り出した。車内はチタの監房よりさらに狭かった。人々は靴をはいたまま頭と足を互い違いに組み合わせて眠り、寝返りを打つときには「一、二の三」といっせいに声を掛け合った。詩「葬式列車」（『文章倶楽部』一九五五年八月号）は、たとえ作者が否定しようとも、私たちにこの移送列車の情景をイメージさせずにはおかない。

なんという駅を出発して来たのか
もう誰もおぼえていない
ただ　いつも右側は真昼で
左側は真夜中のふしぎな国を
汽車ははしりつづけている
駅に着くごとに　かならず
赤いランプが窓をのぞき
よごれた義足やぼろ靴といっしょに
まっ黒なかたまりが

投げこまれる
そいつはみんな生きており
汽車が走っているときでも
みんなずっと生きているのだが
それでいて汽車のなかは
どこでも屍臭がたちこめている
そこにはたしかに俺もいる
だれでも半分はもう亡霊になって
もたれあったり
からだをすりよせたりしながら
まだすこしずつは
飲んだり食ったりしているが
もう尻のあたりがすきとおって
消えかけている奴さえいる
ああそこにはたしかに俺もいる
うらめしげに窓によりかかりながら
ときどきどっちかが
くさった林檎をかじり出す
俺だの　俺の亡霊だの

俺たちはそうしてしょっちゅう
自分の亡霊とかさなりあったり
はなれたりしながら
やりきれない遠い未来に
汽車が着くのを待っている
誰が機関車にいるのだ
巨きな鉄橋をわたるたびに
どろどろと橋桁が鳴り
たくさんの亡霊がひょっと
食う手をやすめる
思い出そうとしているのだ
なんという駅を出発して来たのかを

「亡霊」たちはまだ生きてはいるが、すでに尻のあたりが消えかかった奴もいる。誰が機関車にいるのか、なんという駅を出発して来たのか、つまり自分たちがなぜこうなったのかという理由を思い出そうとするのだが、それもすでにおぼつかない。ここには人間性を剝奪されて少しずつ「亡霊」化していく抑留者の心理が見事に形象化されている。

エゾ松、カラ松、白樺などが鬱蒼と枝を広げるシベリアのタイガ（針葉樹林帯）を走りつづけるうちに、前方にバイカル湖が見えてきた。バイカル湖は内陸の海ともいうべき巨大な湖で、初見から一昼夜たってもなお列車は湖畔を走りつづけていた。石原はそれから三年半後に、このバイカル湖とアムール河を結ぶバム鉄道沿線のコロンナ（労働収容所）で入ソ後最悪の一年を送ることになる。

チタを出発して四日目に、列車は東部シベリアの中心都市イルクーツクに到着した。車両編成のため一昼夜停車したあと、タイシェット、カンスク、クラスノヤルスクをへて、七日目にシベリア最大の工業都市ノボシビルスクに着いた。ここで下車して入浴と衣服の消毒を受けたあと、列車は一路南下して中央アジアの大草原地帯へ向かった。これでどうやら極寒の地への移送だけは免れたようだと、車内に安堵の色が広がった。職掌柄、彼らの頭のなかには国境周辺の地図がインプットされていたのである。

やがて前方左手に白雪に覆われた天山《テンシャン》山脈が見えてきた。標高四千メートル級の峰々の向こうは中国の新疆ウイグル自治区である。その支脈のひとつであるアラタウ山脈の麓、海抜千八百メートル前後の高地に大きな街が開けていた。カザフ共和国（現在はカザフスタン共和国）の首都、アルマ・アタ（現在はアルマトイ）である。

一月二十日、列車はアルマ・アタに到着した。哈爾浜で有蓋貨車に積み込まれてから三十数日、ここが「葬式列車」のとりあえずの終着駅であり、「やりきれない遠い未来」への始発駅でもあった。

2

石原のシベリア抑留期間は、置かれた環境と条件によって、つぎの四期に分けられる。

第一期　アルマ・アタ　一九四六年一月〜一九四八年八月

第二期　カラガンダ　一九四八年八月〜一九四九年九月
第三期　バム鉄道沿線　一九四九年十月〜一九五〇年九月
第四期　ハバロフスク　一九五〇年九月〜一九五三年六月

このうち第一期は、抑留者たちが捕虜としてラーゲリの生活に適応していく期間だが、慣れない環境のなかで最も多くの死者が出た。石原はこの時期を「最初の淘汰期」と呼んでいる。第二期は石原たち「前歴者」がソ連の国内法によって懲役二十五年（死刑廃止後の最高刑）の刑を言い渡され、捕虜から囚人へと待遇が変わった時期である。第三期は懲役囚としてバム鉄道建設のための森林伐採労働に駆りたてられた時期で、石原はのちにそれを「最悪の一年」と名づけた。第四期はダモイ（帰国）の希望がほのかに見えはじめた「恢復期」で、石原は心身の微妙なずれに悩まされることになる。いずれにしろ、「石原吉郎のシベリア」は、まずアルマ・アタからはじまった。

アルマ・アタはカザフ語で「りんごの父」を意味し、昔からりんごの産地として知られている。中国、イラン、アフガニスタンが国境を接する軍事的な要衝で、東西の物資と文明が行き交う通商の要路でもあった。十二世紀に最初の市街が形成され、一八五四年にロシアが要塞を築いてからは近代的な要塞都市として発展した。ロシアに数ある流刑地のひとつでもあり、スターリンの「一国社会主義」に敗れて党を追われた永久革命家トロツキーは、一九二八年から一年間この地に幽閉されていた。

アルマ・アタには複数のラーゲリがあったが、石原たち「前歴者」が収容されたのは、鉄道の駅に近い第三収容所だった。近くに大きな火力発電所と貯水池があり、発電所の引き込み線がすぐそばを走っていた。貯水池にはいつも白い湯煙が立っていた。

収容所は急造のバラックだった。二千平方メートルほどの敷地を高さ三メートルの板塀と二重の有刺鉄線で囲い、四隅に監視塔が建っていた。所内には居住用バラック三棟、本部事務室、医務室、炊事場、浴場、被服庫などのほかに懲罰用の営倉もあった。

軍用犬を連れた警備兵がつねに所内を巡回し、四隅の望楼では軽機関銃を構えた監視兵が目を光らせていた。

石原とともに入所した西尾康人の『凍土の詩』（早稲田出版、一九九五年）によると、入所者の構成は日本人四百八十人、ロシア人二百二十人のほかに朝鮮人、中国人、蒙古人、ドイツ人を含めて約七百人。このうち日本人は旧満洲国高級官僚、国策会社の情報関係者、協和会、露語教育隊、ジャーナリストなどの「前歴者」で、なかには作家の山田清三郎、評論家の淡徳三郎、演劇評論家の野崎韶夫、のちの社会党代議士三輪寿壮、和田耕作なども含まれていた。抑留者の大隊長《コンバート》には満洲国総務庁次長だった飯沢重一が選ばれた。

最初に点呼と内務班の編成が行なわれ、全員が居住用バラックの一棟に収容された。土間の中央は通路になっており、それをはさんで左右に三段式のベッドが二百床ずつ計六百床、ずらりと並んでいた。窓際だけは二段式で五十床ずつ百床あった。石原のベッドは窓際上段の一等席だった。この蚕棚のような宿舎を、抑留者たちは自嘲をこめて「アルマ・アタ・ホテル」と名づけた。

ベッドの割り当てが終わると、つぎは入浴だった。その前に全員バリカンで頭髪を刈られ、ついでに陰毛も剃られた。シラミの駆除、伝染病の予防、逃亡の防止を目的とするものだといわれたが、大柄なロシア人に「マーレンキイ・フィ（小さな陰茎）」とからかわれながらのこの陰毛剃りは、抑留者のなかにわずかに残っていた自尊心を根こそぎ洗い流した。詩「やぽんすきい・ぼおぐ（日本の神）」（『鬼』二十六号、一九六〇年六月）が伝えようとしているのは、そのときの理不尽な悲しみである。

日本の神は
小さな陰茎《フィ》を持つ
小さな陰茎《フィ》の日本の神は
おなじくその手に
小さな斧を持つ
鬼のような夕焼けのなかで
その小さな斧が
信ずるものは何だ
小さな斧が立ちむかう
白くかぼそい
ものは何だ
郷愁を不意につきおとし
革命をたちどまらせ
鶏《とり》のような白樺を打ちたおす
シベリアはだれの
領土でもない

よしんばその空に塔があっても

納得はしない
よしんばその空に塔がなくても
納得はしない
塔がある日の理不尽な悲しみを
塔のない日へおしかぶせて
おれは　その空を
知らぬといえ　塔のない空を
見たことがないといえ

夕焼けが棲む髭のなかの
その小さな目が拒むものは
夕焼けのなかへ
返してやれ
怒りの酒槽《さかぶね》を踏みぬくように
小さな神がふみぬいたものは
かさねて　これを
踏みぬいてはならぬ
落日のなかに蹴爪を染め
系列となって羽ばたくやつを

落日のなかへ
追いかえすな

この詩には、石原にしては珍しく《「日本の神」「小さな陰茎」——日本の捕虜たちは、ときにシベリアでそう呼ばれた。おそらくは愛称であろう》という自註が付けられている。「愛称」が蔑称の反語的表現であることはいうまでもない。「日本の神」たちは、こうして立ち向かうべき目標を見失い、なにひとつ納得しないまま「不能」に追い込まれていったのである。

浴場から出てみると、それまで身につけていた私服や私物はすべて持ち去られていた。あわてふためく収容者たちを制して、責任者らしき将校が叫んだ。「ラーゲリに来たら、おまえたちに私物というものはない。ここは共産主義なのだ！」

私服と私物の代わりに、旧関東軍の襦袢、袴下《こした》、編上靴《へんじょうか》、旧ドイツ軍の軍服と外套が支給された。すべて戦場で押収した戦利品で、ソ連製のものはわずかに「ポルチャンキ」と呼ばれる靴下代わりのボロ切れだけだった。タオルもなければ下履きのパンツもなかった。

「アルマ・アタ・ホテル」の暖房は、四隅にひとつずつペチカがあったが、質の悪い粉炭や泥炭は煤煙を吐き出すばかりでいっこうに温まらず、零下三十度の極寒を防ぐ役には立たなかった。布団も毛布も支給されなかったので、入所者たちはすべての衣類を着込んだ上に外套まで着て寝たが、それでも体が冷えて身震いが止まらなかった。

食糧事情もひどかった。ドイツとの戦争で国土が荒廃したソ連は、穀倉地帯ウクライナの凶作の影響もあって深刻な食糧不足に見舞われ、僻遠の地には食糧が届かなかった。とくにアルマ・アタ第三分所では、ユダヤ人の所長が白系ロシア人の炊事係と結託して食糧を横流ししており、これが給養水準の低下にさらに拍車をかけた。

一日に黒パン三百五十グラムと朝夕二回の薄いカーシャ（粥）か野菜スープというのが定番で、たまに塩鮭や羊肉が出たが、それだけではとても足りなかった。停戦協定では捕虜の一日分の基準給養は二千五百カロリーと定められていたが、民間抑留者を主体とした第三分所の給養は一日千カロリーにも満たず、入所後数ヶ月で早くも栄養失調の徴候があらわれはじめた。こうした状況のなかで、入所者のあいだに一種の「共生」関係が生じ、またたくまに収容所全体に普及していった。

《〈共生〉が余儀なくされた動機には、収容所自体の管理態勢の不備のほかに、一人ではとても生きて行けないという抑留者自身の自覚があったと考えてよい。まず、この収容所は民間抑留者が主体であって、大部分が食器を携行して入ソした一般捕虜の収容所にくらべて、極端に食器がすくない。したがって食事は、いくつかの作業班をひとまとめにして、順ぐりに行なわれることになるが、そのさい食器（旧日本軍の飯盒）を最大限に活用するために、二人分を一つの食器に入れて渡す。これを受けとるために、抑留者は止むをえず、二人ずつ組むことになったが、私たちはこれを〈食罐組〉と呼んだ。これがいわば、この収容所における、〈共生〉のはじまりであるが、爾後この共生は収容所生活のあらゆる面に随伴することになった》（「ある〈共生〉の経験から」）

石原の一連のシベリア・エッセイは、いずれも帰国後十数年たってから書かれた。したがって、それは実体験というより追体験の記録であり、そこには当然「現在」の立場からする思想化や理念化が施されている。つまりそれは「事実」を検証するための証拠としては不十分なものだといわざるをえないのだが、そのことを前提にしていえば、ここには石原における「シベリア体験」のはじまりがリアルに、そしてヴィヴィッドに描かれている。

《食罐組をつくるばあい、多少とも親しい者と組むのが人情であるが、結局、親しい者と組んでも嫌いなものと組んでも、おなじことだということが、やがてわかった。というのは、食糧の絶対的な不足のもとでは、食罐組の存在は、おそかれはやかれ相互間の不信を拡大させる結果にしかならなかったからである》(同前)

《一つの食器を二人でつつきあうのは、はたから見ればなんでもない風景だが、当時の私たちの這いまわるような飢えが想像できるなら、この食罐組がどんなにはげしい神経の消耗であるかが理解できるだろう。私たちはほとんど奪いあわんばかりのいきおいで、飯盒の三分の一にも満たぬ粟粥を、あっというまに食い終ってしまうのである。結局、こういう状態がながく続けば、腕ずくの争いにまで到りかねないことを予感した私たちは、できるだけ公平な食事がとれるような方法を考えるようになった》(同前)

そこで彼らが考えたのは、まず同じ寸法のスプーンを二つ手に入れ、交互にひとさじずつすくって食べることだったが、これは相手のさじ加減につねに目を光らせていなければならないという欠点があった。つぎに考えたのは、飯盒の中央に板片か金属片の仕切りを立て、中身を折半する方法だった。しかし、これは粥類のときには便利だが、豆の入ったスープなどでは、底に沈んだ豆を公平に二分するのがむずかしかった。

最後に考えついたのは、缶詰の空缶を二つ用意して飯盒から平等に盛り分ける方法だった。ソ連の缶詰は規格が限られていたので、工事現場などで同じ大きさの空缶を見つけるのは簡単だった。分配役は一日交替にしたが、ここにもまた問題があった。盛り分けた缶の一方をどちらが先に取るかという問題である。そこで分配者が一方の缶にスプーンを入れておき、相手をうしろ向きにさせてスプーンのあるほうを当てさせることにした。これで問題はいちおう解決したが、急いで振り返らないと、相手にスプーンを入れ替えられるのではないかという不信がつねに付きまとった。

余談だが、一九七〇年代に『長帽子』という同人詩誌を出していた私たちのグループでは、二ヵ月おきに渋谷の喫茶店で開く合評会に石原夫妻を招いて話を聞いた。当時の石原は詩人としての絶頂期で、心身ともに健康で饒舌だった。合評が終わって食事の時間になると、石原は決まってこの「食罐組」の話を持ち出し、身ぶり手ぶりで実演してみせた。毎度のことなので、私たちはいささか辟易しながらも、この「共生」が石原のシベリア体験の肝なのだということを実感させられた。

《食事の分配が終ったあとの大きな安堵感は、実際に経験したものでなければわからない。この瞬間に、私たちのあいだの敵意や警戒心は、まるで嘘のように消え去り、ほとんど無我に近い恍惚状態がやってくる。もはやそこにあるものは、相手にたいする完全な無関心であり、世界のもっともよろこばしい中心に自分がいるような錯覚である。私たちは完全に相手を黙殺したまま、「一人だけの」食事を終るのである》(同前)

こうした「共生」は労働の現場でも生じた。当時の石原たちの労働は土木工事が主体だったが、その現場では工具の良否がものをいう。体力の消耗に直接結びつくからだ。毎朝、作業現場に到着するやいなや、彼らは争って工具倉庫へ飛び込むのだが、いち早く目を着けた工具を完全に確保するためには、最低二人の人間の結束が必要だった。そこで食事のときにはあれほど警戒し合った二人が、ここでは無言のまま結束した。

《こうして私たちは、ただ自分ひとりの生命を維持するために、しばしば争い、結局それを維持するためには、相対するもう一つの生命の存在に、「耐え」なければならないという認識に徐々に到達する。これが私たちの〈話合い〉であり、民主主義であり、一旦成立すれば、これを守りとおすためには一歩も後退できない約束に変るのである。これは、いわば一種の掟であるが、立法者のいない掟がこれほど強固なものだとは、予想もしないことであった。せんじつめれば、立法者が必要なときには、もはや掟は弱体なのである》(同前)

前述したように、これが帰国後十数年たった「現在」の理念であることを忘れずにいえば、ここには過酷な収容所生活のなかで体得された「法」の思想が語られている。立法者が必要なときには「掟」はもはや弱体なのだという民主主義の危うさを、これほど説得的に語った思想家は石原吉郎のほかにはいない。

3

この共生は、しかし、収容者の生存を保障するものではなかった。入ソ後最初の一年はまた「淘汰」の期間でもあった。長途の輸送による疲労、食糧の不足、発疹チブスの流行などによって、各地の収容所で最も多くの日本人がこの時期に死亡した。特にアルマ・アタの収容所では、もともと体力のない文官や民間人が多かったこともあって環境に対する適応力が弱く、入所者の約二割が半年以内に衰弱死し、あるいは自殺した。

《この淘汰の期間を経たのち、死は私たちのあいだで、あきらかな例外となった。私たちの肉体は急速に環境に適応しはじめ、生きのこる機会には敏速に反応する、いわゆる〈収容所型〉の体質へ変質して行った》（「確認されない死のなかで」）

このような変質は、いうまでもなく、人間として貴重な多くのものを代償とすることによって果たされた。そこで失われるものと獲得されるものとのあいだには、人間の名に値する瀬戸ぎわで踏みとどまろうとする本能によってかろうじて支えられるバランスのようなものがあり、このバランスを支えきれなくなったとき、彼は急速に崩壊した。つまり、共生はその崩壊を食い止める最後の手段だったのである。

《私たちのあいだの共生は、こうしてさまざまな混乱や困惑をくり返しながら、徐々に制度化されて行った。それは、人間を憎みながら、なおこれと強引にかかわって行こうとする意志の定着化の過程である。（中略）これらの過程を通じて、私たちは、もっとも近い者に最初の敵を発見するという発想を身につけた。たとえば、例の食事の分配を通じて、私たちを最後まで支配したのは、人間に対する（自分自身を含めて）つよい不信感であって、ここでは、人間はすべて自分の生命に対する直接の脅威として立ちあらわれる。しかもこの不信感こそが、人間を共存させる強い紐帯であることを、私たちはじつに長い期間を経て学びとったのである》（「ある〈共生〉の経験から」）

こうした憎しみや不信感は、本来ならば自分たちをかくあらしめた日本政府や軍部に、もっと直接にはソ連の収容所当局に向けられるべきはずのものである。彼らが捕虜として受けていた処遇は、明らかに停戦協定に違反した非人道的なものだったからである。彼らはなぜ怒らなかったのか。《強制収容所内での人間的憎悪のほとんどは、抑留者をこのような非人間的な状態へ拘禁しつづける収容所管理者へ直接向けられることなく（それはある期間、完全に潜伏し、潜在化する）、おなじ抑留者、それも身近にいる者に対しあらわに向けられるのが特徴である。それは、いわば一種の近親憎悪であり、無限に進行してとどまることを知らない自己嫌悪の裏がえしであり、さらには当然向けられるべき相手への、潜在化した憎悪の代償行為といってよいであろう》（同前）

あとで詳しくみるように、石原は帰国後まもなく唯一の肉親だった実弟を義絶し、親戚一統との関係を断った。そこには先祖の供養などさまざまな問題があったとはいえ、このとき身についた「もっとも近い者に最初の敵を発見するという発想」と無関係だったとは思えない。その意味では、石原は帰国後もなお、この「近親憎悪」から解放されることがなかったのである。

ところで、こうした不信感による結びつきを、石原は〈連帯〉と名づける。

《こうした認識を前提として成立する結束は、お互いがお互いの生命の直接の侵犯者であることを確認しあったうえでの連帯であり、ゆるすべからざるものを許したという、苦い悔恨の上に成立する連帯である。ここには、人間のあいだの安易な、直接の理解はない。なにもかもお互いにわかってしまっているそのうえで、かたい沈黙のうちに成立する連帯である。この連帯のなかでは、けっして相手に言ってはならぬ言葉がある。言わなくても相手は、こちら側の非難をはっきり知っている。それは同時に、相手の側からの非難であり、しかも互いに相殺されることなく持続する憎悪なのだ。そして、その憎悪すらも承認しあったうえでの連帯なのだ。この連帯は、考えられないほどの強固なかたちで、継続しうるかぎり継続する》（同前）

このエッセイが『思想の科学』一九六九年三月号に発表されたころ、いわゆる学園闘争に挫折した多くの学生が「連帯」を求めて石原のところへやってきた。当時、石原が勤めていた新橋の海外電力調査会のあるビルの周辺には、いつもそのような若者の姿があった。もしそういってよければ、石原は吉本隆明や谷川雁と並ぶ思想界のスターだった。石原は彼らに対してつねにやさしく接したが、石決して心を許そうとはしなかった。彼らの挫折や孤立と称するものが、たんなる甘えにすぎないことを見抜いていたからである。

《これがいわば、孤独というものの真のすがたである。孤独とは、けっして単独な状態ではない。孤独は、のがれがたく連帯のなかにはらまれている。そして、このような孤独にあえて立ち返る勇気をもたぬかぎり、いかなる連帯も出発しないのである。無傷な、よろこばしい連帯というものはこの世には存在しない》（同前）

こうして「連帯」のなかにはらまれている孤独を発見した石原は、この日から名実ともに「単独者」となる。単独者とは被害者同士の連帯のなかにあって和して同ぜず、あえて孤独に立ち返る勇気をもった人間のことである。詩「位置」（『鬼』第三十号、一九六一年八月）が示しているのは、その単独者の立ち位置にほかならない。

しずかな肩には
声だけがならぶのではない
声よりも近く
敵がならぶのだ
勇敢な男たちが目指す位置は
その右でも　おそらく
そのひだりでもない
無防備の空がついに撓《たわ》み

正午の弓となる位置で
君は呼吸し
かつ挨拶せよ
君の位置からの　それが
最もすぐれた姿勢である

私は前に《無防備の空がついに撓み／正午の弓となる位置》は石原における「神」の位置だと指摘した。いまもその考えに変わりはないが、その位置はまた、石原の理想とする勇気ある単独者の位置でもあったと付け加えておかなければならない。

〈ノート8〉
望　郷

1

石原が収容されたアルマ・アタ第三分所は、最初は民間抑留者を主体にした比較的小規模の収容所だったが、昭和二十一年（一九四六）七月から八月にかけて、北朝鮮で捕虜になった松木進大尉を大隊長とする一千名、中原克己大尉を大隊長とする八百五十名、西巻順一大尉を大隊長とする六百五十名がつぎつぎに送られてきて、総勢三千名を超す大収容所にふくれあがった。後送の軍事捕虜が加わってから、石原の属する飯沢大隊は「市民大隊」と呼ばれるようになったが、捕虜としての待遇にはなんの変わりもなかった。

入所一年目の捕虜を苦しめたのは、慢性的な飢餓と過酷な労働だった。一日千カロリーにも満たない給養と、しばしば夜間にまで及ぶ労働は急速に収容者の体力を奪い、つぎつぎに犠牲者が出た。第三分所では、最初の一年で収容者の約二割が死んでいる。石原は小柄で体力にも自信がなかったが、おそらくは環境に対する適応力に恵まれていたおかげで、なんとか最初の淘汰期を生き延びることができた。

《この淘汰の期間を経たのち、死は私たちのあいだで、あきらかに例外となった。私たちの肉体は急速に環境に適応しはじめ、生きのこる機会には敏速に反応する、いわゆる〈収容所型〉の体質へ変質して行った。

このような変質は、いうまでもなく、多くの人間的に貴重なものを代償とすることによって行なわれる。しかしこの、喪失するものと獲得するものとの間には、ある種の本能、人間の名に値する瀬戸ぎわで踏みとどまろうとする本能によって、かろうじてささえられるきわどいバランスがあって、人がこのバランスをついにささえきれなくなるとき、彼は人間として急速に崩壊する》(「確認されない死のなかで」)

石原もまた崩壊の危機に直面し、自分を人間の側に踏みとどまらせる「新しい言葉」を求めて呻吟していた。出征前に受洗したキリスト教は、なぜかその支えにはならなかった。そんなとき、おなじ収容所に親鸞に傾倒している哲学者がいると知って、すがりつくような思いで彼を訪ねた。《Nと呼ぶその哲学者は、一面識もない一人の男の、「親鸞について、なんでもいいから教えてほしい」という性急な言葉をだまって聞いたあとで、「説明はどうでもいいから、歎異抄をおぼえなさい」と答えた。N氏は歎異抄をほとんどぜんぶ暗記していた。

翌日から私は、労働から帰ると、待ちかねるようにしてN氏を訪ねた。N氏はまず、「弥陀の誓願不思議にたすけまゐらせて」に始まる冒頭の一章から、噛んで含めるように私に暗唱させた。ひきつづいて「おのおの十四ヶ国のさかひをこえて」という有名な二章から、「善人なをもて往生をとぐ」の三章までを、私は祈るような思いで暗唱した。記憶力がすっかり弱っていた当時の私にとっては、それで精一杯であったが、それだけでも充分すぎるほどであったといえる。思考の大きな飛躍を強いられるはずの、独特な背理も、追いつめられた状況のなかでは、ほとんど抵抗なしに受入れられた。N氏は私にとって、かけがえのない恩師となるはずであった》(「仏典二冊」)

ところが、暗唱を終えた部分の解説が始まって数ヶ月たったとき、思いもよらない事件が起きた。Nが隣人のパンを盗んで営倉へ入れられてしまったのである。

《私にとっては、一切のよりどころを一挙に奪い去られたような衝撃であった。爾後私はN氏との交渉を一切断った》(同前)

飢えが支配する収容所にあって、パン泥棒は決して珍しいことではなかった。おそらくは石原自身もたびたびその誘惑に駆られたに違いない。だからこそ、石原にはNの裏切りが許せなかった。もしそれを許せば、人間は最後の一線を越えて向こう側へ転落してしまう。それはまさに親鸞の思想を地で行く実存と倫理の問題だった。

《ずっとのちになって、その事件の意味をすこしずつ考えはじめたとき、私はそれがまさしく歎異抄的な出来事であったことに気づいて、居たたまれないような悔恨におそわれた。その頃から、私はまたすこしずつ歎異抄を暗唱しなおすようになった》(同前)

それから三年後、いっしょにカラガンダの収容所に移った石原とNは、理由を告げらずに二つのグループに分けられた。あとになって、石原たちは法廷組、Nのグループは帰国組とわかった。それぞれの出発を前にした一日、石原とNはたまたまおなじ作業現場で顔を合わせた。Nの表情は明るかった。

《私はN氏に、もし帰国したら何をしたいかとたずねてみた。パン泥棒事件から三年目の、初めての対話であった。N氏は躊躇なく、教育に従事したいと答えた。

「人をおしえる自信がありますか」

私はなんとなく皮肉な気持になってたずねてみた。

「おそれいります」N氏はただ笑って頭をさげた。それだけの会話で私たちは別れた。翌年の春、私は正式に起訴され、重労働二十五年の判決を受けた。

三年後、私は特赦を受けて帰国した。帰国後ひと月ほどして、たまたま立寄った書店で、N氏の抑留手記をみつけて読んでみたが、パン泥棒の一件はどこにも書いてなかった》(同前)

帰国後、石原はシベリアで体験したことについてはいっさい告発しないことを信条としておのれに課し、それが彼のエッセイに一種の品格を与えることになるのだが、この文章はその珍しい例外だといっていい。Nの裏切りはそれほど深く彼を傷つけたのである。

このNのエピソードは、私たちにエゴン・ヘッセルのことを思い出させずにはいない。石原はヘッセルに導かれてバルト神学に開眼し、ヘッセルの手で洗礼を受けた。その意味でヘッセルはまさしく「かけがえのない恩師」だったはずなのだが、戦後、ヘッセルが妻子を連れてアメリカへ亡命すると、石原はまるで自分が見捨てられたように感じ、戦後、ヘッセルが日本にもどっていることを知っても会いに行こうとはしなかった。石原における師弟関係のあり方は、いつでもこのように一方的なものだったといわざるをえない。

2

最初の淘汰期を過ぎたころ、アルマ・アタに民主運動の波が押し寄せてきた。シベリア抑留の初めから、ハバロフスクで「日本新聞」という邦字紙が発行されていた。これはソ連共産党中央委員会軍事部が日本人捕虜に対する宣撫工作の一環として始めたものだが、この編集部がやがて民主運動の司令部となり、日本側の編集責任者だった浅原正基（筆名諸戸文夫）は「シベリアの天皇」と呼ばれるようになった。

浅原は大正五年（一九一六）生まれで、当時三十歳。東大文学部在学中に左翼運動で検挙されたが、昭和十八年（一九四三）に千葉県の佐倉連隊に入隊し、中支の前線へ送られた。翌十九年（一九四四）十月、選ばれて哈爾浜の関東軍露語教育隊に派遣され、石原と同じく哈爾浜で終戦を迎え、哈爾浜で捕虜になった。最初はアムール河沿いの寒村の収容所に送られたが、二十一年（一九四六）二月に「日本新聞」の編集部に入って頭角をあらわし、同年五月には編集長に昇格した。

そのころ、各地の収容所に「日本新聞友の会」が結成され、これが民主運動の拠点になった。浅原がつくったとされる綱領は「収容所内に於ける民主主義的宣伝ならびに啓蒙」「あらゆる軍国主義的逆宣伝および反動分子の策謀に対する断固たる闘争」といった勇ましいもので、民主運動とは要するにソ連型社会主義への洗脳を目的にしたプロパガンダだった。

当時、第二次大戦後の覇権をめぐって東西の対立が深まるなかで、アメリカは日本を赤化の防波堤とするべくレッドパージなどの反共政策を推進していたが、ソ連はそれに対抗して、その防波堤を内部から切り崩す先兵として日本人捕虜を育てようと計画したのである。この方針を受けて「日本新聞」の論調は次第に過激化し、「天皇こそ最大の戦争責任者」「偽りの歴史を清算せよ、『神の後裔』の荒唐無稽」といった見出しが紙面に躍るようになった。浅原は学生時代に果たせなかった革命の夢をここで果たそうと思っていたのかもしれない。

しかし、「シベリアの天皇」といえども、所詮はソ連共産党のあやつり人形にすぎなかった。やがて部下の密告によって失脚し、石原と同じく重労働二十五年の判決を受け、石原より三年遅く昭和三十一年（一九五六）八月に帰国した。彼はある意味で、「シベリア抑留」という名の悲劇の主役をつとめるにふさわしい人物だったといえるかもしれない。

アルマ・アタ第三分所でこの運動を主導したのは、元プロレタリア作家の山田清三郎とフランス帰りのジャーナリスト淡徳三郎という二人の「三郎」だった。

山田清三郎は明治二十九年（一八九六）六月、京都で生まれた。小学校を中退して職を転々としたあと、無産階級の解放をめざす文芸雑誌『種蒔く人』の同人になった。その後『文芸戦線』の編集者をへてナップ（全日本無産者芸術連盟）の結成に参加。昭和六年（一九三一）に小林多喜二の『蟹工船』を掲載した『戦旗』の編集責任者として治安維持法違反で検挙され、三年八ヶ月入獄した。獄中転向して釈放されたあと大陸へ渡り、満洲映画社長甘粕正彦に近づいて満洲芸術文化協会の文芸部長に収まった。新京で捕虜になったときには、すでに五十歳を超えていた。

淡徳三郎は昭和三年の「三・一五事件」（日本共産党一斉検挙）で逮捕され、執行猶予になった。その後、亡命同様にフランスへ渡り、スペイン内戦の人民戦線などのルポルタージュで名を上げた。第二次大戦中にベルリンへ移り、ナチス崩壊直後に満洲に戻って、山田とともに新京で捕虜になった。二人ともすでに高齢だったので収容所では労働を免除され、もっぱら民主運動関係の仕事を任されていた。このように当時の収容所では、一度は転向した元共産党員たちが「アクティーヴ（積極的活動分子）」として水を得た魚のように泳ぎ回っていた。

民主運動がエスカレートするにつれて、旧体制を打破するという名目のもとに、アクティーヴによる「反動分子」の摘発や吊し上げが常態化していった。それは思想闘争というよりも戦時中の私怨をはらすリンチのようなもので、スターリンという虎の威を借りた狐どもが穴に隠れる兎を狩り出し、その兎がまた狐となって次なる獲物をつけねらうといった陰湿なゲームが繰り返された。ゲームを仕掛けた収容所当局が、いきすぎを恐れて警告を発するという一幕もあった。

哈爾浜の特務機関にいた石原は、当然その「反動分子」の一員だったが、「前歴者」の多い市民大隊では、そのこと自体はすでに公然の秘密だったし、石原自身もあえてそれを隠そうとはしなかったので、あまりひどい仕打ちは受けなかった。ひょっとすると、学生時代にPEA（日本プロレタリア・エスペランチスト同盟）の活動に参加し、出征前に反ナチズムの宣教師エゴン・ヘッセルの薫陶を受けたことがプラスに働いたのかもしれない。いずれにしろ、石原はこの民主運動に一定の距離を置き、いわば意識的な傍観者としてふるまった。

《いわゆる民主運動は、一九四六年ごろから、旧軍隊秩序の解体をスローガンに、日本人捕虜のあいだに急速にひろがったが、その過程でいわゆる〈反動分子〉の摘発が、捕虜自身の手で精力的に行なわれた。しかし、摘発された者の顔ぶれとその後の運命からみて、ソ連当局がこれを指導し、奨励したことは、ほぼ確実である。民主運動そのものは、結局は収容所側の指導する労働強化運動に変質して行ったが、それらの過程で日本人同士のあいだで行なわれた摘発と密告は、その後ながく救いがたい怨恨をのこした》（「弱者の正義」）

それから七年後、引き揚げ船「興安丸」がナホトカを出港して日本の領海に入ると、帰還者たちは民主運動のアクティーヴや密告者を甲板に引きずり出して集団でリンチを加えた。さらに舞鶴駅頭では、「君たちを待ち受けているのは貧困と失業だけである」と演説した日共党員が激昂した帰還者によって袋だたきにされた。シベリアの民主運動はまさしく「救いがたい怨恨」を日本国内にまで持ち込んだのである。石原はのちに、「もし日本で革命が起きたら、自分は田舎に引っ込んで鍛冶屋になる」と発言することになるが、その革命忌避と徹底した政治嫌いは、こうした体験のなかで醸成されたのだと考えられる。

3

昭和二十三年（一九四八）五月、石原たち約四百名の「前歴者」は、アルマ・アタ第三分所から第一分所への移動を命じられた。淡徳三郎、野崎韶夫らのジャーナリストと満洲映画関係者約五十名、それに兵士二千余名はそのまま第三分所に残留した。移動の理由は明らかにされなかったが、残留組はダモイ（帰国）が近く、移動組はまず絶望的だろうという噂が流れ、移動組のあいだに動揺が広がった。事実、残留組はまもなくハバロフスクへ送られ、二十四年から二十五年にかけて帰国している。

移動組は第一分所でしばらく石炭の積み卸しなどをやらされたあと、十日目に厳重な身体検査を受けてエタップ（輸送梯団）が編成された。彼らに対する警備がにわかに厳重になり、明らかに処遇が変化した。乗せられたのは鉄格子で仕切られた二段式の監房車で、一車両に八十名ずつが詰め込まれた。

乗車時に黒パン二キロと塩漬けのマス一尾が支給された。慢性的な飢餓状態にあった抑留者たちは、後先の考えもなくそれを食べ尽くし、やがて耐えがたい喉の渇きと一日二度と制限された排泄の欲求に苦しまなければならなかった。バルハシ湖を過ぎたあたりで突然列車が停まり、扉が開放された。抑留者はいっせいに外に飛び出し、草原のあちこちにしゃがんで溜まっていたものを排泄した。蘇生した思いで腰を上げると、名も知らぬ深紅の花の群落が大草原の果てまで続いていた。

監房車はノボシビルスク、ペトロパブロフスクを経て五日目に、北カザフスタンの炭鉱の町カラガンダに到着した。鉱滓のボタ山が点在する荒涼たる田舎町だった。彼らを収容するバラックは未完成だったので、収容者自身の手でそれを完成させなければならなかった。

入所後しばらくは学校や住宅の建築現場で使役されたが、やがてまた身体検査があって、いくつかの分所に移動させられた。石原は炭鉱に近い第十九分所に移り、危険な坑内作業に回された。

カラガンダ炭鉱はドンバス、クズバスに次ぐソ連第三の大炭田で、良質なコークス炭を産出した。一九三〇年代から開発が進み、巨大な火力発電所や機械工場も併設されていた。その労働力を確保するために、周辺に十八の強制収容所が設けられ、各地から集められたドイツ、ルーマニア、ハンガリー、ポーランド、日本の捕虜約一万人が炭鉱、発電所、工場、建設現場などで働かされていた。

東京育ちの石原は、それまで炭鉱というものを見たこともなかった。坑底へ降りる昇降機は、まわりに柵も付いていない一枚の板で、初めて乗ったときは足が震えて生きた心地もしなかった。それを見ていた炭塵まみれロシア人鉱夫たちが「ヤポンスキー、サムライ、ハラキリ!」とはやし立てた。サムライとハラキリは、当時からすでに国際語になっていたらしい。

石原が命じられた作業は、採掘された石炭を鉄製の炭車に積み込み、坑道を通って垂直坑に集め、旧式のウインチで引き揚げ、坑外に運び出すことだった。切羽《きりは》での採炭作業に比べて体は楽だったが、危険な作業であることに変わりはなかった。

ある日、石炭を満載した炭車が停止線を越えて彼のほうへ突進してきた。とっさに逃げようとしたが避けきれず、はね飛ばされて肋骨を二本折った。明らかな労働災害だったが、ろくな治療は受けられず、休暇も許されなかった。折れた骨は自然に治癒した。

しかし、やがて石原を見舞った災厄に比べれば、この事故はかすり傷程度のものにすぎなかったといえる。

4

陸から海へぬける風を
陸軟風とよぶとき
それは約束であって
もはや言葉ではない
だが　樹をながれ
砂をわたるもののけはいが
汀《みぎわ》に到って
憎悪の記憶をこえるなら
もはや風とよんでも
それはいいだろう
盗賊のみが処理する空間を
一団となってかけぬける
しろくかがやく

あしうらのようなものを
望郷とよんでも
それはいいだろう
しろくかがやく
怒りのようなものを
望郷とよんでも
それはいいだろう

（「陸軟風」）

石原が望郷の念にかられたのは、もちろんそれが初めてではない。シベリアに抑留されて三年間、一日として故国を想わない日はなかった。彼には渡るべき海があった。その海を渡らなければ故国には帰れない。しかし、その海の最初の渚と彼を三千キロにわたるステップ（草原）とツンドラ（凍土）が隔てていた。望郷の「風」がたどりつくのは、かろうじてその渚までだった。海を渡るためには、まずその海を見なければならなかった。

《すべての距離は、それをこえる時間に換算される。しかし海と私をへだてる距離は、換算を禁じられた距離であった。それが禁じられたとき、海は水滴の集合から、石のような物質へ変貌した。海の変貌には、いうまでもなく私自身の変貌が対応している。

私が海を恋うたのは、それが初めてではない。だが、一九四九年夏カラガンダの刑務所で、号泣に近い思慕を海にかけたとき、海は私にとって、実在する最後の空間であり、その空間が石に変貌したとき、私は石に変貌せざるをえなかったのである》（「望郷と海」）

石原は伊豆半島西岸の土肥で生まれ、幼年時代をそこで過ごした。小学校で「われは海の子」という唱歌を教わったが、彼はまさしく「海の子」だった。その「海の子」が望郷の想いを海にかけたのは至極当然のことだったが、一九四八年夏、その海が石に変貌し、彼もまた石に変貌したというのである。

《だがそれはなによりも海であり、海であることでひたすら招きよせる陥没であった。その向うの最初の岬よりも、その陥没の底を私は想った。海が始まり、そして終るところで陸が始まるだろう。始まった陸は、ついに終りを見ないであろう。陸が一度かぎりの陸でなければならなかったように、海は私にとって、一回かぎりの海であった。渡りおえてのち、さらに渡るはずのないものである。ただ一人も。それが日本海と名づけられた海である。ヤポンスコエ・モーレ（日本の海）。ロシヤの地図にさえ、そう記された海である》（同前）

石原のエッセイは、その詩におとらず難解である。この文章が帰国後に、つまり日本海をもう一度渡ったあとで書かれていることを思えば、それが「一回かぎりの海」だというのは意味をなさないが、これはおそらく一九四八年の時点における絶望の深さを表わしているのだろう。陸も海も一回かぎりのものだとすれば、その海はついに到るべき陸をもたない海、つまり「岸辺のない海」だったことになる。

《望郷のあてどをうしなったとき、陸は一挙に遠のき、海のみがその行手に残った。海であることにおいて、それはほとんどひとつの倫理となったのである》（同前）

では、海と彼自身を石に変貌させ、海への思慕を「ひとつの倫理」に変えたものとは何だったのか。

昭和二十三年（一九四八）五月にアルマ・アタからカラガンダへ移送され、同市郊外の一般捕虜収容所に収容された直後から「前歴者」に対する目的不明の取調べが始まった。そして十四、五人程度の規模で、抑留者がつぎつぎに収容所から姿を消していった。

石原に対する取調べは、翌年（一九四九）一月から始まった。訊問はいつでも深夜から未明にかけて行なわれた。訊問者の側からいえば、相手の頭がぼんやりしていて有利な供述を得やすいからである。訊問は一週間にわたって続行された。取調べといっても「罪状」はすでに出来上がっており、毎回その「承認」を強要されるだけのことだった。すでに取調べを終えた同僚の意見を聞いたうえで、石原は一週間目に調書に署名した。

石原とほぼ同じ時期に別の収容所で取調べを受けた内村剛介は、自伝『生き急ぐ——スターリン獄の日本人』（三省堂、一九六七年）のなかで、約一年にわたる執拗で理不尽な「審問」の場面を生々しく描き出している。取調べが長びいたのは内村が最後まで署名を拒否したためだが、石原によれば、結果的にはまったく同じことだった。サンフランシスコ条約（日米講和条約）の一方的な締結に備えて、ソ連が発言権を確保すべく手許に保留しておく日本人の数とその選別の枠は、そのときにはすでに決まっていたからである。ただし一週間で調書に署名したことは、石原の意識にある種の負い目を残さずにはおかなかった。

それから数日後、石原は十数人の同僚とともに構内待機を命じられ、作業隊が出動したあと、ワタ（衛兵所）に集合させられた。どこへ連れていくのかと警備兵に尋ねると、そんなことも知らないのかという表情で第五分所だと答えた。第五分所は炭鉱作業専門の収容所で、帰還が決定した者はここで体力の回復を待ったあと輸送梯団に編入されることになっていた。彼らには信じられない話だったが、警備兵が証拠として示した給与伝票は、たしかに五分所あてに切られていた。

やがて到着したトラックの荷台に乗せられたあとでもまだ、彼らは警備兵の言葉を信じていた。願望が不安を打ち消したのである。トラックはカラガンダ市内へ通じる草原の一本道を走り、市内に入る直前で三叉路にさしかかった。そのまま直進すれば第五分所だが、右折した先には十三分所がある。十三分所はドイツ人民間抑留者の収容所で、その構内に法廷が設置されていることを彼らは知っていた。トラックが運命の分岐点に近づくと、彼らは固唾を呑んでいっせいに立ち上がった。トラックは三叉路の手前で少しスピードをゆるめると、右折して走り出した。

正午少し前に、トラックは十三分所に到着した。警備兵の態度が粗暴になった。彼らはそこで収容所側の監視兵に引き渡され、衛兵所へ追い込まれた。壁に手をついて身体検査を受けていると、構内へ通じる扉が開いた。監視兵が「うしろを見るな」と叫んだ。壁に張りついたまま横目で盗み見ると、髯だらけの日本人の一団が背後を通り過ぎていった。

十三分所の内部は、左手にドイツ人抑留者用のバラックが建ち並び、右手の黒ずんだ板塀の内側に粗末な木造家屋があった。その左半分が法廷で、右半分は独房になっていた。彼らはまずその独房に収容された。

石原はその日のうちに法廷に呼び出され、左右の指紋をとられたあと、起訴状に署名させられた。罪名はロシア共和国刑法五十八条六項（反ソ行為、諜報）だった。ロシア共和国刑法は、ソ連邦の構成国のひとつであるロシア共和国の刑法が、そのままソ連全土に適用されるようになったものだが、これはあくまで国内法だから、外国における外国人の犯罪に適用されるものではない。ましてソ連と交戦状態に入る前の石原たちの行為を「反ソ行為」として罰するのは筋違いもいいところである。

その日の夕方、石原ら十数名を法廷に集めて保安将校が読み上げた起訴状は、数時間前に彼らが署名した起訴状とは明らかに内容の異なるものだった。彼らはそのなかで「平和と民主主義の敵」と呼ばれ、「戦争犯罪人」と規定されていた。終戦協定では、戦争犯罪人を裁く法廷は極東軍事裁判のみと定められていたが、石原たちがそれを知ったのは、ずっとあとになってからのことである。

《告訴された以上、判決が行なわれるはずであった。だが、いつそれが行なわれるかについては、一切知らされなかった。独房で判決を待つあいだの不安といらだちから、かろうじて私を救ったものは飢餓状態に近い空腹であった。私の空想は、ただ食事によって区切られていた。食事を終った瞬間に、いっさいの関心はすでにつぎの食事へ移っていた。そしてこの〈つぎの食事〉への期待があるかぎり、私たちは現実に絶望することもできないのである。私はよく、食事の直前に釈放するといわれたら、なんの未練もなく独房をとび出すだろうかと、大まじめで考えたことがある》(同前)

四月二十九日午後、石原は独房から呼び出された。それぞれの房の前に立っていたのは、いずれも同じトラックで運ばれ、同じ日に起訴された顔ぶれだった。彼らがうしろ手を組まされて誘導されたのは、窓際に机がひとつ、その前に椅子を三列に並べただけの小さな部屋だった。

実直そうな保安大佐の裁判長は、席に着くとすぐ判決文を読みはじめた。石原の位置は最前列の中央だった。ながながと読み上げられる罪状に関心はなかった。問題は刑期だった。判決文がようやく終わりに近づき、「罪状明白」という文句のあとに「重労働二十五年」という言葉がつづいたとき、石原はわが耳を疑った。ロシア語を知らない背後の同僚が「何年だ」と訊いたとき、石原は首を振った。自分の聞き違いだと思ったのである。

《それから奇妙なことが起った。読み終わった判決文を、押しつけるように通訳にわたした大佐は、椅子の上に置いてあった網のようなものをわしづかみにすると、あたふたとドアを押しあけて出て行った。大佐がそのときつかんだものを、私は最初から知っていた。買物袋である。おそらくその時刻に、必需品の配給が行なわれていたのであろう。この実直そうな大佐にとって、私たち十数人に言いわたした二十五年という刑期よりも、その日の配給におくれることの方がはるかに痛切であった。ソビエト国家の官僚機構の圧倒的な部分は、自己の言動の意味をほとんど理解する力のない、このような実直で、善良な人びとでささえられているのである》（同前）

詩「その朝サマルカンドでは」（『ロシナンテ』十二号、一九五七年六月）は、状況設定こそ変えてあるが、明らかにこの裁判をテーマにした作品である。ここではその前半を引く。

火つけ
いんばい
ひとごろし　いちばん
かぞえやすい方から
かぞえて行って
ちょうど五十八ばんめに
その条項がある
〈ソビエト国家への反逆〉
そこまで来れば
あとは確率と

乱数表のもんだいだ
サマルカンドでは　その朝
地震があったというが
アルマ・アタでは　りんご園に
かり出された十五人が
りんご園からよびかえされて
じょう談のように署名を終えた
起訴されたのは十三人
あとの二人は　証人だ
そのまた一人が　最後の証人で
とどのつまりは　自分の
証人にも立たねばならぬ
アレクサンドル・セルゲーエウィチ・
プーシュキンのように
もみあげの長い軍曹《セルジャント》が
ためいきまじりで
指紋をとったあとで
こめかみをこづいて　いったものだ
〈フイヨ・ペデシャット・オーセミ!〉

――五十八条はさいなんさ――

ロシア共和国刑法五十八条は、まさに災難だった。朝鮮人通訳によって日本語で判決文が読み上げられたとき、「被告人」のあいだに起こった混乱と恐慌の状態は、予想もつかぬほど異様なものだった。判決を終えて溜まり場へ移されたとき、期せずして彼らの間から悲鳴とも怒号ともつかぬ喚声がわきあがった。石原は頭からびっしょりと汗をかいていた。あわてて監視兵が走ってきたが、「二十五年だ!」というと、黙ってひっこんだ。この日から石原は捕虜ではなく囚人になった。

《故国へ手繰られつつあると信じた一条のものが、この瞬間にはっきり断ちきられたと私は感じた。それは、あきらかに肉体的な感覚であった。このときから私は、およそいかなる精神的危機も、まず肉体的な苦痛によって始まることを信ずるようになった。「それは実感だ」というとき、そのもっとも重要な部分は、この肉体的な感覚に根ざしている》(同前)

四月三十日朝、彼らはカラガンダの郊外にある第二刑務所に徒歩で移送された。刑務所は最初にいた捕虜収容所と十三分所のほぼ中間にあった。二ヵ月前には白く凍てついていた草原が輝くばかりの緑に変わり、さわやかな春風が吹いていた。

石原はここで同じ判決を受けた鹿野武一と三年ぶりに再会した。その秋、彼らはシベリア東部の密林地帯に送られ、入ソ後最悪の一年を送ることになる。

〈ノート9〉沈黙と失語

1

　昭和二十四年（一九四九）四月二十九日午後、カラガンダ市郊外の中央アジア軍管区軍法会議カラガンダ臨時法廷で、ロシア共和国刑法五十八条（反ソ行為）六項（諜報）により重労働二十五年の判決を受けた石原吉郎は、翌日、カラガンダ第二刑務所に徒歩で連行された。二ヵ月前には白く凍てついていたステップ（草原）が輝くばかりの緑に変わり、五月を待ちかねて乾いた春風が吹いていた。この日から「風」は彼にとって単なる比喩以上の意味をもつことになった。そしてこの日から、彼は日本人捕虜収容所に収容される「前歴者」ではなく、ソ連の刑務所に服役する受刑者の一人となった。

《この日から、故国へかける私の思慕は、あきらかに様相を変えた。それはまず、はっきりした恐怖ではじまった。私がそのときもっとも恐れたのは、「忘れられる」ことであった。故国とその新しい体制とそして国民が、もはや私たちを見ることを欲しなくなることであり、ついに私たちを忘れ去るであろうということであった。（中略）ここにおれがいる。ここにおれがいることを、日に一度、かならず思い出してくれ。おれがここで死んだら、おれが死んだ地点を、はっきりと地図に書きしるしてくれ。地をかきむしるほどの希求に、私はうなされつづけた（七万の日本人が、その地点を確認されぬまま死亡した）。もし忘れ去るなら、かならず思い出させてやる。望郷に代る怨郷の想いは、いわばこのようにして起った》（「望郷と海」）

怨郷の対象は、いうまでもなく「きのうまでの」日本だった。敵国アメリカに占領され、憲法までアメリカナイズされた戦後の「新しい体制」を、石原はまだ知らなかった。故国の命によって戦地に送られ、いまその責めを負って苦しんでいる者を、故国はすみやかに呼び返すべきだというのが、石原たち抑留者の当然の願いだった。敗戦から四年、その願いは叶えられず、自分たちはいまや忘れ去られようとしている。恐怖はそこに発し、望郷はやがて怨郷に変質した。

石原が収容された監房には、すでに定員の三倍近い受刑者が詰め込まれていた。前年の秋以来、カラガンダの捕虜収容所からつぎつぎに姿を消した日本人のほとんどがそこに集められていた。日本人のほかにドイツ人とルーマニア人もいた。ドイツ人の多くはナチ親衛隊員とパルチザン掃討師団の将兵たちだった。

夏になると、カラガンダは猛烈なブラン（砂嵐）に襲われる。一夜にして市街地を砂漠に変えてしまうほど大量の砂を含んだ熱風である。半裸の囚人たちは汗にまみれ、監房にはむっとする異臭が立ちこめていた。

七月初旬、石原がブランの熱気に堪えながら怨郷の想いを噛みしめていると、他の収容所から移送されてきた既決囚の一団が隣の監房に入った。半年ほど前、第十三分所の独房で判決を待っていたとき、深夜遠からぬ独房に収容された男が警備兵の誰何に答えて「カノ・ブイチ」と名乗る声を耳にしていた。だから、後送されてきた集団のなかには鹿野武一が含まれているに違いないと思ったが、監視が厳しくてすぐには連絡がとれなかった。

　八月の初め、その後送集団が炭鉱に近い収容所に移された。つづいて石原たちの集団もブランの吹きすさぶなか、同じ収容所に移送された。この収容所は短期囚専用の施設で、石原たちのような特殊な長期囚は収容できないはずだったが、所長同士の闇取引で労働力を一時的に融通し合うようなことが行なわれていたらしい。この闇取引のおかげで、石原は思いがけず鹿野に会うことができた。哈爾浜《ハルビン》で別れてから、ほぼ四年ぶりの再会だった。

《私たちが収容所に到着したのは、もう就寝時間を大分すぎた時刻であったが、私は取るものもとりあえず、鹿野のいるバラックへかけつけた。すでに寝しずまっていたバラックの入口で、私は鹿野の名を呼んでみたが、答えがなかった。二、三度呼んだあとで、バラックの奥の暗がりから、鹿野が出て来た。そして私の顔を見ずに「きみには会いたくなかった」とだけいって、奥へはいってしまった。私は呆然として自分のバラックへ帰って来た》（「ペシミストの勇気について」）

　東京の露語教育隊以来、あれほど親しく付き合ってきた鹿野の拒絶は、石原にとってはまさに青天の霹靂だった。自分はなぜ嫌われたのだろうと考えて、その夜はついに眠れなかった。翌日から土木工事に駆り出された。作業現場でときおり鹿野の姿を見かけたが、なんとなく自分を避けているように思われて声をかけることができなかった。そして一週間がすぎた。

《ある日の夕方、作業から帰って来た鹿野が、思いがけなく私のバラックへやって来た。彼は「このあいだはすまなかった」といったあとでしばらく躊躇したのち、「もしきみが日本へ帰ることがあったら、鹿野武一は昭和二十四年八月×日（正確な日付は忘れたが、彼がこれを話した日である）に死んだとだけ伝えてくれ」といって帰って行った。

私はそのときの彼の、奇妙に平静な、安堵に近い表情をいまだに忘れない。後になって彼の思考の軌跡を追いはじめたとき、当然のことのように彼のその表情に行きあたった。しかしそのときの私には、彼の内部でなにかが変ったらしいことがかろうじて想像できただけであった。この時期を境として、ペシミストとしての彼の輪郭は急速に鮮明になってくる》（同前）

では、そのとき彼の内部で何が変わったのか。帰国後まもなく心臓マヒで急死した鹿野はシベリア時代の記録をいっさい残さなかったが、長期抑留者の手記を集めた『朔北の道草（続）』（朔北会、一九八五年）や菅季治の遺稿集『語られざる真実』（筑摩書房、一九七五年）のなかに、そのかすかな痕跡をたどることができる。

昭和二十一年（一九四六）一月、哈爾浜でソ連軍憲兵隊に拘束された鹿野は、石原に約一カ月遅れてシベリアに送られ、ウラル山中の小村チゲンの収容所で木材伐採の労働に従事した。同年春、旧満洲国高官、関東軍特務機関、特高警察などの「前歴者」を集めたカザフ共和国のウスチカメノゴルスク収容所へ送られ、さらに同年十月にはカラガンダ東方の銅山の町ジェズカズカンの懲罰ラーゲリに移され、火力発電所の作業場で酷使された。そして翌二十二年（一九四七）二月、特務機関の元同僚十五名とともにカラガンダ東方約四十キロにあるスパスクの療養ラーゲリに送られた。ここでは独房に収容され、連日厳しい取調べを受けた。同じ特務機関に属していても、石原は主として通信情報の分析、鹿野は白系ロシア人工作担当だったから、鹿野に対する取調べはとりわけ厳しかったと思われる。

その後、鹿野はカラガンダ第十一分所をへて第二十分所へ送られた。第二十分所は「前歴者」が多く、「あそこへ入れられたらもうダモイ（帰国）はない」と恐れられたラーゲリである。ここで鹿野は何か大きな挫折を体験したらしい。このころ人を介して石原に届けられた全文エスペラント語の連絡文の末尾には「私はほとんど望みを失った」と書かれていた。ペシミスト鹿野武一の誕生は、おそらくこの挫折体験と無関係ではない。

第二十分所でも「日本新聞友の会」を中心とする民主運動の嵐が吹き荒れていた。旧軍隊秩序の解体をスローガンに、この運動に同調しない者や作業能率の悪い者が「反動分子」として吊るし上げられ、それでも反省しない者は凄惨なリンチにかけられた。特務機関にいた鹿野は当然「反動分子」としてマークされたはずだが、少年時代からエスペランティストとして自分の良心に忠実に生きてきた彼は、ソ連当局の走狗と化した民主委員のやり方に同調できず、「人民の敵」として吊し上げられるようなことがあったにちがいない。そうとでも考えなければ、この時期における鹿野の「絶望」の謎は解けない。

これより前、鹿野は第十一分所でロシア語の通訳をしていた菅季治と出逢っている。菅は鹿野と同じ大正七年（一九一八）に北海道で生まれ、野付牛《のつけうし》中学（現在の北見北斗高校）から東京高等師範学校（現在の筑波大学）をへて京都帝国大学大学院で哲学を専攻した。昭和十八年（一九四三）秋、帯広の高射砲二十四連隊に応召、出征した南満洲鞍山《アンザン》で捕虜になってカラガンダへ送られた。ロシア語は捕虜になってからの独学だったが、たちまち上達して通訳を任されるほどになった。その仕事のかたわら、菅は意気阻喪した抑留者に少しでも知的な刺激を与えようと「学芸同好会」を組織していた。菅の『語られざる真実』に、鹿野はKというイニシャルで登場する。

《そのころ、わたしたちの収容所にKがいた。Kは京都薬専を出たおとなしい人だった。ドイツ語、ロシア語、エスペラント語にすぐれていた。Kとわたしは、よくロシア語文法やロシア文学について語り合った。彼はツルゲーネフを愛し、常にオストロフスキイの喜劇をふところにもっていた。作業場では、ちょっとの暇にも、ソヴェート新聞の切り抜きを読んでいた。或る時、わたしにこんなことを言った。「ぼくには、どうもニーチェやキェルケゴールが一番深い影響を与えたようなんです。それで、これからコムニストになるとしても、そうした過去の思想的経歴をかんたんに捨て切れないでしょう》

菅の観察が正しければ、このときの鹿野に石原のいう「ペシミスト」の翳は感じられない。それどころか彼は、ニーチェやキェルケゴールの影響を払拭して「コムニスト」になろうと努力していたというのである。

菅は鹿野に学芸同好会でエスペラント語について話してほしいと頼んだ。鹿野はテレながらもそれを引き受けた。そこで菅は小さな板きれに「エスペラント語入門」と書いた広告を食堂に掲出した。《その夜はひどい吹雪だった。夕食の終った人気《ひとけ》のない寒い食堂で、Kとわたしは、聞き手が集まるのを待っていた。ところが、話を始める予定の時間になっても、さらにそれから三十分も待っても、聞き手は一人も来なかった。わたしはKに気の毒で恐れ入った。しかしKはおだやかで静かだった。Kはただ一人の聞き手であるわたしのために、くず紙をとじた手帖を開いて「エスペラント語入門」の話を始めた。一先ず「わたしの愛するエスペラント語について話す機会を与えてくれたカンさんに感謝します」と前置きして》

この「たった一人の講習会」におけるKの話はきわめて系統的で内容豊富だった。「エスペラント語の発生」に始まって「文法の基本」「エスペラント語の国際的意義」「日本におけるエスペラント語研究」について語り、「エスペラント語の研究文献」まで列挙した。

《二時間位Kは語った。最後に、ゲーテの「野バラ」のエスペラント語訳を説明し、「エスペラントの歌」を二回唱ってくれた。冷えきった食堂にひろがる澄んだKの声を、わたしは、「学芸の愛」そのものとして感じたのであった。

それからしばらくしてKは他の収容所に移された。別れる時、わたしに「野バラ」と「エスペラントの歌」を書いてくれた》

このエピソードは、シベリアの強制収容所にもまだ「学芸の愛」が生き残っていたことの証明として私たちの心をなごませるが、それは同時に、鹿野がこの時点ではまだ「ペシミスト」ではなかったことをも証明していると思われる。とすれば、彼の内部で何かが変わったのは、やはり次の第二十分所に移ってからのことだと考えなければならない。

「前歴」のない軍事捕虜だった菅は、その年（一九四九）の秋には早くも日本の土を踏んだが、帰国後まもなく、彼がシベリアで通訳した「徳球要請問題」に巻き込まれ、国会に証人として喚問された。当時の日本共産党書記長徳田球一がソ連当局に対して「反動分子は帰してくれるな」と要請したとされる問題である。心身ともに疲弊してしていた菅には、この喚問がよほど応えたらしく、その直後に「わたしはただ一つの事実さえ守り通し得ぬ自分の弱さ、愚かさに絶望して死ぬ」という遺書を残して鉄道自殺した。帰国後それを知った鹿野は「ああ」と叫んで絶句したという。

2

昭和二十四年（一九四九）九月、石原はドイツ人、ポーランド人、ルーマニア人などから成るエタップ（輸送梯団）に組み込まれ、ストルイピンカと呼ばれる護送車に乗せられた。ストルイピンカは帝政末期に革命的労働者を弾圧したことで知られる内相（のちに首相）ストルイピンの名にちなむ「走る留置場」である。片側に監視廊を兼ねた狭い通路があり、それに沿って鉄格子で仕切られた三段ベッドの留置室が四つ並んでいた。一室の定員は八名だったが、そこに三倍の二十五名が詰め込まれた。《ここで私たちは、どのような扱いをも甘受せざるをえない自分たちの身分を、徹底して思いしらされる。私たちはまず通路へ横隊に並ばされ、警乗兵の目の前で、手ばやく上衣とズボン、靴を脱いで、所持品とともに足もとへならべなければならない。脱ぎおくれた一人が、いきなり警乗兵に蹴倒された。私たちが留置室へ追い込こまれたあとも、通路からは警乗兵の罵声や、床に倒れる囚人の音がつづいた》（「強制された日常から」）

しかし、それはまだ地獄の入口にすぎなかった。刑務所を出発するとき、囚人にはそれぞれ三日分の黒パンと塩漬けの鱒一匹が支給されていた。つねに飢餓状態にある彼らは、いつ盗まれるかもしれないという不安と、輸送中は労働がないという安心感から、その夜一泊した民警（治安警察）の留置場で、それを一度に食べ尽くしてしまった。

その結果はまず乗車直後の猛烈な渇きとなってあらわれた。二、三時間おきの停車時に三つのバケツで順番に留置室にまわされる水は、折り重なるように口をつける囚人たちによって、あっという間になくなった。飲み争ってバケツをひっくり返した留置室へは、次の順番が来るまで、水は支給されない。這いずるようにしてバケツにしがみつく同囚のあいだで、石原はほとんど目がくらみそうになった。

渇きが収まると、今度は排泄の問題が待っていた。三日分の食糧を一度に消化した胃腸は、数時間後には容赦なくその排泄を迫った。ストルイピンカの便所は大小ひとつずつしかない。許されてようやく順番にありついた者は、おそらく翌日までその機会がないことを考えて、最大限そこでねばろうとする。そこに同囚の苦悩に対する顧慮はすでになかった。こらえきれずに留置室の床で排便した者は通路に引きずり出されてさんざん足蹴にされたあと、素手で汚物の始末をさせられた。

《この拷問にもひとしい輸送日程は三日で終り、かろうじて私たちはペトロパウロフスクのペレスールカ（中継収容所）に収容されたが、わずか三日間の輸送のあいだに経験させられたかずかずの苦痛は、私たちのなかへかろうじてささえて来た一種昂然たるものを、あとかたもなく押しつぶした。ペレスールカでの私たちの言動にはすでに卑屈なもののかげが掩いがたくつきまとっており、誰もがおたがいの卑屈さに目をそむけあった》（同前）

ストルイピンカによる輸送は、通常三日か四日で打ち切られ、いったん沿線のペレスールカに収容される。長途の輸送は必要以上に囚人を疲労させるからだ。ここで一週間ほど「静養」期間を与えられ、体力の恢復を待って、ふたたびストルイピンカに引き渡される。こうした過程を繰り返していくうちに、囚人たちは通常では考えられないような処遇を当然のこととして受け容れるようになり、かつて人間であったという記憶は、しだいにいぶかしいものに変わっていく。

《適応とは「生きのこる」ことであり、さらにそれ以上に、人間として確実に堕落して行くことである。生きのこることは至上命令であり、そのためにこそ適応しなければならないのであり、そのためにこそ堕落はやむをえないという論理を、ひそかにおのれにたどりはじめるとき、さらに一つの適応の段階を私たちは通過する》（同前）

ペトロパウロフスクから東へ走って三日目にノボシビルスクに到着した。この町のペレスールカには移送を待つ囚人が三千人もひしめいていて、ほとんど無法地帯の様相を呈していた。所持品の強奪、こそ泥、同性による強姦が横行し、賭博や物々交換を取り仕切るマフィアのボスもいた。さらに南京虫とシラミの大群が囚人たちを苦しませた。

こうした汚辱の旅路の果てに、ストルイピンカはタイシェットに到着した。ここがバイカル・アムール鉄道(略称バム鉄道)の西の起点だと知ったとき、囚人たちのあいだに動揺がひろがった。厳冬期には気温が零下五〇度まで下がるバム地帯は、ウラル山脈北端のボルクタ、カムチャッカ半島に近いコルイマと並んで、生還の望みが少ない「地獄のラーゲリ」として知られていたからである。

タイシェットのペレスールカには、一棟に千人は収容できるバラックがいくつも建ち並び、ロシア、ドイツ、ハンガリー、ルーマニア、ポーランド、オーストリアなど多民族の囚人でごった返していた。「地獄」行きをひかえて凶暴化した囚人が多く、つねに喧嘩や傷害が絶えなかった。石原はこの収容所で、輸送中は別々の車両にいた鹿野と、ほぼ一カ月ぶりに顔を合わせた。

《私たちは、行きどころのない人間のように、ひまさえあれば一緒にいたが、ほとんど話すことはなかった。ただ鹿野と私の絶対の相異は、私がなお生きのこる機会と偶然へ漠然と期待をのこしていたのにたいし、鹿野は前途への希望をはっきり拒否していたことである。タイシェットにいるあいだ、およそ希望に類する言葉を、鹿野は一切語らなかった》(「ペシミストの勇気について」)

十月下旬、苛烈なブラーン(吹雪)が吹きすさぶなかで、またエタップ(輸送梯団)が組まれ、今度はストルイピンカではなく貨物列車に詰め込まれた。石原の車両は外国人ばかりで顔見知りは一人もいなかった。車内には大きな樽が二つ用意されていた。一つは飲料水、もう一つは排便用である。ストルイピンカでひどい目にあったにもかかわらず、囚人たちは貨車に乗り込むやいなや、また争って水を飲み、発車数時間後には早くも樽からあふれた汚物が床に流れ出した。それから数日、彼らは汚物に濡れた袋からパンを取り出して食べ、汚物のなかに寝転んですごした。

貨車は沿線の収容所を通過するたびに後尾から一両ずつ切り離されていった。三日目に石原の車両が切り離されたのは、コロンナ三三という地点だった。この数字はタイシェットからの距離（キロ数）を意味した。駅から雪に掩われたタイガ（密林）の道を収容所へ向かって歩いていくと、汚物に濡れた衣服が凍ってバリバリと音を立てた。それが石原の抑留生活八年のなかで「最悪の一年」のはじまりだった。

バム鉄道はタイシェットからブラーツクをへてバイカル湖の北辺を通り、コムソモリスクから間宮海峡に面したソヴィエツカヤバガニに至る全長四二〇〇キロの大動脈である。スターリンの第一次五カ年計画の最終年、一九三二年に着工されたが、第二次大戦中にタイシェットから一〇五キロの地点で工事が中断され、六八キロ地点のネーベルスカヤから先の線路は取り外されて兵器用資材に転用された。終戦直後から工事が再開され、四万五千人のコムソムール（青年共産同盟員）のほか、ドイツ人、日本人の捕虜の多くがこの工事に投入された。沿線に送り込まれた日本人捕虜の総数は約四万人に上り、「枕木一本に死者一人」といわれるほどの犠牲者を出した。

石原はロシア人主体の作業班に組み込まれ、枕木用の木材伐採労働に駆り出された。毎朝、空に星が光る時刻に営門前に集合し、厳重なボディチェックと所持品検査を受け、「石原吉郎、日本、一九一六年生まれ、刑法五十八条六項、刑期二十五年」と自己申告したあと、五列縦隊を組んで出発する。列の前後左右を警備兵と軍用犬が固めており、一歩でも列外に出ると逃亡とみなして射殺される。厳冬期、凍った路面に足を滑らせて列外に転げ出ただけで射殺される者もいた。だから囚人たちは内側の三列に割り込もうとして争い、加害者と被害者の位置がはげしく入れ代わった。だが、鹿野はこの生存競争に加わろうとはしなかった。

《実際に見た者の話によると、鹿野は、どんなばあいにも進んで外側の列にならんだということである。明確なペシミストであることには勇気が要るというのは、このような態度を指している。それは、ほとんど不毛の行為であるが、彼のペシミズムの奥底には、おそらく加害と被害にたいする根源的な問い直しがあったのであろう。そしてそれは、状況のただなかにあっては、ほとんど人に伝ええない問いである。彼の行為が、周囲の囚人に奇異の感を与えたとしても、けっしてふしぎではない。彼は加害と被害という集団的発想からはっきりと自己を隔絶することによって、ペシミストとしての明晰さと精神的自立を獲得したのだと私は考える》（「ペシミストの勇気について」）

石原はそれを「勇気」と呼ぶのだが、私にはただ「加害者」として生き延びることにある種の罪障感をもたずにはいられない心弱き知識人の自殺願望のあらわれか、あるいはすべてに絶望した世捨て人の自己放下の姿としか思えない。しかし、鹿野より少しだけ生存欲の強かった石原の眼には、それが明確な「位置」をもった「単独者」の「勇気」ある行為として映ったのである。

やがてマロース（極寒）の季節がやってきた。気温が零下四〇度以下になると、地上数十メートルまで霧状の氷片が立ちこめ、あたり一体が白い靄に包まれる。昼近くになってやっと薄日が射し、黒い太陽が顔を見せる。零下三〇度以下の日は屋外作業は中止という建前になっていたが、実際には零下四〇度でも現場に駆り出された。厳冬期の森林伐採は過酷にして危険な重労働で、切り倒された大木の下敷きになって死傷する者も多かった。石原はこの時期を入ソ直後につぐ「第二の淘汰期」と名づけている。

《ある朝、私の傍で食事をしていた男が、ふいに食器を手放して居眠りをはじめた。食事は、強制収容所においては、苦痛に近いまでの幸福感にあふれた時間である。いかなる力も、そのときの囚人の手から食器をひきはなすことはできない。したがって、食事をはじめた男が、食器を手放して眠り出すということは、私には到底考えられないことであったので、驚いてゆさぶってみると、彼はすでに死んでいた。そのときの手ごたえのなさは、すでに死に対する人間的な反応をうしなっているはずの私にとって、思いがけない衝撃であった。すでに中身が流れ去って、皮だけの林檎をつかんだような触感は、その後ながく私の記憶にのこった》（「確認されない死のなかで」）

それからしばらくたったある寒い朝、一人のルーマニア人が切り倒された樹の下敷きになって死んだ。零下四〇度近い極寒の日で、腐敗するおそれのない彼の死体は夕方まで現場に放置され、作業終了後に橇で運ばれて営倉に投げ込まれた。

《その夜、バラックの施錠に近い時刻に、夜間の使役を終えた私は、なにげなく営倉に立寄ってみた。営倉は半地下牢であったため、ほぼ上から見おろす位置でなかの死体を見ることができた。死体は逃亡しないとみられたわけであろう。営倉へ半分押しこんであるだけで、開かれた戸口から外側へはみ出た下半身は、あきらかに俯伏せていた。私の目がその下半身をたどって、雪明りのなかで上半身にとどいたとき、思わず私は息をのんだ。上半身が仰向いていたからである。死体の胴がねじ切れていることに気づくには、それほどの時間を必要としなかった。私はまっしぐらにバラックへ逃げかえった。その時の私のいつわりのない気持は、一刻でもはやく死体から遠ざかりたいということであった。「あれがほんとうの死体だ」という悲鳴のようなものが、バラックの戸口まで、私の背なかにぴったりついて来た》（同前）

極寒の季節を乗り切ると、また新たな災厄が待ち受けていた。五月になって凍土の表面が溶けると、その水溜まりにマシカ（ブト科の毒虫）の幼虫が大発生する。やがて羽化すると、それは雲霞のごとき大群となって囚人たちに襲いかかる。

マシカに刺されたときは、殺さずに払い落とし、かゆくてもかかないのが鉄則だが、最初はそれがわからないので、思わず叩きつぶす。すると血の臭いに敏感なマシカがいっせいに襲ってきて満身創痍となり、悪くすると顔じゅうが腫れあがって眼が塞がれてしまう。最盛期には防虫用の覆面と手袋が支給されたが、タイガの夏は三〇度を超す高温で蒸し暑く、全身を作業衣に包んだ伐採作業は厳冬期におとらず体力を消耗させた。

六月中旬のある朝、石原たちの作業班は隊伍を組んでアンガラ河の支流のほとりの採石現場に到着した。ウクライナ人の警備伍長オギーダが囚人たちを地面に坐らせ、規定通り警戒線を一巡したとき、監視用のボートが対岸に乗り捨てられているのを発見した。オギーダは全員にその場での待機を命じたのち、上官の指示を仰ぐべく片道三十分かかる収容所へ引き返した。その間、囚人たちはマシカに喰われながら彼の帰りを待たなければならなかった。

一時間ほどたったとき、しびれを切らした兵長が「このなかに泳げる者はいないか」と囚人に声をかけた。その河は表層と下層の流れが違う危険な河だと知らされていたので、誰も返事をしなかった。すると一人の警備兵が「そこに日本人がいる」と石原を指さした。島国の日本人は泳ぎが達者だという先入観が彼にはあったらしい。石原は反射的に立ち上がり、さっさと作業衣を脱いで裸になった。不意を打たれた兵長は一瞬とまどいの表情を見せたが、止めようとはしなかった。

石原は河へ足を踏み入れた。すぐに胸までの深さになった。深呼吸をして泳ぎはじめようとしたとき、上流でオギーダの叫び声が聞こえた。つづいて五、六発の銃声がして、前方に水煙が上がった。石原は立ちすくみ、やがて岸へ引き返した。駆け寄ってきたオギーダに銃床で殴り倒され、砂地にへたりこんだ。

　オギーダは警備兵を見回して「誰がこの男を泳がせたのか」と詰問した。誰も答えなかった。弁護する者がなければ石原は逃亡と見なされ、オギーダ自身も警備の責任を問われることになる。困ったオギーダは警備兵を配置につけて作業の開始を命じ、石原にはその場から動くことを禁じた。正午の休憩時間になると、オギーダは石原の脱ぎ捨てた衣服を持ってきて「シガーラ（いしはら）、お前はウクライナ人か」と聞いた。石原が日本人だと答えると、オギーダは頷いて自分の定位置にもどった。収容所長への報告はどのようになされたのか、とにかく石原の営倉入りは一日だけですんだ。

《これらすべての出来事は、ただ私一人の出来事として、周囲の完全な無関心のなかで起り、そして終った。またしても私は不用意に生きのびた。それが、その事件が私にたいしてもつことのできたすべての意味である。みずからの意志でみずからを決定するということを、およそそのときから私は断念した》（「オギーダ」）

　この夏、石原は同じ採石現場で、一人のロシア人囚人がいきなり警戒区域外へ走り出したため、監視兵に一発で射殺される場面を目撃した。それは脱走ではなく、被拘禁者にありがちな発作的な錯乱にすぎなかったが、監視兵にはそれを斟酌する必要はなかった。その後、警備兵は囚人たちを作業場の中央に集めて坐らせ、死体から剥ぎ取ってきた血まみれの上着を見せしめのために広げて見せた。《うずくまった私のなかで、あるはげしいものが一挙に棒立ちになった。そのとき私の脳裡に灼きついたのは、そのときにかぎり死体ではなかった。そのとき私を動顚させたのは、監視兵がしっかりと狙って射ったただ一発の銃声である。銃声が恐怖となるのは、ただ一発にかぎられる。とっさのまに監視兵をとらえた殺意は、過不足なくその一発にこめられていた。一定の制限のもとに殺戮をゆるされたものの圧しころした意志が、その一発に集中していた。監視兵のこの殺意は、あきらかに私の内部に反応をひきおこした。私は私の内部で、出口を求めていっせいにせめぎあう、言葉にならない言葉に不意につきとばされた。それはあきらかに言葉であった。言葉は復活するやいなや、厚い手のひらで出口をふさがれた。一切の言葉を封じられたままで、私は私のなかのなにかを、おのれの意志で担いなおした。一瞬の沈黙のなかで、なにかが圧しころされ、なにかが掘りおこされた。私にとってそれは、まったく予期しなかったことであった》（「沈黙と失語」）

そのとき掘りおこされた「言葉にならない言葉」の一部を、私たちは詩「脱走　一九五〇年ザバイカルの徒刑地で」（『ロシナンテ』第十八号、一九五八年十月）に見ることができる。ここに引くのはその前半である。

そのとき　銃声がきこえ
日まわりはふりかえって
われらを見た
ふりあげた鈍器の下のような
不敵な静寂のなかで
あまりにも唐突に
世界が深くなったのだ

見たものは　見たといえ
われらがうずくまる
まぎれもないそのあいだから
火のような足あとが南へ奔《はし》り
力つきたところに
すでに他の男が立っている
あざやかな悔恨のような
ザバイカルの八月の砂地
爪先のめりの郷愁は
待伏せたように薙ぎたおされ
沈黙は　いきなり
向きあわせた僧院のようだ
われらは一瞬腰を浮かせ
われらは一瞬顔を伏せる
射ちおとされたのはウクライナの夢か
コーカサスの賭か
すでに銃口は地へ向けられ
ただそれだけのことのように
腕をあげて　彼は

時刻を見た

石原吉郎は、見たことを見たままに表現するような退屈な詩人ではない。ここでも直喩から換喩までさまざまな修辞と韜晦が施されていて、彼が実際に「見た」ものを探るのは容易ではないが、この詩のなかに鳴り響く銃声が、あの一発の銃声だったことだけは疑えない。こうして「沈黙と失語」はいきなり「向きあわせた僧院のように」彼の前に立ちふさがったのだが、そこから詩までの距離を測るためには、また章を改めなければならない。

〈ノート10〉沈黙と失語（続）

1

石原吉郎には「一九五〇年ザバイカルの徒刑地で」と副題された詩が二つある。一つは前章で見た「脱走」、もう一つは「デメトリアーデは死んだが」（『詩学』一九五七年七月号）である。前者は川沿いの採石現場でいきなり警戒区域外へ走り出したロシア人徒刑囚が監視兵の一発の銃弾によって射殺された事件をモチーフにしたもので、石原はのちに「この詩の主題は〈沈黙〉である」と前置きしてつぎのように自解した。

《翌日も、その翌日も、私たちは黙って働きつづけた。私の内部には、一発の銃弾が呼びさました、あらあらしい言葉の手ざわりがいつまでもあった。言葉は、そのときまでたしかにうしなわれていたという実感をもって、うごかしがたく私に恢復した。その日もつぎの日も、私はほとんどものを言わなかった。それは私だけではなかった。そしてそれは、あきらかに失語とはことなる〈沈黙〉であった。私たちは一様にいらだちやすく、怒りっぽくなっていたが、あきらかにそれは、喪失したものを確認し、喪失そのものを担いなおしたものがもつ表情であった》（「沈黙と失語」）

これでもわかるように、石原の「沈黙」とは、たんに「黙って口をきかない」ことでもなければ、「沈黙は金、雄弁は銀」といった処世の問題でもない。それは胸のうちにあふれ、出口を求めてせめぎ合っている言葉たちが、なにかによって抑圧され、堰き止められている状態のことである。私たちはいずれ、そこで堰き止められていた言葉たちの一挙的な奔出のさまを第一詩集『サンチョ・パンサの帰郷』（思潮社、一九六三年）の諸詩篇に見いだすことになるだろう。

これに対して「デメトリアーデは死んだが」は、同じ年の冬、森林の伐採現場で一人のルーマニア人徒刑囚が切り倒された大木の下敷きになって死んだ事件に取材した作品である。厳冬期で腐敗する恐れのない死体は夕方まで現場に放置され、作業終了後に橇で運んで営倉に投げ込まれた。その夜、何気なく営倉を覗いた石原が、死体の上半身と下半身が逆向きにねじ切れているのに気づいてバラックへ逃げ帰ったというエピソードを、私たちはすでに見てきた。しかし、詩のなかでは事件はもう少し軽快に、もしそういってよければユーモラスに語られている。石原における詩の成立を見るうえで重要な作品なので、少し長いが全行を引く。

デメトリアーデは死んだが
五人の男が　それを見ていた
五人の国籍はべつべつだが
してはならない顔つきは
アルメニアでも　日本でも
ポーランドだっておなじことだ

生きのこった!
というやくざなよろこびを
ずしりとした厚みで
はねかえすような胸は
もはや君のでも　おれのものでも
なかったろう
ザバイカルでもとびぬけて
いこじで　実直なあか松だが
追いすがってまで　その男を
おしつぶす理由はなかったのだ
執拗《しうね》く追いつめられて
ふりむいたはずみに
誰かが仕掛けたとしか思えない
奇妙な罠に足をとられ
まっ白に凍った空から
ぶらんとたれさがった
綱のようなものを　ちからいっぱい
ひきちぎったまま
地ひびき打って　デメトリアーデが

めりこんだ地点から
モスクワまでは四〇〇〇キロ
五カ年計画の　最後の冬だ

これがすべてのはじまりである。極寒の森林伐採現場でデメトリアーデという男が死んだ。本名かどうかはわからない。それを国籍の違う五人の男が見ていた。そのなかにはロシア語訛りで「シガーラ」と呼ばれるヤポンスキー（日本人）も含まれていた。五人はひとしく「生きのこった！」と胸をなでおろしたが、それを顔には出さなかった。「デメトリアーデは死んだが」の「が」には、おかげで自分は生きのこったという「やくざなよろこび」が匿されている。それはスターリンの第一次五カ年計画の最終年、つまり一九五〇年の冬のことだった。

デ・メ・ト・リ・アーデ
よしんば名前があったにしろ
名前があったというだけが
抹殺された理由ではない
もとはルーマニアでも
ふきだしたいほど　やたらにいた
古い近衛兵の一人だが
もっともらしく

ひげは立てていても
秩序というものには
まだ納得したことの　ない男だ
靴と唾《つばき》のあとだらけの
斑《まだら》な凍土《ツンドラ》にねじ伏せられ
つま先だけは　正直に
地面の方を向いていたが
肩と額はきりたつように
空へむかってのけぞったのも
あながちそいつの胴なかが
ちぎれただけとは
いいきれまい

第二連では死んだ男の風貌と来歴が語られる。「デ・メ・ト・リ・アーデ」と区切られることによって、その名はいよいよ符牒めいたものになり、「よしんば名前があったにしろ」と軽くあしらわれることになるのだが、もとより作者は名前そのものを軽んじているわけではない。それどころか、石原吉郎はなによりも名前を大切にする詩人だった。たとえば「確認されない死のなかで」(『現代詩手帖』一九六九年二月号)と題されたエッセイの冒頭で、「百人の死は悲劇だが、百万人の死は統計だ」というアイヒマンの言葉を引いてこう書いている。

《ジェノサイド（大量殺戮）という言葉は、私にはついに理解できない言葉である。ただ、この言葉のおそろしさだけは実感できる。ジェノサイドのおそろしさは、一時に大量の人間が殺戮されることにあるのではない。そのなかに、ひとりひとりの死がないということが、私にはおそろしいのだ。人間が被害においてついに自立できず、ただ集団であるにすぎないときは、その死においても自立することなく、集団のままであるだろう。死においてただ数であるとき、それは絶望そのものである。人は死において、ひとりひとりその名を呼ばれなければならないものなのだ》

　集団としての死を拒否し、死者はいつでも「ひとりひとりその名を呼ばれなければならない」と考えていた石原が、ここで死者の名を軽んじたはずはない。そうではなく、彼はその来歴も名前も定かではないルーマニア人をデメトリアーデと名づけることによって、いわば「ひとりの死者」としての尊厳を回復しようとしたのである。石原はこの時期、「ヤンカ・ヨジェフの朝」「アリフは町へ行ってこい」「自転車にのるクラリモンド」など、題名に人名を織り込んだ数篇の詩を書いたが、どの作品にも同じ祈りの姿勢が感じられる。ただし、それらの名前が必ずしも実在の人名ではなく、仮構された物語の登場人物の名であることはいうまでもない。この詩はつぎのように結ばれる。

デメトリアーデは死んだが
死なくたって　おんなじことだ
唐がらしよりほかに
あかいものを知らぬ愚直な国で
両手いっぱい　裸の風を

扼殺するようなかなしみは
どのみちだれにも
かかわりはないのだ
無口で貧乏な警備兵《カンボーイ》が
正直一途《いちず》に空へうちあげる
白く凍った銃声の下で
さいごに　おれたちは
手套《ルカビッツ》をはめる　二度と
その指を　かぞえられぬために
言葉すくなに　おれたちは
帽子《シャプカ》をかぶる　二度と
その髪の毛を
かぞえられないために

「無口で貧乏な警備兵が」以下の三行は、作業現場で事故が起きたとき、警備兵は空砲を射って収容所に報せることになっており、生真面目な警備兵が規則どおりにそれを実行したことをさしている。最後の二行は新約聖書の「汝の髪の毛まで数えられる」に拠っている。こうしてデメトリアーデは死んだが、それを見ていたひとりのヤポンスキーによって日本の詩史に永久に名をとどめることになった。もって瞑すべしといわなければならない。

ところで、詩人はここで何を語ろうとしているのだろうか。この詩のモチーフが強制労働の悲惨さや非人間性にあることは明らかだが、さりとてそれに対する抗議や告発を主題にしているわけではない。私たちがこの詩を読んで最初に感じるのは、どんな出来事に対してもおよそ告発や弾劾をしないという作者の徹底した姿勢である。もしそこに多少でも政治的なプロパガンダが含まれていたら、この詩がこれほど深く私たちの胸をうつことはなかったに違いない。とすれば、この詩の主題もまた「沈黙」であり、ここにあるのはいわば沈黙を語るための言葉、あるいは沈黙するための言葉なのだといっていい。

この「沈黙」の由来について、石原はその名も「沈黙するための言葉」（「現代詩作詩講座1」一九七〇年七月）と題された講演のなかで、こう語っている。

《この作品の私自身にとっての意味は、自分の目の前で起こったむごたらしい事件の衝撃を、はっきり起こったものとして最終的に承認し、納得したということです。こういう極限の場面では、最後にきっぱりと納得して、それを受けとめ、のりこえるしか道は残されていません。私だけでなく、多くの日本人がそういうふうにして押しつぶされるような衝撃からぬけだしてきたわけです。そして、そういった態度は、そのまま私自身の詩の方法につながっていったように私には思えます》

《私がこの二つの作品（引用者註＝「デメトリアーデは死んだが」と「脱走」）で書きたいと思ったことは、いわばこのような最終的な納得と沈黙、その深さと重さということになると思いますが、その点からいえば、この二つの作品に共通していることばのリズミカルな流れにおし流されて、必ずしも成功したとはいえないというのが正直な感想です。ただこの詩を書いたころは、私には一つの流れるようなリズムがいつもあって、そのリズムにのればいつでも詩が書けた時期だったということはいえると思いま

す》

石原詩の成立を考えるうえで、ここにはおそらく重要なことが語られている。この二つの作品は、いずれもシベリアにおける強制労働をモチーフにしているが、詩の主題はその悲惨さや非人間性を告発することではなく、それをきっぱりと納得して受けとめること、すなわち「最終的な納得と沈黙」の深さと重さを表現するところにあり、そうした態度（姿勢）が自分の詩の方法を規定している。これらの作品では、その方法が必ずしも成功しているとはいえないが、この時期には一つの流れるようなリズムがあって、そのリズムに乗ればいつでも詩が書けた、というのである。この「流れるようなリズム」が、前述した「堰き止められた言葉の一挙的な奔出」を意味していることはいうまでもない。

この証言を聞いてすぐに思い出されるのは「納得」（『詩学』一九六三年一月号）という詩である。この詩も全行を引く。

わかったな　それが
納得したということだ
旗のようなもので
あるかもしれぬ
おしつめた息のようなもので
あるかもしれぬ
旗のようなものであるとき
商人は風と

峻別されるだろう
おしつめた
息のようなものであるときは
ききとりうるかぎりの
小さな声を待てばいいのだ
あるいは樽のようなもので
あるかもしれぬ
目をふいに下に向け
かたくなな顎を
ゆっくりと落とす
死が前にいても
馬車が前にいても
納得したと　それは
いうことだ
革くさい理由をどさりと投げ
老人は嗚咽し
少年は放尿する
うずくまるにせよ
立ち去るにせよ

ひげだらけの弁明は
そこで終るのだ

「わかったな」と念を押されても、私たちには何をどのように納得すればいいのか見当がつかないのだが、ただ「流れるようなリズム」に乗って言葉の滝を滑り落ちていくうちに「おしつめた息」のようにかすかな「小さな声」を聞き取ることができる。それはいっさいの「革くさい理由」や「ひげだらけの弁明」を拒否して「沈黙」することを決意した詩人の深い寂寥である。その寂寥の声を聞き取ったとき、私たちは初めて石原吉郎の詩を理解したといえるだろう。

2

とはいえ、このような納得と沈黙は、ある日突然にもたらされたわけではない。その前には無限といえるほど長い絶望と失語の日々があった。

《昭和二十四年秋、私は二十五年囚としてこの地域へ送りこまれた。シベリヤ本線のタイシェットから、ほぼ三〇キロのこの地点に到達するまでに、私たちには、数段階にわたる適応の過程があった。そしてその過程のひとつを経るごとに、周囲の出来事にたいする私たちの関心は確実に減衰して行った。それは私たちにとって、ある猶予の期間のおそろしく不確かな進行を意味している。（中略）そのような不確かな適応の過程が最初に私たちにひき起した反応は、時間の長さとその価値の混乱ということであった。このような混乱は、収容所生活の一つの特徴であって、一日は無限に長く、一年はおどろくほど短い。〈日〉以上の単位として実感できる長さは〈週〉だけで、私たちは一年を事実上日曜をもって区切っていたにすぎない。季節は冬と、冬以外の二つの季節が存在するだけであり、しかも実感としては、圧倒的に冬が長かった》（「沈黙と失語」）

このような時間の感覚の混乱は、囚人たちを徐々に孤立させていく。そこには連帯の基礎となる共通した時間の感覚がなく、時間はひとりずつ別々のものになってしまうからだ。自分ひとりの時間しかもてなくなったとき、掛値なしの孤独が始まる。カラガンダの独房で、石原はいやというほどそれを味わった。

《このような環境で人間が最初に救いを求めるのは、自分自身の言葉、というよりも自分自身の〈声〉である。事実私自身、独房のなかの孤独と不安に耐えきれなくなったとき、おのずと声に出してしゃべりはじめていた。しかし、どのような饒舌をもってしても、ついにこの孤独を掩いえないと気づくとき、まず言葉が声をうしなう。言葉は説得の衝動にもだえながら、むなしく内側へとりのこされる。このときから、言葉と時間のあてどもない追いかけあいがはじまる。そしてついに、言葉は時間に追いぬかれる。そのときから私たちには、つんぼのような静寂のなかで、目と口をあけているだけの生活がはじまるのである》（同前）

こうして彼らは「失語状態」ともいうべき日常性のなかへ足を踏み入れていく。強制収容所の日常はすさまじく異常でありながら、全体としてはおそろしく単調で退屈である。ソルジェニツィンの『イワン・デニソヴィチの一日』に、「なんの影に曇らされることもない、いや、ほとんど幸福とさえいえる一日が過ぎたのだ」という一節があるが、その異常さに馴れてしまえば、それはまさしく「幸福とさえいえる一日」の連続にすぎないのである。

《強制収容所のこのような日常のなかで、いわば〈平均化〉ともいうべき過程が、一種の法則性をもって容赦なく進行する。私たちはほとんどおなじかたちで周囲に反応し、ほとんどおなじ発想で行動しはじめる。こうして私たちが、いまや単独な存在であることを否応なしに断念させられ、およそプライバシーというべきものが、私たちのあいだから完全に姿を消す瞬間から、私たちにとってコミュニケーションはその意味をうしなう》（同前）

共通の時間感覚が失われていくなかで言葉はまず〈声〉を失い、日常の〈平均化〉が進むなかでコミュニケーションはその意味を失っていく。しかし、この平均化による〈失語〉は他から強制されたものではなく、彼ら自身が求めて招いた状態でもあった。そこでは自分を無にして数のなかに埋没することだけがわずかに生き延びる道だったからである。

《言葉がむなしいとはどういうことか。言葉がむなしいのではない。言葉の主体がすでにむなしいのである。言葉の主体がむなしいとき、言葉の方が耐えきれずに、主体を離脱する。あるいは、主体をつつむ状況の全体を離脱する。私たちがどんな状況のなかに、どんな状態で立たされているかを知ることには、すでに言葉は無関係である。私たちはただ、周囲を見まわし、目の前に生起するものを見るだけでたりる。どのような言葉も、それをなぞる以上のことはできないのである》（同前）

こうしてまず形容詞が彼らの言葉から脱落する。目が見たものを言葉がなぞるだけなら、つまり目がすでにそれを知っているなら、わざわざそれを形容する必要はないからだ。つづいて代名詞が会話から姿を消す。みんなが〈数〉にすぎないとき、一人称や二人称はもはや不要であり、そのすべてを三人称で代表させることができるからである。

《失語とは、いわば仮死である。それはその状態なりに、自然であるともいえる。そしてそれが自然

であるところに、仮死のほんとうのおそろしさがある。禿鷹も、禿鷹についばまれる死体も、そのかぎりでは自然なのだ》（同前）

この「仮死」としての失語状態は、やがて大自然の極致ともいうべきシベリアのタイガのなかで、ひとつの情念に行きあたる。それはあの「納得」のなかで聞こえてきた「小さな声」、すなわち寂寥である。

《ひとつの情念が、いまも私をとらえる。それは寂寥である。孤独ではない。やがて思想化されることを避けられない孤独ではなく、実は思想そのもののひとつのやすらぎであるような寂寥である。私自身の失語状態が進行の限界に達したとき、私ははじめてこの荒涼とした寂寥に行きあたった。衰弱と荒廃の果てに、ある種の奇妙な安堵がおとずれることを、私ははじめて経験した。そのときの私にはすでに、持続すべきどのような意志もなかった。一日が一日であることのほか、私はなにも望まなかった。一時間の労働ののち十分だけ与えられる休憩のあいだ、ほとんど身動きもせず、河のほとりへうずくまるのが私の習慣となった。そしてそのようなとき私は、あるゆるやかなものの流れのなかに全身を浸しているような自分を感じた》（同前）

そこで石原を支配していたのは「確固たる無関心」だった。それはほとんど受身のまま戦争に引きずりこまれて以来、たどりつくべくしてたどりついた窮極の無関心ともいえるものだった。あとから思えば、それは「存在の放棄」ともいうべき危険な徴候だったのだが、そのときはどこまでもやさしくあたたかな仕草で自分を包んでくれるように感じられた。

《私の生涯のすべては、その河のほとりで一時間ごとに十分ずつ、猿のようにすわりこんでいた私自身の姿に要約される。のちになって私は、その河がアンガラ河の一支流であり、タイシェットの北方三〇キロの地点であることを知った。原点。私にかんするかぎり、それはついに地理的な一点である。しかし、その原点があることによって、不意に私は存在しているのである。まったく唐突に。私はこの原点から、どんな未来も、結論も引き出すことを私に禁ずる。失語の果てに原点が存在したということ、それがすべてだからだ》(同前)

この一節は私たちに「水準原点」(『朝日ジャーナル』一九七一年七月)という詩を想起させずにはおかない。私たちはすでに一度それを見てきたが、石原自身が「それがすべてだ」と言明している以上、何度でも見直しておく必要があるだろう。

みなもとにあって　水は
まさにそのかたちに集約する
そのかたちにあって
まさに物質をただすために
水であるすべてを
その位置へ集約するまぎれもない
高さで　そこが
あるならば
みなもとはふたたび
北へ求めねばならぬ

北方水準原点

この詩の成立について、石原は詩集『水準原点』（山梨シルクセンター出版部、一九七二年）の「あとがき」で《日本水準原点は国会前庭の一角にある。標識の文字が北面していることを知ったときの感動は、いまもなおあたらしい》と書いている。

水準原点は海抜何メートルという高さの基準を示す標識であって、水源や水位とは必ずしも関係がない。また、その標識が北面していることに方位を示すこと以上の意味があるわけでもない。しかし、帰国後十数年たって生存の意味を見失いそうになっていた石原にとって、それが北方を指していることのもつ意味は大きかった。そのとき、物質をただし、生命の水を集約するために「みなもとはふたたび／北へ求めねばならぬ」という思いが天啓のように詩人を襲ったのである。このあと彼は詩集『北條』や『足利』に代表される悲愴ヒロイズムともいうべき詩風へと舵を切ることになるのだが、それについてはまた章を改めなければならない。ここではただ、この「北方水準原点」がアンガラ河支流の河のほとりにあったことを確認しておくだけで十分である。

私はかつて、石原のこの「原点」に触発されて「帰郷――石原吉郎に」という詩を書いた。詩によって示された「みなもと」へ遡行するのに詩にまさる方法はないはずなので、恥ずかしながらここにその一部を引く。

そこに立つ
そこに坐る

そこにうずくまる
川を見る
ただ川を見る
風を聴く
ただ風を聴く
何も考えない
あるいは
何も考えないことについて考える
そこがあなたの位置
それがあなたの姿勢

その川はアンガラ河の支流
アンガルはバイカル湖に源を発し
凍原を貫いてエニセイ河に注ぐ
エニセイは北流して北極海に至る
北極の氷は溶けて日本へ流れる
川のほとりでその海を見る
海を流れる川を見る
何も望まない

あるいは
何も望まないことを望む
それがあなたの条件
それがあなたの姿勢

この時期、すなわちバムの強制労働収容所で石原が作った詩が一篇だけ残されている。カラガンダの獄中ではもちろん、バムの収容所でも物を書くことは許されなかったので、言葉はすべて頭脳のなかに刻みこまれ、帰国後に再現された。したがって、その再現の過程で現在の表現が混入した可能性を考慮しておく必要がある。

雲　一九四九年　バム

ここに来てわれさびし
われまたさびし
われもまたさびし
風よ脊柱をめぐれ
雲よ頭蓋にとどまれ
ここに来てわれさびし
さびしともさびし

すでに石原が到達した詩の高さを知っている私たちは、これをすぐれた詩と呼ぶわけにはいかない。ここには古い新体詩のエクリチュールで、ある「さびしさ」が表白されているだけで、その表白はまだ詩的な表出の水位には達していない。ただ「風よ脊柱をめぐれ／雲よ頭蓋にとどまれ」といった身体にまつわる比喩や歯切れのいい命令形には、後年の石原詩に通じる言葉の質感があって、この地点は石原におけるシベリア体験の原点であると同時に、その詩の原点でもあるのだということが了解される。

シベリアの秋は早い。すでに冷気が漂いはじめた昭和二十五年（一九五〇）九月初め、バムの収容所では囚人がひとりずつ呼び出され、身分と罪状の確認が行なわれた。もしかするとダモイ（帰国）につながるのではないかという希望的観測が囚人たちを浮き足だたせた。やがてバム鉄道沿線の作業ラーゲリに分散収容されていた日本人約二百五十人とドイツ人数百人がひと駅ごとに貨車に拾われてタイシェットのペレスールカ（中継収容所）に集められた。書類不備のためにバムに取り残された少数の日本人がいたが、彼らはそのまま消息を絶った。

タイシェットでは少尉の肩章をつけた女性軍医による健康診断が行なわれた。囚人は例外なく骨と皮ばかりに痩せ細り、弛んだ尻の皮はつまんでも元に戻らなかった。健診が済むと女性の看護助手によって陰毛を剃られた。若い女性に股間をいじられても、それに反応する気力はもう残されていなかった。石原の衰弱は特に激しく、立っているのがやっとという状態だった。あと二ヵ月出発が遅れていたら、彼はシベリアの土になっていたに違いない。

このタイシェットの収容所で、石原はほぼ一年ぶりに鹿野武一と再会した。

《私たちのほとんどは、すぐと見分けのつかないほど衰弱しきっていたが、鹿野だけは一年前とほとんど変らず、すでに贖罪を終った人のようにおちついて、静かであった》（「ペシミストの勇気について」）

終結後日ならずして、ふたたびエタップ（輸送梯団）が編成され、ドイツ人は西のレニングラード（現在のサンクトペテルブルク）へ、日本人は東のハバロフスクへと向かった。石原と鹿野は偶然おなじ車輌に乗り合わせたが、疲労のためにほとんど口をきくこともなく、なかば昏睡状態で貨車に揺られていた。ハバロフスクに到着すると、一行はすでに先発組が帰還したあとの第六分所に収容された。ここでもまた健康診断が行なわれたが、健診に立ち会ったロシア人軍医が容易にその理由を納得しなかったほど、彼らの衰弱はひどかった。

このときから、石原の緩慢な「恢復期」が始まる。

〈ノート11〉恢復期

1

敗戦から五年たった昭和二十五年（一九五〇）九月、石原吉郎はバム鉄道沿線の作業ラーゲリ（収容所）にいた日本人受刑者約二百五十名とともに貨車でロシア極東の町ハバロフスクへ移送され、市の中心部にある第六分所に収容された。ここには他地区からも約二百五十名の日本人が移送されて総勢五百人の集団となり、アルマ・アタ第三分所でも石原といっしょだった元陸軍少佐石田三郎が団長に指名された。ハバロフスクにはもうひとつ、約一千名の日本人戦犯を収容する第二十一分所があり、こちらは元関東軍参謀瀬島龍三が団長をつとめた。

入所後すぐに集団検診がおこなわれたが、その診断に特別な医学知識は要らなかった。彼らがシャツを脱いで見せるだけで、栄養失調による衰弱の徴候が明らかだったからである。あまりの衰弱ぶりに驚いたロシア人軍医が「君たちはいったいどんな生活をしていたのだ」と訊くので、ありのままを正直に答えると「そんなことはとても信じられない」といって首を振った。バム地帯の「地獄のラーゲリ」の実態は、ソ連軍でも一部の関係者にしか知られていなかったのである。

石原の衰弱はとくにはげしく、骨と皮ばかりに痩せ細っていた。そのため戸外労働を免除され、所内の軽作業に回された。森林伐採や採石場での重労働に比べると、それは夢のように楽な仕事だった。ここでは囚人としての処遇も改善されて一般捕虜なみの扱いとなった。一日に黒パン三百五十グラムという主食の量は変わらなかったが、野菜や穀類の副食が増え、干草入りのマットレスと毛布も支給された。しかし、それは必ずしも喜ばしいことばかりとはいえなかった。

《この日から私たちの恢復期がはじまる。八時間の労働と日に三度の平静な食事。季節はすでに冬へ向っていたが、肉体――それは健康というなまやさしい言葉では表現できない――の恢復はほとんど暴力的であった。私たちは、食べたその分だけ確実に肥った。禁欲を一挙に破られた消化器官は、例外なくアレルギー症状におそわれ、私たちははげしい下痢になやみながら、正確に肥っていった。「食っただけちゃんと肥る。まるで豚だ」という軍医の言葉を聞いたとき、私は生存そのものがすでに堕落であるという確信につきあたって、思わず狼狽した》（「強制された日常から」）

まだ少年期を脱したばかりのころ、《貧窮に痩せ細った姿でひとりルターの註解を読みつづける青年》を自分の理想像として思い描いた石原は、このとき自分が「食っただけちゃんと肥る」ことを知って《生存そのものがすでに堕落であるという確信》につきあたった。いいかえれば「痩せたソクラテス」にはなれないことを知って狼狽したのだという。ここで語られているのは、しかし、たんなる「失望」ではない。石原の愛用した言葉でいえば、それは人間とは所詮その程度のものにすぎないという事実の「承認」であり「納得」だった。

十月半ば、石原は軽作業に回されていた仲間数人とともに、ハバロフスク市郊外のコルホーズ（集団農場）の収穫作業にかり出された。そこはウクライナから強制移住させられてきた女と子供ばかりの農場で、男はすべてドイツ軍の占領地域に残ったという理由で遠方の労働ラーゲリに送られていた。そのウクライナの農婦たちがトラクターで畑から掘り起こすジャガイモを拾って籠に入れるのが石原たちに与えられた仕事だった。

女たちが小声で語り合う悲惨な身の上話に、石原はほとんど無関心だった。そもそも他人の不幸を理解することが彼にはできなくなっていた。入ソ以来あまりにも多くの悲惨を見すぎたために、悲惨さを計る尺度を失っていたのである。

正午の休憩時間になった。女たちはいくつかのグループに分かれ、車座になって食事の支度をはじめた。石原たちは少し離れた場所にうずくまって、黙ってそれを見ていた。「出かせぎ」と呼ばれる少人数の所外作業には昼食は携行せず、帰営後に支給されることになっていた。

食事の支度を終えた女たちが手をあげて石原たちを招いた。

「おいで、ヤポンスキー、お昼だよ」

それは彼らにとって予想もしない招待だった。石原は反射的にかたわらの警備兵を見上げた。作業現場における一般市民との接触は禁じられていたからだ。しかし、警備兵は女たちの声が聞こえなかったかのように、わざとそっぽを向いていた。それは「行きたければ行ってよろしい」という意思表示だった。

彼らは半信半疑で一人ずつ立ち上がり、いくつかのグループに小さくなって割り込んだ。女たちはパンのかたまりを競うかのように彼らの手に押しつけ、なみなみとスープを盛ったアルミ椀を手渡してくれた。わずかな肉と脂でジャガイモとニンジンを煮込んだだけのスープだったが、彼らにとってそれは気が遠くなるほど贅沢なご馳走だった。

《またたくまに空になった椀に、さらにスープが注がれた。息もつがずにスープを飲む私を見て、女たちは急にだまりこんでしまった。私は思わず顔をあげた。女たちのなかには、食事をやめてうつむく者もいた。私はかたわらの老婆の顔を見た。老婆は私がスープを飲むさまをずっと見まもっていたらしく、涙でいっぱいの目で、何度もうなずいてみせた。そのときの奇妙な違和感を、いまでも私は忘れることができない》（同前）

そのとき石原はまちがいなく幸福感の絶頂にいた。その自分がなぜこんな痛ましげな目つきで見られねばならないのかわからなかった。その意味を理解するためには、彼にはなおしばらくの時間が必要だったのである。

昭和二十六年（一九五一）が明けると、石原の肉体はほぼ入ソ前の状態にまで快復し、食欲は目に見えて減退していった。それはほとんど生き甲斐を失うにひとしい不幸な徴候だった。食事への関心が失われると同時に、考えることがなくなってしまったからである。そのときになって初めて、石原はバム地帯における日々がいかに確固たる期待によって支えられていたかに気づいて愕然とした。石原における肉体と精神のずれは、このころから次第にはっきりとしたかたちをとりはじめた。

ハバロフスクはようやく春を迎えようとしていた。極東の春は短い期間を嵐のように駆けぬける。それは一夜のうちに街を占領し、樹木と人間を荒々しく揺りおこす。そのはげしい季節の息づかいが、石原のなかにかろうじて保たれていた肉体と精神の均衡を手荒く揺さぶった。

《精神も私たちのなかで、たしかに恢復しつつあった。しかしそれは、肉体の恢復のようなよろこばしい過程ではけっしてない。それ自体が自己目的に近い肉体の恢復とはちがい、精神の恢復は、なによりもまずその痛みの恢復である。それはコルホーズの女たちの沈黙と涙を、痛みとして受けとめる感受性を、生きているという事実の証しとしてとりもどすことである。そしてこのような過程が、ハバロフスクでの最初の春の訪れとともにはじまったことは、私にとってけっして偶然なことではなかった》(同前)

そのころ石原は労働免除を取り消され、市内の建築現場で左官として働きはじめていたが、ある日、竣工したばかりのバルコニーから街を見下ろしていると、かたわらの壁のかげで誰かが泣いているのに気づいた。それは石原のよく知っている男だった。十七歳で抑留され、ハバロフスクで二十二歳を迎えたこの青年が声を殺して泣きじゃくる姿に、石原は深く心をうたれた。彼は泣く理由があって泣いているわけではなかった。やっと泣けるようになったから泣いていたのである。バム地帯では、彼らはおよそ一滴の涙も流さなかった。

彼らの精神が集団として新しい環境に適応できる時期は終わろうとしていた。今度はひとりひとりの意志によってそれに対応しなければならなかったが、長らく生物的な適応を強いられてきた精神は、みずからの意志によってみずからの姿勢を選ぶことを、つまり「自立」することを知らなかった。

《春がすぎるとともに、私たちは目立って陽気で開放的になったが、その過程はあきらかに不自然であり、シニカルであった。この期間はいわば〈解放猶予〉ともいうべき期間であり、この時期に私たちは、自由ということについて実に多くの錯誤をおかしたのである。最大の錯誤は、人を「許しすぎた」ことである。混乱はまず、私たちのあいだの不自然な寛容となってあらわれた。病的に信じやすい、酔ったような状態がこれにつづいた》(同前)

「同じ釜の飯を食った」という言葉が無造作に彼らを結びつけた。その飯をどのような苦痛をもって分け合ったかという事実は不問に付された。それは自分自身を一方的に被害者の側に置くことによって成立する「なれあい」の連帯であり、まぎれもなく集団的な発想だった。なぜなら、そこには「問いつめるべき自我」が存在しなかったからである。

緩和されたとはいえ、彼らは依然として拘禁状態にあり、外から加えられる強制に対してはなお集団として対応せざるをえなかった。そのことが個人としての追求を保留させたともいえるのだが、最大の問題は彼らの内部に責任を問う主体が欠落していることだった。その欠落が彼らをして焦点を失ったまま集団的発想へと逃避させたのだと石原はいう。

《このようにして恢復期を通じ、精神の自立へのなんらの保証をももちえぬままで、私たちはただ被害的発想によって連帯し、バム地帯での苦い記憶を底に沈めたまま、人間の根源にかかわる一切の問いから逃避した。私自身、あらためておのれの背後へ向きなおり、被害的発想と告発の姿勢からはっきり離脱するという課題を自己に課したのは、帰国後のことである。そしてこれには、抑留のすべての期間を通じ、周囲から自己を隔絶することによって精神の自立を獲得した一人の友人の行動が大きく影響している》(同前)

この「友人」が鹿野武一を指していることはいうまでもない。昭和二十七年(一九五二)五月、例年のようにメーデーの祝祭を終えた翌日から、鹿野はとつぜん言葉を失ったように沈黙し、その数日後に絶食を始めた。絶食は誰にも知られないままおこなわれたので、周囲の者がそれに気づいたときには、すでに二日ほど経過していた。その間も彼は普段どおりに市内の建築現場で働いていたので発見が遅れたのである。

鹿野の絶食は、ようやく精神の「恢復期」を脱け出した他の受刑者に深甚なショックを与えた。彼らはつぎつぎに鹿野をたずねて説得を試みたが、すでに他界へ足を踏み入れてしまったかのような鹿野の沈黙に対抗するすべはなかった。すべてを先取りしている人間に対して、それを追いかけるだけの論理が無力なのは当然のことだった。石原もその無力を味わった一人である。

《絶食四日目の朝、私はいやいやながら一つの決心をした。私は起床直後彼のバラックへ行き、今日からおれも絶食するとだけいってそのまま作業に出た。事情を知った作業班長が、軽作業に私をまわしてくれたが、夕方収容所に帰ったときにはさすがにがっくりして、そのまま寝台にひっくり返ってしまった。夕食時限に近い頃、もしやと思っていた鹿野が来た。めずらしくあたたかな声で一緒に食事してくれというのである。私たちは、がらんとした食堂の隅で、ほとんど無言のまま夕食を終えた》（「ペシミストの勇気について」）

ここに書かれていることが事実なら、石原の決死の友情が、あわやという場面で鹿野の命を救ったことになる。あるいはひょっとすると、鹿野はこのようなかたちで絶食を打ち切るきっかけを待っていたのかもしれない。いずれにしろ、石原はその二日後に鹿野自身の口から絶食の理由を聞くことができた。

メーデー前日の四月三十日、鹿野は他の日本人受刑者とともに「文化と休息の公園」の清掃と補修の作業に駆り出された。たまたま通り合わせたハバロフスク市長の令嬢がこれを見てひどく心を打たれ、すぐさま自宅から食物を取り寄せて一人一人に自分で手渡したのだという。

《そのとき鹿野にとって、このような環境で、人間のすこやかなあたたかさに出会うくらいおそろしいことはなかったにちがいない。鹿野にとっては、ほとんど衝撃であったといえる。そのときから鹿野は、ほとんど生きる意志を喪失した》（同前）

このエピソードは、コルホーズのジャガイモ畑で農婦たちにスープをふるまわれた石原自身の体験とよく似ている。「人間のすこやかなあたたかさ」が人を傷つけることもありうるという物語として、両者はまったく同質のものだといっていい。ただし、その善意の持ち主が、一方は裕福な市長令嬢で他方は貧しい農婦だったところに、「施し」と「親切」の違いがあったことを忘れるわけにはいかない。石原はその「意味」を理解するまでに長い時間を要したが、鹿野は瞬時にそれを感知して「生きる意志」を喪失したのである。そしてその日から鹿野は「さらに階段を一つおりた」人間のように、いっそう寡黙になった。

鹿野の絶食騒ぎはこれで一応収まったが、収容所当局はこれを一種のレジスタンスとみて執拗な追及を始めた。鹿野は毎晩のように取調室に呼び出され、深夜までバラックに帰ってこなかった。取調官は施《シエ》という中国人の上級保安中尉で、自分の功績しか念頭にない男だった。訊問は苛烈をきわめたが、鹿野は頑として供述を曲げなかった。ついに根負けした施は態度を変えて「人間的に話そう」と切り出した。このような場面で当局側が口にする「人間的に」というロシア語は「これ以上追及しないから、そのかわりわれわれに協力しろ」というニュアンスをもっていた。「協力」が受刑者の動向に関する情報の提供を、つまり「密告」を意味していたことはいうまでもない。

これに対して鹿野は「もしあなたが人間であるなら、私は人間ではない。もし私が人間であるなら、あなたは人間ではない」と答えた。取調べが終わったあとで、鹿野はこの言葉をロシア語文法の例題でも暗誦するような口調で、繰り返し石原に語って聞かせた。施は当然激怒したが、それ以上どうすることもできず、取調べは打ち切られた。爾後、鹿野は要注意人物として当局の監視下に置かれたが、本人はそれを意に介する様子を見せなかったという。

《その時の鹿野にとって、おそらくこの言葉は挑発でも、抗議でもなく、ただありのままの事実の承認であっただろう。だが、こうした立場でこのような発言をすることの不利は、鹿野自身よく知っていたはずである。私はまたしてもここで、ペシミストの明晰な目に出会うのである。私には、そのときの鹿野の表情がはっきり想像できる。そのときの彼の表情に、おそらく敵意や怒りの色はなかったのであろう。むしろこのような撞着した立場に立つことへの深い悲しみだけがあったはずである。真実というものは、つねにそのような表情でしか語られないのであり、そのような表情だけが信ずるに値するのである。まして、よろこばしい表情で語られる真実というものはない》（同前）

石原はそのとき、またしても「ペシミストの明晰な目」に出会ったというのだが、ここで語られていることはすべて伝聞と想像によってあとから作り上げられたもので、必ずしも「真実」だったとはいいきれない。仮にその発言が真実だったとしても、それはすでに「生きる意志」を喪失した人間の放心の表現だったともいえるし、あるいは露語教育隊以来の「学友」である石原に対する一種の知的なポーズだったのかもしれない。あとでくわしく見るように、鹿野は帰国後に妹登美に宛てた手紙のなかで、自分は「虚栄心の皮をかぶったポーズ人間」だったと告白している。しかし、鹿野を敬愛してやまない石原は、そこにありうべき自己を投影し、それを「ペシミストの明晰」の表現だと信じて疑わなかったのである。真実がいずれにあったにせよ、私もまた石原の美しい友情を信じたいと思う。

当時のソ連は典型的な監視国家だった。スターリンの独裁は、上はクレムリンの政治局から下は国営工場や集団農場に至るまで、稠密に張り巡らされた密告制度によって支えられていた。この制度は第六分所にも持ち込まれ、所内の至るところに監視の目が光り、密告者がうごめいていた。それを主導したのはスターリニズムの先鋒ともいうべき「日本新聞」系のアクティーヴ（活動分子）たちだったが、彼らに「人間的に」すり寄っていったのは所内で最も劣弱な者たちだった。弱者は強者を見返すために、あるいは我が身を守るために、みずから進んで密告者になった。石原も苦心して作った一本の針のために危うく摘発されそうになったことがある。

多田茂治の『石原吉郎「昭和」の旅』によれば、石原自身もこの「弱者の正義」と無縁ではなかった。帰国後数年たってから、かつて満洲電々調査局で机を並べていた林秀夫の家を訪ねて酒を飲んだとき、酔いつぶれて横になりながら「おれも一番苦しいときには人を売ったからな」と洩らしたという。それはどうやらバム地帯のラーゲリにいたときのことだったらしいが、林が「彼の話のなかには到底筆にできないようなこともありましたよ」と語っているところを見ると、その密告の内容は「一本の針」程度のことではなかったはずである。石原はのちに一連のシベリア・エッセイのなかで、何事についても「告発」しないことをおのれに課したが、その決断の背景には、ひょっとすると、この「人を売った」体験が隠されていたのかもしれない。もしそうだとすれば、それは倫理や姿勢の問題ではなく、たんに告発者の「資格」にかかわる問題だったということになる。

2

こうして見てくると、収容所は疑心暗鬼がうずまく暗黒社会だったように思われかねないが、実態は必ずしもそうではなかった。ハバロフスクでは受刑者の待遇が一般捕虜並みに改善され、労働も軽減されて自由時間が増えたため、さまざまな文化サークルや同好会がつくられた。囲碁、将棋、麻雀などが盛んになり、素人劇団も結成された。

シベリア抑留の初期、石原はアルマ・アタ第三分所で「アラタウ句会」を主宰していた元満洲電業社員の斉藤保（有思）から俳句の手ほどきを受けた。石原より五歳年長の斉藤は、戦時中に佐々木有風を中心に結成された哈爾浜《ハルビン》俳壇の主要メンバーだった。この人から高浜虚子の『季寄せ』を借りて読んだ石原は、そこに例句として載っていた村上鬼城の「冬蜂の死にどころなく歩きけり」という句に衝撃を受けた。それはまさしく彼自身の姿だったからである。

ハバロフスク第六分所でも、その斉藤有思を中心に「韃靼《だったん》句会」という同好会がつくられた。満鉄調査室にいた鹿野久雄（北嶺）、西尾康人（黄塵）、電々調査局にいた三宅卓也（想二）など旧哈爾浜俳壇のメンバーとともに石原もこの会に参加して「青磁」と号した。ここでは哈爾浜以来の「韃靼調」と呼ばれる華麗で大ぶりな句が主流で、捕虜、虜囚、抑留といった言葉は禁句とされた。シベリアにはほとんど季節の変化がないので、季語や季題はすべてつくりものだった。ときどき当局による検閲があったが、ロシア人には俳句がわからないので、適当なことをいってごまかすことができた。

石原がシベリアでつくった句が四句遺されている。

（カラカンダ）
葱は佳しちちはは愁ふことなかれ
宥めえぬ怒りやつひに夏日墜つ

（ハバロフスク）
囚徒われライラックより十歩隔つ
けさ開く芥子あり確と見て通る

四句とも韃靼調というより鬼城風の新傾向俳句だが、感情を直截に吐露したカラカンダの句に比べて、ハバロフスクの句には自身を客体化する構成的な視線が感じられる。それはもちろん石原の技法的な成熟を示すものだといっていいが、より直接的には帰還の可能性が見えはじめた時期の精神的な安定を反映していると思われる。ちなみに石原が「ちちはは愁ふことなかれ」とうたったころ、父母はすでに病歿していたが、舞鶴に上陸するその日まで、彼はそれを知らなかった。

西尾康人（黄塵）の『凍土の詩《うた》』によると、石原は句会では新人ながらセンスのよさで一目置かれていた。あるとき西尾が「秋風やニヒルの色の所在《ありか》とも」「虚無という色の在処《ありど》や秋の風」という句をつくって見せると、それをたちどころに「秋風や虚無《ニヒル》の色の在所《ありどころ》」と改作してみんなを驚かせた。しかし石原は「誰々さん、いただき！」といった運座の空気にうんざりして、句会にはあまり顔を出さなかった。鹿野武一ほどではなかったにせよ、石原もまた孤独を愛する「単独者」だったのである。

石原はのちに『荒地』の詩人中桐雅夫との対談「俳句と青春」（『俳句』一九七七年七月号）のなかで「ぼくは俳句から詩に入ったから、わりに短く締まったものが好きで、長いものが書けない」と語っている。実際には学生時代から詩を書いていたのだから、これはあまり正確な表現とはいえないのだが、帰還後に書きはじめた「戦後詩」の入口がこの時期の俳句にあったことだけは確かだと思われる。それを裏書きするように、石原は西尾に萩原朔太郎やハイネの詩を暗誦して聞かせながら、「人間にとって最も大切なものはポエジィ（詩情）だ」「詩は本来解説すべきものではなく感得すべきものだ」などと熱っぽく語って聞かせたという。

このころになると、石原はようやく失語状態から恢復し、旺盛な表現意欲を取り戻していた。詩や俳句だけでなく、所内の自称三文文士たちが冗談半分に始めた連載リレー小説の執筆に参加し、素人劇団のための脚本まで書いている。

《抑留のさいごの三年は、ハバロフスクで一般捕虜なみの、多少とも緩和された環境ですごすことができたが、この時期に収容所内の素人劇団のために北條民雄の『癩院受胎』を脚本に書きおろしたことがある。他愛もない茶番劇や漫才にあきあきしていた劇団員はさっそくこれに飛びついて来た。北條民雄の作品が舞台で演じられたのは、おそらく初めてのことではないかと思うが、演劇は最初から重苦しい異様な雰囲気のなかで行なわれ、幕がおりた瞬間、観客のあいだから異様などよめきが起こったのをおぼえている》(「私と古典」)

前に見たように、石原は学生時代に北條民雄の『いのちの初夜』を読んで深刻なショックを受け、創元社版全集を三度も買い直して繰り返し熟読した。作品のストーリーはもとより、主要な登場人物の台詞まで暗記していたに違いない。だから手もとに原作がなくても、それを脚本化することが可能だった。

北條民雄の作品はすべて悲劇の構造を具えているが、なかでも『癩院受胎』は悲劇そのものといっていいほどドラマティックな作品である。

成瀬利夫が入院している癩院に、船木兵衛と茅子《かやこ》という兄妹の患者がいる。成瀬と同郷の旧家の出身で、船木家最後の生き残りである。兄の兵衛はかなり病状が進んで間近な肉体の崩壊を予感しているが、「どんな廃残の肉体の中にも美しい精神は育つはずだ」と信じている。そういってよければ鹿野武一のようなインテリ青年である。

妹の茅子には久留米六郎という恋人がいる。院内の機関誌に随筆などを書いている文学青年だが、こちらは「ふん、美しい精神なんてごまかしだ。そんなものは自殺する気力もない奴らの弁解にすぎん」と断言してはばからない。

やがて茅子は久留米の子を身ごもる。当時、癩(ハンセン病)は不治の業病と見なされており、その対策は治療よりも隔離と断種が優先され、男女の交際そのものが禁じられていた。この作品の主題が、そうした非人道的な政策に対する抗議にあったことはいうまでもない。

この悲劇は、久留米が院内の桜の木に首を吊って自殺し、安置室に移された遺体の前で、茅子がお腹の胎児を抱くようにして泣き崩れる場面でクライマックスを迎える。そこで兄の兵衛は妹に向かってこう叫ぶ。

「生め! 生め! 新しい生命が一匹この地上に飛び出すんじゃないか。生んでいいとも。そしてその児に、船木の姓をやるんだよ、いいか」

現物が遺されていないので断定はできないが、石原の脚本もおそらく最後にこの場面を盛り上げるような構成になっていたはずで、登場人物の台詞もおそらく原作に忠実だったと思われる。いずれにしろ確かなことは、癩院と同じく隔離された閉鎖空間に生きている人々にとって、このドラマが決して他人事ではなかったということである。西尾康人もそうした観客の一人だった。

《上演は異様な雰囲気で行われたが、幕がおりると、長い沈黙のあと、大きなざわめきが起こった。感動があった》(『凍土の詩』)

このころ、バム沿線組から半年ほど遅れて、内陸部のラーゲリから第六分所に送られてきた受刑者のなかに、林利雄という男がいた。東京帝大の卒業生で、第六分所に来てからロシア語を猛勉強してトルストイやツルゲーネフを原文で読めるようになったというインテリである。「類は友を呼ぶ」という成句のとおり、林はすぐに石原や鹿野と親しくなった。林の回想記『時痕』（近代文芸社、一九九五年）は、この時期の彼らの生態をリアルに伝えている。

《鹿野さんは初めはなかなかとっつき難い人のように感じられたたが、つきあえばつきあうだけ深みのある、誠実な人柄の方であった。／石原さんは鹿野さんより話しやすかったが、訥々とした話しぶりで笑顔が印象的だった。／この二人と話を交わしている時は、私はそれまで収容所生活では体験したことのない知的興奮を覚え、思弁的環境に浸りえた》（／は改行を示す。以下同）

前に見た菅季治の人物評でもそうだったが、鹿野はよほど誠実で人格的な深みを感じさせる男だったらしい。それに対して石原は庶民的で親しみやすい雰囲気を身につけていた。この二人と話していると、それまでの収容所生活では体験したことのない「知的興奮」を覚え、「思弁的環境」に浸りえたというのだから、彼らはいわば収容所の知識人サークルを形成していたと見ることができる。

林はさらにこう書いている。

《石原氏は小さいノート（紙切れを綴り合わせた）にメモをつけていた。私はそれを借りて、読むだけでなく書き写した憶えがある。それほど私の心を捉えた。／彼は「私は母親を早く亡くしたので、母親の愛は知らない。それだけ『父親の愛』をよく知っている」と、父親への追憶を語った》

石原は自筆年譜の冒頭に「父は夜間工業出の電気技術者。母は二児を生み死去》と書きつけただけで、両親についてはなにも書き遺さなかった。前記のカラカンダでの句以外に、父母をテーマにした作品も見当たらない。それだけに、この「『父親の愛』をよく知っている」という証言は見逃せない。シベリア抑留の期間中、石原はおそらく片時も「父親の愛」を忘れたことはなかったに違いない。しかし父親はすでにこの世にはいなかったのである。

林によれば、石原はそのころよく自由詩を書き、「太陽と薔薇」と題する作品をものした。そして「あをによし奈良の都は咲く花の匂ふが如くいま盛りなり」という歌では「いま」の意味深長さを味わうべきだと力説したという。しかし石原の全詩集に「太陽と薔薇」という詩は見当たらない。また林が借りて読んだという石原の「小さいノート」は持ち帰られることなく建築現場の建物の壁のなかに塗り込められた。現代詩作詩講座I「沈黙するための言葉」（一九七〇年）に収められた一問一答のなかで、石原は「収容所でものを書く自由」について語っている。

《時期によってさまざまです。しかし、正式に囚人になった場合、紙も鉛筆も持つことを許されないのが原則です。しかしそういう中でも、なんとかして鉛筆を捜し出してくる。むろん、書いたものは人には見せません。密告のきっかけを自分でつくり出すようなものですから。（中略）ハバロフスクではかなり自由で、日記だけはつけていました。どこへでもかくせるような、小さな手帖です。はじめは、一冊書きおわるたびに焼きすてていたのですが、だんだんそれができなくなって、しまいには現場の壁に塗りこんでしまいました。私はその頃、左官をやっていましたから、今でもハバロフスクのどこかの建物の壁の中に、私の日記があるはずです》

こうしてみると、林が見せられたのは手帖サイズの「日記」だったらしいが、それはたんなる日録ではなく、帰国後に書かれた「一九五六年から一九五八年までのノート」などと同じ哲学的な断章ともいうべきものだったに違いない。そうでなければ、それがそれほど林の心を捉えることはなかったはずだからである。別のところで、石原はまたこう語っている。

《もうこれでやめようと思って、最後の一冊を壁に塗りこめました。その建物は今でもあります。ハバロフスクのエリートを養成する党学校です。手帳もよく覚えています。かなり厚いものでした。真っ赤なきれを張って表紙を作ってとじました。それを壁に穴をあけて埋めこんだのです》（「塗りこめた手帳」）

石原が壁に手帳を塗りこめたハバロフスクの党員養成学校《パルト・シコーラ》は六階建ての煉瓦造りのビルで、石原たちが帰国した翌年（一九五四）に竣工した。ソ連が消滅したあとは商業ビルとして使われているらしい。石原はかつてカラカンダの独房で、故国から「忘れられる」ことに怯えながら《ここにおれがいる。ここにおれがいることを、日に一度、かならず思い出してくれ》と心に叫びつづけたが、スターリニズムの優等生を育てる学校の壁に塗りこめられた手帳は、いわばその声をかたちにしたものだったといえなくもない。しかし、その声は誰にも聞き届けられることなく、いまもまだ壁のなかで眠りつづけている。

〈ノート12〉帰還

1

一九五三年（昭和二十八年）三月五日、ソ連の独裁者ヨシフ・ヴィッサリオノヴィチ・スターリンが七十四歳で病没した。スターリンという通称はじつは「鋼鉄の人」を意味する筆名で、生国グルジア（現在はジョージア）語の本姓はジュガシヴィリというのだが、その生涯はまさに「鋼鉄」の名にふさわしく、政敵をつぎつぎに粛清し、数百万の人民を処刑追放してしてロシア全土を「収容所群島」と化さしめた。シベリアに抑留された日本人もその被害者だったことはいうまでもない。独裁者の死はしばらく秘匿されていたが、やがて収容所の四隅の望楼に半旗が掲げられ、「スターリンが死んだらしい」というざわめきが春風のように所内を吹き抜けた。

スターリンの後継者としてソ連共産党書記長に就任したゲオルギー・マレンコフは、ただちに受刑者の大赦を発表したが、そこには「政治犯は除く」という条件が付けられていた。石原たち第六分所の収容者の多くはロシア共和国刑法五十八条による政治犯だったが、ロシア人の警備兵から「おまえたちのダモイ（帰国）は近いぞ」と耳打ちされてにわかに期待がふくらんだ。しかし、その日はなかなかやってこなかった。

日ソの政府間交渉は、それまでまったく行なわれなかったわけではない。前年（昭和二十七年）の五月には、参議院緑風会所属の高良とみ議員（詩人高良留美子の母）がハバロフスク第二十一分所を視察した。その日、収容所の管理者はぬかるんだ通路に砂を入れ、裸の窓にカーテンをかけ、ベッドのシーツを取り替え、急造の売店に日頃見たこともない白パンやケーキを並べ、日曜日だというのに収容者の大半を戸外作業に送り出し、軽症の入院患者のみを視察者に面会させた。そして「日曜日にはみんな近くの川へ釣りや水遊びに行くんです」と説明した。帰国後、高良議員は「見たまま聞いたまま」を議会に報告した。

この視察以後、管理当局は「同志スターリンの温情」として、戦犯抑留者に初めて故国の肉親への文通を許可した。文通は月に一度、与えられたペンとインクで官製の往復はがきに片仮名で簡単に近況を伝えるだけで、収容所の所在地はもとより所内の生活をくわしく書くことは禁じられた。それでもとにかく家族と文通できるということは彼らに生きる勇気と希望を与えた。そんな時期にスターリンの死という「朗報」がもたらされたのである。

六月初めのある日、作業出動の前に「全員集合」の命令が出た。所内の広場に集合すると、係官がアルファベット順に氏名を読み上げげた。全部で二百名ほどのなかに石原の名もあった。「以上の者はこれから出発する。すぐに荷物を取って来い」と係官は命じた。行き先は告げられなかった。

トラックで運ばれた先はハバロフスク第二十一分所だった。彼らと入れ替わりに第二十一分所から約四百名が第六分所に移された。そのなかには元関東軍報道部長の長谷川宇一大佐も含まれていた。やがて第六分所は帰国組、第二十一分所は残留組らしいという噂が流れ、今度こそはと期待していた石原を落胆させた。ところがなぜか、石原を含む数人が三日後に第六分所へ送り返された。書類上の手違いがあったらしいとあとで聞かされた。

鹿野武一と西尾康人は最初から第六分所に残ったが、林利雄は残留組として第二十一分所に送られ、昭和三十一年（一九五六）十二月の最終便で帰国した。この残留組には元関東軍参謀瀬島龍三をはじめ、元満洲国の高官や高級将校などソ連側が「重要戦犯」と見なす者が多く含まれていた。鹿野や石原はどうやら「重要戦犯」とは見なされなかったらしい。

このとき石原とともに第六分所から第二十一分所に移され、そのまま残留組に組み込まれた俳句仲間の殿邑寛《とのむらひろし》の手記（『続・朔北の道草』所収）によれば、石原は第六分所に帰されるとき、いつになく興奮して「おれが帰国しなければドイツ・ロマンチシズムが滅びるんだ」などといったので、殿邑は「そうかい、そうかい、さっさと帰りな」とくやしまぎれにいい返したという。もしこれが事実なら当時の石原はドイツ・ロマン派を自認していたことになる。

第六分所の帰国組は、それからまもなく梯団を編成して貨物列車に積み込まれ、三年間住み慣れたハバロフスクをあとにした。移動の理由は知らされなかったが、行き先がナホトカだということだけはわかった。今度は「監獄列車《ストルイピンカ》」でも「葬式列車」でもなく、渇仰してやまない「海」への旅だった。七月初めにナホトカに到着し、小高い丘の中腹にある旧日本軍捕虜収容所に収容された。そこからは海が見えた。

《港湾にのぞむ丘の中腹に、私たちの収容所があった。そこはまだ海ではなかった。海でないという意味は、私たちはなお、のがれがたく管理されており、あずかり知らぬ意図によって、いつでも奥地へ引きもどされうる位置にあったからである。乗船までの六ヵ月間、私たちにおよそ安堵というものはなかった。私たちは受刑直前の状態に似た、小刻みな緊張と猜疑心にさいごまでつきまとわれる運命にあった。到着後、ふたたび意図のわからぬ取調べが始まったことが、私たちの不安をさらにかきたてた》（「望郷と海」）

　ナホトカに着いてからの半年間は、それまでのような強制作業はなく、ただ飼い殺しにされているような毎日だった。石原は日がな一日、丘の中腹から海を眺めていた。しかし、それは湾であって、まだ本当の海ではなかった。湾と外洋をへだてる岬の向こうに、本当の海があるはずだった。

　シベリアにいたとき、石原には二つの海があった。北の海（北氷洋）と南の海（日本海）である。南の海はすでに一度渡ってきたが、もう一度渡れるかどうかわからない望郷の海であり、北の海はまだ見たこともない幻想の海だった。石原の志向は当然南方をめざしたが、アンガラ河支流の作業現場での休憩時間にぼんやりと川の流れを見ているうちに、その川が流れ込むエニセイ河とさらにその北方の海に自分の存在の原点があると感じるようになった。その感覚はなぜか軽い疲労感と結びついていた。『夜と霧』のフランクルが「疲労はむしろ休息として、救いとしてやってくる」と書いた、あの救いとしての疲労である。その北方への思いがやがて石原にエッセイ「海を流れる河」を書かせ、詩「水準原点」を書かせることになる。

《海は私にとって死と結びつくというよりは、生の根源です。しかも常に流動して形が定まらない、という感覚があります。それを進めていきますと、明らかにある象徴になるわけです。シベリアでは、生とか死とかという言葉を口にするのもいやでした。ですから、海とか河とかというイメージで生と死を代替していたのだと思います》（「二つの海」）

　その海がいま眼下にあった。それはまさしく望郷の海であるはずだった。ところが奇妙なことに、それは彼に一種の失望をもたらした。

《日本海《ヤポンスコエ・モーレ》は、不安の海でした。不安があるということは、その先に大きすぎる期待があったからだと思います。この期待自体が幻想であり、ありえないわけですから、すべて計算違いでした。自分が流され帰っていく方角に、厳として海があることを確かめた時、海がなくなってしまったような感じでした。これでおしまいだと思いました。ですから船に乗った時、がっかりしました。あれほどの、思慕に近い海への感情が、船が海に出た途端に、本当に嘘のようでした。それに海を見ることがとても空虚でした》(同前)

これはどうやら講演速記を起こしたままの文章で、文脈にわかりにくいところがあるが、いわれていること自体は明快である。石原にとって海はもともと求めても得られない不可能な夢の象徴であり、それゆえに輝かしいイメージでありつづけたのだが、その期待が実現されようとしているいま、それはまるで「嘘」のように「空虚」なものに変質してしまったというのである。石原にとって「ダモイ」は夢の実現であると同時に、あるいはそれ以上に、シベリアにあった「原点」の喪失を意味した。帰国後に書かれた一連のシベリア・エッセイと詩を理解するうえで、このことは何度でも確認されなければならないことだと思われる。

石原が茫然とナホトカの海を眺めているあいだにも、日ソの捕虜返還交渉はひそかに進められていた。日本側の主役は二年前にスターリン国際平和賞を受賞した親ソ派の参議院議員、大山郁夫だった。十月中旬、その大山の仲介で日本赤十字社の島津忠承社長を団長とする交渉団がモスクワを訪問し、同月十九日に「刑期満了者赦免に関する共同コミュニケ」の調印にこぎつけた。それは「赦免者は軍隊捕虜四百二十名、一般捕虜八百五十四名。残り千四百十七名は刑期満了後に釈放する」という一方的なものだったが、とにかくこれで抑留者の帰国への関門が開かれた。
《十一月三十日早朝、ふって涌いたように、「荷物をもて《ス・ペシチャーミ》」という命令が出た。とるにたらぬ荷物をかかえて広場に集合した私たちは、読みあげられる名簿の順に、構外に仕切られた建物へ移され、税関吏による所持品の検査を受けた。彼らの態度は、思いもよらず丁重であったが、私たちを「返す」とは最後までいわなかった。一時間後に何が起るのかもわからない緊張のなかで、まあたらしい防寒帽が支給された。それが、ソビエト政府からの、最後の支給品であった。正午すぎ、収容所の窓からほぼ真下に見おろす位置に、一隻の客船が姿を現わした。それが興安丸であった。戦慄に似た歓喜が、私の背すじを走った》(「望郷と海」)

ここでは「十一月三十日早朝」となっているが、これは石原の記憶違いで、正しくはロシア時間の十一月二十八日早朝のことである。この「とるにたらぬ荷物」のなかには、石原がハバロフスクの楽器店で買い求めたロシアン・ギターも含まれていた。またソ連政府の最後の支給品のなかには、防寒帽、防寒服、綿入り外套、木綿の下着、短靴のほかに、黒パンや刻み煙草「マホルカ」まで含まれていた。ソ連政府は抑留者の心証をよくしておこうと最後に異例の大盤振る舞いをしたわけである。

あたりが薄暗くなりはじめたころ、乗船者の輸送が開始された。二台のトラックが収容所と埠頭のあいだを忙しく往来し、一台が到着するたびに二十五名ずつ氏名が読みあげられた。名前を呼ばれる瞬間まで不安は胸を去らなかった。そしてついに自分の名を呼ばれると、石原は急いでトラックに飛び乗った。トラックは興安丸の船腹に横づけした。いつもの習慣で五列縦隊に整列しようとすると、警備兵がトラックの上から船の中央部を指さした。彼らは一瞬のとまどいのあと、われがちに乗船口へ向かって駆け出した。タラップの下で日本側の責任者と思われる人物がにこやかに手をあげて会釈していた。
《タラップをのぼり切ったところで、私たちは看護婦たちの花のような一団に迎えられた。ご苦労さまでしたという予想もしない言葉をかきわけて、私は船内をひたすらにかけおりた。もっと奥へ、もっと下へ。いく重にもおれまがった階段をかけおりながら、私は涙をながしつづけた。いちばん深い船室へたどりついたと思ったとき、私は荷物を投げ出して、船室のたたみへ大の字にたおれた》（同前）

このときの乗船者は、一般人三百九十一名（うち女性九名、子供二名、朝鮮人九名、台湾人十九名）、元陸軍将兵四百七名、元海軍将兵十三名、計八百十一名。梯団長には元関東軍報道部長、長谷川宇一大佐が選任された。その夜の夕食には赤飯と鯛のお膳に日本酒が五勺付いていた。ほぼ十年ぶりの酒だったが、それを味わっている余裕はなかった。船が岸壁を離れるまで、誰ひとり甲板へ出ようとはしなかった。夢がさめて、ふたたび連れ戻されることを恐れたのである。久しぶりにその感触に接した畳の上に端座したまま、石原は一睡もせずに夜を明かした。

翌二十九日午前八時、興安丸は氷結した海面を割りながらゆっくりと動き始めた。ようやく安堵した彼らはおそるおそる甲板へ出た。極度の興奮と緊張のあとで、彼らはひとしく疲労困憊していた。出港して二時間後、追随してきたソ連の警備艇が「航海の安全を祈る」という信号を発して引き返していった。そこから先は日本海だった。日本の新聞社機が飛来して甲板に花束とその日の朝刊を投下した。紙面には「興安丸けさ出港」の文字が躍り、帰国者全員の氏名が都道府県別に掲載されていた。人々が歓喜に沸き返るなかで、石原はひとり虚脱していた。

《一九五三年十二月一日（註＝正しくは十一月二十九日）私は海へ出た。海を見ることが、ひとつの渇仰である時期はすでに終りつつあった。湾と外洋をへだてるさいごの岬を船がまわったとき、私たちの視線はいっせいに外洋へ、南へ転じた。舷側をおもくなぞる波浪からそれは、性急に水平線へ向った。これが海だ。私はなんども自分にいい聞かせた》（同前）

《海、この虚脱。船が外洋へ出るや、私は海を喪失していた。そして陸も。これがあの海だろうかという失望とともに、ロシヤの大地へ置き去るしかなかったものの、とりもどすすべのない重さを、そのときふたたび私は実感した。その重さを名づけるすべを私は知らないが、しいて名づけるなら、それは深い疲労であった。喪失に先立って、いやおうなしに私をおそう肉体の感覚を、このときふたたび経験した。海は私の前に無限の水のあつまりとしてあった。私は失望した。このとき私は海さえも失ったのである》（同前）

その夜、船内で陰惨な事件が起きた。かつて「浅原グループ」と呼ばれた「日本新聞」系のアクティーヴのうち、とくに悪質な三人の密告常習者が集団リンチにかけられたのである。彼らのためにひどい目に合わされた帰還者たちの報復感情はすさまじく、三人は寄ってたかって殴られ足蹴にされ、生きたまま海中に投棄されそうになったが、長谷川梯団長と玉有勇船長のとりなしでようやくおさまった。船上の警察権をもつ玉有船長は、この事件を不問に付した。

2

十二月一日朝、興安丸は舞鶴港の沖合に碇泊した。石原たちはそこで艀に乗り移り、引揚桟橋から上陸した。昭和十六年（一九四一）七月、関特演（関東軍特別演習）と称する大動員で満洲に送られて以来十二年ぶりに踏む日本の土だった。石原はこのとき三十八歳になっていた。

出迎えたのは弟の健二だけだった。健二は中央気象台に勤務していた。石原はそのとき初めて両親の死を知らされた。父稔は石原がアルマ・アタで二度目の冬を迎えた昭和二十一年（一九四六）十一月九日に五十七歳で、継母いくは石原がハバロフスクで体力を恢復していた昭和二十五年（一九五〇）十二月三十一日に五十五歳で、それぞれ病没していた。

石原の帰還先は東京・竹平町の健二の官舎になっていたが、それはあくまで寄寓先で、彼にはもはや帰るべき「家」はなかった。舞鶴の引揚者収容所で彼が弟に頼んで二冊の文庫本（堀辰雄『風立ちぬ』とニーチェ『反時代的考察』）を手に入れたことを私たちはすでに見てきた。石原が帰還した「家」はなによりもまず「日本語」という言語共同体だったということになる。

翌二日、収容所で復員式がおこなわれた。石原はこの日正式に軍務を解かれ、ソ連政府お仕着せの防寒帽や防寒服に対抗して旧日本陸軍の軍服と軍靴、復員手当二万円を支給された。さらに帰京後の七日には厚生省引揚援護局で抑留八年分の俸給として四万円を受領した。それが石原の十四年間にわたる兵士・軍属・抑留者としての歳月に対して日本政府が支払った代価だった。

三日から方面ごとのグループに分かれてそれぞれの故郷へ向かった。舞鶴の駅頭で日本共産党の党員が「諸君を待つものはただ飢餓と失業だけである」と演説し、激昂した帰還者に袋だたきにされた。同様の事件は東京の上野駅でも起こった。日共党員のこの言葉はけっして嘘ではなかったが、彼はスターリンのためにひどい目にあった帰還者の心情を理解していなかった。もし理解していたら、戦後日本の左翼運動はもう少しましなものになっていたに違いない。

石原を含む東京組の四十七名は、五日午前十時すぎ品川駅に到着し、ふたたび歓呼の声に迎えられた。品川駅に共産党の赤旗は立っていなかったが、そのかわり新聞各社の取材陣が待ち受けていた。石原兄弟は読売新聞の記者につかまって銀座へ連れて行かれ、四丁目の服部時計店をバックに写真を撮られた。その記事は五日の夕刊に「今浦島の銀ブラ」という小見出しで掲載された。

《品川駅で降りた東京都千代田区竹平町二、元軍属石原吉郎さん（38）は出迎えの弟の健二さん（35）と一緒にその足で銀座へ。人混みをかきわけながらクリスマス・セールの派手なデパート、商店の飾りを見てただキョロキョロ。

「東京は暖かいね。ハバロフスクじゃ春の陽気だよ。それにしても東京は変ったなァ」と弟をふりかえってニッコリ。防寒帽、防寒服の石原さんの姿に派手なキモノのお嬢さんや銀ブラ族がジロジロ。

「服装も派手になったね。それに、この自動車の洪水はどうしたことだ。アチラにもジス（スターリン自動車工場製）という車が走っているが、銀座は全く殺人的だね」》

こうした記事にありがちな調子のいい表現を差し引けば、これは確かに石原の実感だったに違いない。戦後日本の激変を知らずに帰還した石原はまさしく「今浦島」であり、見るもの聞くものがすべて驚異だったと思われる。しかし、一時の興奮がさめてしまえば、それは彼をシベリア時代と変わらぬ虚無と孤立へ追い込まずにはおかなかった。彼にはもはや「望郷」という名の夢さえ失われていたからである。

帰京の翌日、石原が靖国神社に参詣したことはすでに見てきた。後年の大岡昇平との対談（『終末から』一九七四年六月号）では、「うちが近かったのです。当然のことのように行ったんで、別に何を考えたわけでもないんですよ」ということになっているが、その「当然のこと」のなかには戦病死した多くの知友に対する追悼の気持が含まれていたに違いない。また当然のことながら、戦争に振り回されてきた自分の人生にひと区切りつけたいという切なる思いもあったはずである。「お詣りしたときの気持はわりにすがすがしかったですよ」と語っている。

帰京から一週間後の十二月十三日には信濃町教会の礼拝に出席した。三軒茶屋の露語教育隊にいたときに足しげく通いつめて以来、およそ十二年ぶりの礼拝だった。教会はこの復帰を歓迎して記念のスピーチを求めたが、石原は疲労を理由にことわったらしい。当日、教会の掲示板に「興安丸で帰還された石原吉郎氏は今朝の礼拝に出席の筈ですが、疲労のため特別に挨拶されません。礼拝後、各自御挨拶下さい」というお知らせが掲出された。「特別に挨拶されません」という奇妙な言い回しのなかには、せっかくの好意を無にされた教会側の失望が感じられる。このあとも石原と教会の関係は、しっくりとはいかなかった。教会は石原に敬虔な信者であることを求めたが、石原はそこにカール・バルト直伝の「神の言葉の神学」を求めたからである。あとでくわしく見るように、この落差は結局、詩学によってしか埋めようのないものだった。

昭和二十九年（一九五四）が明けた。一月の中旬、石原は帰国報告と静養を兼ねて生地の土肥を訪れた。徴兵検査のとき以来、ほぼ十五年ぶりの帰郷だった。両親の死によって生家は断絶していたので、親戚の鈴木二平方に身を寄せた。おそらく生母秀《ひで》の実家だろうと思われる。到着早々、その人から思いもよらない言葉を浴びせられて衝撃を受けた。この事件についてもすでに見てきたが、ここでもう一度それを確認しておこう。

《「よくぞ帰った」という声を心のどこかの隅で聞きながら、私が伊豆へ着いたその晩、N氏が居ずまいを正し、まだ私が何も話さないうちにまず私にいったことは次のようなことです。

一、私が〈赤〉でないことをまずはっきりさせて欲しい。もし〈赤〉である場合はこの先おつきあいをするわけにはいかない。
二、現在父も母もいない私のために〈親代わり〉になってもよい。ただし物質的な親代わりはできない。「精神的な」親代わりにはなる。
三、祖先の供養を当然しなければならない。
私は自分のただ一つの故郷で、劈頭告げられたこれらの言葉に対しその無礼と無理解を憤る前に、絶望しました。そうでなくても、ひどく他人の言葉に敏感になっており、傷つきやすくなっていた私の気持はこれですっかり暗いものになってしまいました。何度もいいますが、戦争の責任をまがりなりにも身をもって背負ってきたという一抹の誇りのようなものをもって、はるばる故郷にやってきた私は、ここでまず〈危険人物〉であるかどうかのテストを受けたわけです》（「肉親へあてた手紙」）

シベリアで「民主化運動」の洗礼を受けた帰還者のなかには、共産主義の本場から帰ってきたという勲章を胸に、当時はまだ武装革命を唱えていた日本共産党に入党する者が多かった。だから石原を「危険人物」ではないかと疑ったN氏の心情は、当時の庶民感覚としては無理もないものだったといっていいのだが、日本人全体が負うべき戦争責任を一身に引き受けてきたという石原の「一抹の誇り」は、この言葉によって粉々に打ち砕かれた。以後、石原は親族といっさいの交わりを断ち、「祖先の供養」も放棄することになる。

それでも石原は十日ほど土肥に滞在し、石原家の菩提寺だった清雲寺の墓地で多くの時間を過ごした。清雲寺は鎌倉時代に創建された日蓮宗の古刹で、戦国時代に西伊豆を支配した北条水軍富永氏の菩提寺としても知られる。修善寺、三島方面に通じるバス通りから、土肥小学校と町役場（現在は伊豆市土肥支所）にはさまれた参道を入るとすぐに朱塗りの楼門があり、その向こうに本堂の大屋根が見える。本堂の右手から裏山にかけての傾斜地が墓地になっていて、さながら段々畑の果樹園のように墓石群がつらなっている。

石原家の墓所は、昭和の末頃までは本堂の大屋根越しに駿河湾を望む一画にあったらしいが、現在は境内の片隅に建つ御影石の合同慰霊碑に「石原家先祖代々之諸霊位」と刻まれているだけである。墓を守る人がいなくなったので、寺側が他の無縁仏と合わせてそういう処置をしたものらしい。ちなみに石原吉郎の霊位はここにはなく、東京の多磨霊園の「信濃町教会員墓」と刻まれた慰霊碑に妻和江の霊とともに鎮まっている。

この伊豆でのできごとは、石原の詩と人生に決定的な影響を与えた。私たちは、その顕著な一例を詩「サンチョ・パンサの帰郷」(『文章倶楽部』一九五五年四月号)に見ることができる。

安堵の灯を無数につみかさねて
夜が故郷を迎える
みよ　すべての戸口にあらわれて
声をのむすべての寡婦

驢馬よ　権威を地におろせ
おとこよ
その毛皮に時刻を書きしるせ
私の権威は狂気の距離へ没し

なんじの権威は
安堵の故郷へ漂着する
驢馬よ　とおく
怠惰の未明へ蹄をかえせ

やがて私は声もなく
石女《うまずめ》たちの庭へむかえられ
おなじく　声もなく
一本の植物と化して
領土の壊滅のうえへ
たしかな影をおくであろう

驢馬よ　いまよりのち
つつましく怠惰の主権を
回復するものよ
もはや　なんじの主人の安堵の夜へ
何ものものこしてはならぬ
何ものものこしてはならぬ

この時期の石原詩の例にもれず、この詩も自己韜晦の濃霧に包まれていて、意味だけでなくイメージもたどりにくい。「驢馬」と「おとこ」、「私」と「なんじ」の関係さえもはっきりしないのだが、物語論的にいえば、語り手の「わたし」は限りなく作者自身に近く、そのまなざしがもっぱら「驢馬」に向けられていることだけは疑えない。そしてこの詩が「サンチョ・パンサの帰郷」と題されている以上、「私（＝作者）」はすなわちサンチョ・パンサを、「なんじ」は愛馬ロシナンテを、「主人」は騎士ドン・キホーテを指していると見なければならない。とすれば一篇の主題はおのずから明らかだろう。

強大な巨人（じつは風車）との戦いに敗れてむなしく帰郷した純潔の騎士キホーテと従者サンチョの前に「安堵の灯」はなかった。寡婦たち（＝留守家族）は声をのんで彼らを迎えた。そこは荒廃以外になにものも生み出さない「石女の庭」だった。だから、驢馬はもう戦争責任の代行者という「権威」を捨てて「一本の植物」と化し、焦土のうえに「たしかな影」を落として生きていくしかない。騎士道（＝天皇制軍国主義）の夢に憑かれてわれわれを振り回した主人（国家）のために、われわれはもはやなにものも残してはならぬ……。旧約聖書のなかで驢馬はイエスを乗せてエルサレムに入城するから、驢馬の権威とはすなわちイエスの権威だとする説もあるようだが、それでは「驢馬よ　権威を地におろせ」という一行が意味をなさない。ここではやはり権威は権力の同義語と解すべきだろう。

では、そのとき驢馬はなにゆえに「怠惰の未明」へ蹄を返さねばならないのか。そもそも「怠惰」とは何か。それを理解するためには、私たちはこの詩を表題作とする石原の第一詩集『サンチョ・パンサの帰郷』（思潮社、一九六三年）の「あとがき」を参照しなければならない。

《〈すなわち最もよき人は帰っては来なかった〉〈夜と霧〉の冒頭へフランクルがさし挿んだこの言葉

を、かつて疼くような思いで読んだ。あるいは、こういうこともできるであろう。〈最もよき私自身も帰っては来なかった〉と。今なお私が、異常なまでにシベリヤに執着する理由は、ただひとつそのことによる。私にとって人間と自由とは、ただシベリヤにしか存在しない（もっと正確には、シベリヤの強制収容所にしか存在しない）。日のあけくれがじかに不条理である場所で、人間は初めて自由に未来を想いえがくことができるであろう。条件のなかで人間として立つのではなく、直接に人間としてうずくまる場所。それが私にとってのシベリヤの意味であり、そのような場所でじかに自分自身と肩をふれあった記憶が、〈人間であった〉という、私にとってかけがえのない出来事の内容である》

　こうして見てくれば明らかなように、「怠惰の未明」とは「日のあけくれがじかに不条理である場所」、つまりシベリア（石原によればシベリヤ）の強制収容所のことであり、「怠惰」とは、あの「救いとしての疲労」にほかならない。つまり、故郷に迎えられなかった驢馬は「直接に人間としてうずくまる場所」、すなわちアンガラ河のほとりにあったあの「原点」に立ち返るほかに、戦後を生き抜くすべはなかったのである。

　伊豆から東京にもどった石原は、大阪に引き揚げていた韃靼句会同人の西尾康人に長い手紙を書いた。そこに「詩と神学——ポエジアとテオロギア。僕の新しい（?）生活のテーマはおそらくこの双つとなるかも知れない」という一節があったことはすでに見てきたが、この手紙には「風に翻《かえ》る」「失望」「招待」という三篇の詩が同封されていた。そのなかでは「招待」が最も完成度が高い。

　　風がゆけば
　　時刻が誘う

かわいた光の
まねきのなかで

むなしい光と
時間のなかの
つかのまをみたす
かがやける接近

それは　旗
それはまねく
それは　薔薇
それはうしなわれる

それは招待
地に坐した薔薇
まねきながら
うしなわれながら

ああ　はるか

はるかにまで
まねきつつ
それはうしなわれる

これはもう完全に石原吉郎の世界であり、ここから出世作「夜の招待」までの距離はほんのひと跨ぎだといっていい。こうして石原は「詩と神学」の合一へ向けて大きな一歩を踏み出したのである。

〈ノート13〉
ロシナンテ

1

昭和二十九年（一九五四）一月、傷心を抱いて伊豆から帰京した石原は「詩と神学――ポエジアとテオロギア」の合一をめざして新しい生活を始めた。貯金も資産もなかったので、すぐにも生活費をかせぐ必要があったが、当時は朝鮮戦争にともなう特需ブームが去ったあとの深刻な不況期で、働き口はなかなか見つからなかった。新聞の求人広告を見て面接に行くと、「シベリア帰り」というだけで門前払いを食わされた。「君たちを待っているのは失業と飢餓だけだ」と舞鶴駅頭でアジった日共党員の言葉は正しかったのである。そこで仕方なく、引揚手当の六万円で食いつなぎながら、弟健二の官舎で居候生活をつづけた。足しげく信濃町教会に通い、ひまにまかせて詩を書いた。書いても発表する場所がなかったので、友人たちへの手紙に同封したり、教会の会報に載せてもらったりした。そのころ書いていたのは、たとえばこんな詩である。

祈りは　ことのほか

やさしかった
悔多い　やわらかな
てのひらのなかで

祈ることは　やはり
うれしかった
てのひらのなかで　風が
あたたかにうごいた

祈りのなかで
午前がすぎそして
午後がかさなった
時刻はさみしく　しかし
きよらかにすぎた

夜がきて　星がかがやいた
私はその理由を考えなかった
私は　てのひらのなかで
夜あけまで起きていた

（「祈り」）

この詩は昭和二十九年二月十三日に書かれ、「信濃町教会報」の同年七月号に掲載された。一読して立原道造の影響が明らかである。「やさしい」「やわらかな」「さみしく」「きよらかに」といった平易な形容詞や形容動詞の多用、ひらがなを主体にした表記法もさることながら、午前から夜あけに至る時間の経過のなかでしずかに内心の声に耳を澄ますという姿勢自体がすでに立原道造である。立原がもしキリスト教徒だったとすれば、彼はきっとこのような祈りの詩を書いたに違いない。その意味で、この時期の石原はまだ固有の詩のかたちを発見してはいなかったといわざるをえないのだが、「私は　てのひらのなかで／夜あけまで起きていた」という最後の二行に、わずかにその片鱗をうかがうことができる。

「信濃町教会報」の同年十二月号には「遠くへ」と題する短詩が掲載された。

なぐさめのない世界を
ひとりであるいてゆくと
いちばんふかいなぐさめを
神さまの手にだけあずけて
なぐさめのないゆえに
いっそうきよらかに
この世界のはじまりから

はるかなそのおわりまで
ひっそりと　ひとりだけで
ひっそりと　だまりこくって

これはまさしく「詩と神学」の合一を象徴するような作品である。この世はなぐさめのない世界だからこそ、いちばん深いなぐさめを神さまの手にあずけて、自分はひっそりとひとりだけで、だまりこくって生きていこうというのである。こうした神学的な生涯形成のイメージの手前に、あのシベリアのニヒリスト鹿野武一が立っていたことはいうまでもない。「なぐさめのないゆえに／いっそうきよらかに」といった逆説的な表現は、鹿野の存在なくしては考えられない。

京都の実家に帰った鹿野とは、文通で結ばれていた。その手紙には、二人の友情のきっかけとなったエスペラントが用いられた。

《親愛なる友へ。おはがきありがとうございます。正月から半月ほど、生まれ故郷の伊豆へ行っておりました。伊豆は満洲へ行く十年前に訪ねたときと何も変っておりませんでした。新しいものは見出せません。／奥様はいかがお過ごしでしょうか。よろしくお伝えください》（加茂セツ子訳）

この文面が、たとえば林秀夫や西尾康人宛てのものに比べて幾分よそよそしく感じられるのは、鹿野から来たはがきに安易なもたれあいを許さぬ雰囲気があったためではないかと考えられる。あとで見るように、帰国後の鹿野はラーゲリ仲間との関係を意識的に絶とうとしていた。

京都でしばらく休養した鹿野は、新潟県松代村（現在の十日町市松代）の妻キエの実家、関屋家に身を寄せ、翌年（一九五四）の四月から十日町病院松代診療所で薬剤師として働きはじめた。敗戦時の満洲で逃避行を共にした妹の登美も無事に帰国し、そのころは瀬戸内海のハンセン病施設「長島愛生園」で保母として働いていた。考えてみれば、看護婦だった妻キエも含めて、鹿野の家族はすべて医療と福祉の関係者だった。そのことが彼の思想になにほどかの影響を及ぼさなかったはずはない。

手に職のある鹿野と違って、語学以外にとりえのない石原の就職は厳しかった。

《帰国にひきつづく三年ほどの期間は、私にとって文字どおりの混乱期であった。どこにも私の仕事はなかった。事務に自信がなかった私は、肉体労働ならと職安に行ってみたが、ここも失業した労務者であふれかえっていた。せっぱつまって自衛隊（当時は保安隊）を志願した。兵隊ぐらいならつとまるだろうと思ったのだが、これも失敗した》（「私の詩歴」）

そんな状態のなかで、石原はすがりつくような思いで詩を書きつづけた。詩を書くことが救いだった。あるとき思い立って五、六篇の詩をまとめて三好達治に送った。返事は期待していなかったが、数日後、三好からはがきが届いた。「まだ甘いところがあるが、素質のようなものが感じられる」と書かれていた。

《たぶん、まだ若い者の無鉄砲と思っての、はげましであったのかもしれないが、私には何かがとどいた手ごたえのようなもので、気持が一杯であった。私は三十八歳であった。もしそのとき、三好氏からの葉書がなかったら、あるいはもう詩を書くことはなかったかもしれない》（同前）

その年（一九五四）の夏、たまたま立ち寄った書店で、石原は薄っぺらな投稿雑誌に目をとめた。『文章倶楽部』――いまの『現代詩手帖』の前身である。若き日の村野四郎も投稿したことがあるという、一部では名を知られた雑誌だったが、当時の石原はもとよりそれを知る由もない。とにかく雑誌を買い求め、投稿欄に載っている詩を何度も何度も読み返した。自分がそれまで親しんできた詩に比べると難解で読みづらかったが、言葉づかいは新鮮で身近に感じられた。そこで自分でもそれらしい詩をつくり、編集部あてに送った。翌月、発売を待ちかねて雑誌をめくってみたが、自分の詩はどこにも載っていなかった。その翌月も翌々月も同じだった。もしそういってよければ、それは近代詩人石原吉郎が現代詩人に羽化するための準備期間だった。

秋になって、ようやく仕事が見つかった。ラジオ東京（現在のＴＢＳ）の英語翻訳のアルバイトである。石原のほかに英文科の女子学生が五人ほど雇われて、同じような仕事をしていた。石原は独・仏・露語に堪能だったが、英語は少し苦手だったので、夜学の英語教室に通って語学力を磨いた。その甲斐あって翻訳能力が向上し、仕事がはかどるようになった。すると女子学生の姿が一人ずつ消えていき、ついに六人分の仕事を一人でこなすようになった。そしてあるとき、翻訳の外注で食べていた老人が自分のために仕事を失ったことを知って愕然とした。

《私は考えたすえ、アルバイトをやめた。人を押しのけなければ生きて行けない世界から、まったく同じ世界へ帰って来たことに気づいたとき、私の価値観が一挙にささえをうしなったのである》

これは昭和四十九年（一九七四）一月二十一日の日記の一節である。なぜ二十年もたってからそれを書いたかといえば、この日、朝の満員電車のなかで「ふといやなことを思い出した」からだという。

《――帰国して三日か四日目のことだ。東京駅で始発電車に乗ろうとしたら、あっというまにうしろから突きとばされた。呆然と立ったままの私の横をすばやくかけぬけた乗客たちが、からだをぶつけあうようにしてすわってしまった。そのときのショックはいまでも忘れない。私はもうこんなことをしないですむところへ帰って来たはずだった。私は胸がわるくなって、夢中で電車をとび出したが、顔色があおざめて行くのが、自分でもよくわかった。それからひと月ほど、電車がこわくて、ほとん

ど歩いてすませた》

六人分の仕事を一人でこなす者があらわれれば余分な五人が職を失うのは資本主義の鉄則だし、電車の乗客が座席を求めて他人を突き飛ばすのは都会ではありふれた光景である。そんなあたりまえの出来事がいちいち石原の心を傷つけ、二十年たっても消えないトラウマとして残りつづけた。それを簡単に「収容所症候群《ラーゲリ》」の一語で片づけてしまうわけにはいかない。むしろ、石原吉郎はもともと「人を押しのけなければ生きて行けない世界」には住めない人、競争社会には不向きな人だったというべきだろう。

夜間の英語教室に通いはじめたころ、書店で『文章倶楽部』十月号を立ち読みしていると、自分の投稿した「夜の招待」という詩が特選欄に大きく掲載されていた。特選に選ばれるとは夢にも思わなかった。あわてて買った雑誌をかかえて教室に入ったが、その夜は興奮のあまり教師の質問にまともに答えることができなかった。

このとき石原は満三十九歳の誕生日を目前にしていた。選者の鮎川信夫は三十四歳、谷川俊太郎は弱冠二十二歳の新鋭だった。石原より十七歳年少の谷川が「この詩は詩以外のなにものでもない。散文ではパラフレーズできない、確固とした詩そのものだ」と激賞したことは前にも見てきたが、選考に立ち会った『文章倶楽部』編集長小田久郎（のちの思潮社社長）も同じような興奮を味わっていた。その著『戦後詩壇私史』（新潮社、一九九五年）のなかで小田は書いている。

《ふたりの対談を聞きながら、私もかつてない興奮を感じていた。投稿原稿を読みながら興奮するなどということは、そうめったにあるものではない。（中略）「夜の招待」は、いま読んでも詩以外の表現では獲得できない世界を構築していて、戦後の石原の詩的出発を飾る名作といっていいだろう。

（中略）それにしても、鮎川信夫と谷川俊太郎、それに石原吉郎とのめぐりあいとは、なんという歴史的なというか、偶然というにはあまりにもできすぎた鉢合せではなかろうか》

ここには、その「歴史的な鉢合せ」の場を用意した編集者のよろこびが表現されていて、それこそめったになく感動的な戦後詩壇史の一場面になっている。

この詩を読んで興奮したのは、もちろん選者と編集者だけではなかった。『文章倶楽部』の愛読者、なかでも投稿欄の常連たちが、突如あらわれた新人の質の高さに瞠目し、嫉妬し、刺激を受けた。十一月に入ると、それまで特選欄の常連だった好川誠一や河野澄子から「一緒に同人誌をやりませんか」という誘いがかかるようになった。

暮も押しつまった十二月二十五日、石原は本郷のそば屋の二階で開かれた『文章倶楽部』東京支部の忘年会に出席した。顔ぶれは二十代の若者ばかりで、石原のような年代の者は、ほかにはいなかった。それでも同じ投稿仲間ということで気が合ったのか、石原はたちまち泥酔し、ハバロフスクの収容所で習いおぼえた「カチューシャの唄」を歌った。

その席で、新しい詩誌の名は『ロシナンテ』と決まった。それはもともと石原が自分の詩集のために考えていた題名だった。『詩学』昭和四十八年（一九七三）一月号の「石原吉郎特集」のなかで、河野澄子がその間の経緯を語っている。

《「ぼくは、いつか詩集を出すときのために、一ついい名前を考えてあるんだ」そういって、石原さんはピースの白い中箱をひきぬくと、大切な宝物を見せる子供のように、一寸得意な表情をして「ロシナンテ」と書いてみせた。「どうだ。ドン・キホーテの愛馬だぜ」。聞いたとたんに、好川誠一が目を輝かせたのも無理はない。

「それ、もらった！　いい名前だね。ぼくらの詩誌にぴったりじゃない。石原さん、それでいこうよ。ロシナンテだ！」

天真爛漫な好川誠一に、とっておきの宝は忽ちとりあげられた》

こうして『ロシナンテ』は出発した。当初は隔月刊の会員制雑誌で、石原吉郎、好川誠一、河野澄子、岡田芳郎、田中武、岸岡正、淀縄美三子など、総勢二十七名という大所帯だった。石原を除く会員はみんな二十代だったので、石原は親しみを込めて「おっさん」と呼ばれた。石原もまたその呼び名にふさわしい剽軽な振る舞いをして見せたが、内心では冬の嵐が吹き荒れていた。

2

『ロシナンテ』創刊号は昭和三十年（一九五五）四月一日に発行された。編集長は好川誠一、発行責任者は石原吉郎、発行所は当時石原が下宿していた杉並区方南町四二七の一七上脇方。謄写版印刷十六ページ、会費は百二十円だった。

石原はこの創刊号に「古い近衛兵」という詩を発表した。気に入らなかったとみえて詩集には収録しなかったが、いま読んでみて、それほど悪い詩ではない。

われらは頬ひげをぴんとのばし
ぼろきれのような勇気を
長靴におしこんで

古い記憶の街灯のように
われらの神話の夜をまもる
われらのポケットにあるもの
不発の銃弾
火の消えたパイプ
または無数の蝶のなきがら
われらの銃をひたすあたたかな孤独
説得の衝動にもだえる怠惰な雨
われらの黒い画面を
またいですぎる
獅子の原型
蝶の原型
（されどわれらは応じない）
われらはひそかに　やみにまぎれ
王家の黒い紋章をおろし
ぬれた手袋に火薬をつめる
ああわれら
われらいまなお
古い家紋に誠実であり

われらの星座は
なおところを変えぬ
ついに適度な
われらの温度とその湿度
われらはたえまなく
雨によごれたひげをひねり
はみだした勇気をおしこんでは
不発の衝動をひきよせる

この詩はおそらく誌名にその名を借りたロシナンテの主人、ドン・キホーテに対する表敬詩のようなもので、それこそ「火の消えたパイプ」のように生彩のない詩だといっていいが、それにしても、つい先日まで親炙していた立原道造の詩との、あまりにも大きな落差に驚かされる。立原はまちがっても「われら」などとはいわなかった。その突然変異の謎を解くためには、私たちはやはり『文章倶楽部』の投稿欄を覗いてみるしかなさそうである。同誌の投稿欄で鮎川信夫と谷川俊太郎の対談合評が始まったのは昭和二十九年六月号からだが、その最初の回で特選に選ばれたのは、当時はまだ十代の少年詩人だった好川誠一の「花よおかえりなさい」という作品である。

かなしいぞう
さみしいぞう

うおん　うおおん泣こうではないか
きみよ　きみは買われたのではない
時間が売られただけではないか
脂肪肥りの男のエゴに
きみよ　きみのおしりにそっと
手をやってごらんなさい
ほうら
きみにはしっぽがないではないか
けものたちはきみをなかまにはしてくれないのだよ
……
せいいっぱいのこえをはりあげて
きみよ　泣こうではないか　きみよ
きみよ　なみだをわすれた　きみよ
うおん　うおおん泣こうではないか

これはどうやら戦後初めて来日したことで知られるアジア象の「はな子」を主題にした詩である。「はな子」は昭和二十四年（一九四九）に上野動物園に寄贈され、平成二十九年（二〇一七）に井の頭動物園で六十九歳の長寿を全うした。いまでは吉祥寺駅北口広場に記念の銅像まで建っているが、当時はなにか「かなしい」できごとがあったらしい。いずれにしろこれは『荒地』派の戦後詩とは一線を画した軽快な詩で、新しいの時代の到来を窺わせるに十分な作品である。
この詩について鮎川信夫は「作者の感じ方が生命的なリズムになって表現されている」といい、谷川俊太郎は「いまの詩が無視したり殺そうとしているかなしいとかさみしいという言葉の意味や音楽的効果を新鮮にしている」と評価した。この評言は前に見た石原の「夜の招待」に対するそれとよく似ている。とすればすなわち石原の詩は好川の詩によく似ていたともいえるわけで、たとえば石原の「夜の招待」の一節、

ああ　動物園には
ちゃんと象がいるだろうよ
そのそばには
また象がいるだろうよ

というような表現とそのリズムは好川詩の先蹤を抜きにしては考えにくい。その意味で、帰国後の石原の詩のお手本は立原道造以上に好川誠一だったというべきかもしれない。

『ロシナンテ』の合評会は、いつも熱気があって賑やかだった。前記の特集で、河野澄子が如実にその空気を伝えている。

《合評会では、オッさんはいつも、首から胸にぶらさげた手拭いで顔や頭の汗をふきふき、誰よりもマジメに、誰よりも読み深く、選んだ言葉でトットツと親切に批評してくれた。／終えて二次会ともなれば、手拭いはたちまちネジリハチマキとなり、座ぶとんはアコーディオンと化して、おとくいの

「カチューシャ」や「アリラン」の歌が原語でとびだす。マンガ腕くらべでは、好川冗説マンガと石原省略マンガが好い勝負。さらに珍説・捕鯨船「クズラコヌゲタ」には、みんな涙を流して笑った》

これで見ると、石原は詩の実作と批評だけでなく、二次会の隠し芸でも一座をリードしたらしい。ちなみに「クズラコヌゲタ」は東北弁の「鯨っこ逃げた」で、これもおそらくハバロフスクの所内演芸会で習いおぼえた十八番だったと思われる。石原はまた漫画も得意で、たばこ「ピース」の中箱の裏などに、流れるような一筆書きの漫画を描いてみせた。生き方は不器用だったが、もともとは多芸多才の人だったのである。

こうして遅まきながら「青春」を取り戻した石原は、このころ一人でよく飲み歩き、新宿界隈の「赤線」に出入りしていた。その買春体験を日記に書いて、わざわざ『ロシナンテ』の仲間に読ませたこともある。シベリア抑留の八年間は当然のことながら、その前の関東軍情報部員時代にも、石原は女性と接したことがなかった。あるいは童貞だったのかもしれない。のちに『ロシナンテ』同人の小柳玲子にこんな打ち明け話をしている。

《「ですから、帰国の船で診察に立ち合った看護婦さんが近くで見た最初の女性といってほぼ間違いがないんです。抑留の間で会ったのはソ連のおばあさんぐらいですからね。看護婦さんを見てね、どうしたと思います?　こわくて、顔があげられなかったんです」

「それでね、僕の女性に対する気持というのは非常に神聖なもの、恐怖心を伴うほど大切なもの、そんな感じです。要するに未知のものなんですね」

「ところが半面女性に向かう時、けものじみた欲望がありましてね、これはまた平穏な青春を過した人には理解されないほど烈しいもので、もう野獣と同じです」》（『サンチョ・パンサの行方』詩学社、二〇〇四

年）

青年が女性に対して「けものじみた欲望」を抱くのは格別珍しいことではないが、石原にはそれが抑留者に特有なもので「平穏な青春を過した人には理解されない」ものと考えられていた。そこには当然、キリスト教徒としての罪の意識も含まれていたに違いない。いずれにしろ確かなことは、それが「堰止められていた言葉の一挙的な奔出」としての詩と同じく、本人にとっては制御不能な衝動だったということである。

石原はのちに「失語と沈黙のあいだ」（『詩学』一九七二年七月号）という談話体のエッセイのなかで、当時を振り返ってこう語っている。

《私にとって、もっとも苦痛な期間は、ほんとうは八年の抑留期間ではなく、帰国後の三年ほどのあいだであったのですが、このことを理解するためには、肉体の麻痺状態を考えてもらうのがいちばん早いと思います。（中略）健康な皮膚が正常な感覚をたもっている状態は、いうまでもなく自然で、よろこばしい状態です。それから、皮膚がまったく感覚をうしなって、なんの苦痛も感じなくなった状態も、それなりに自然です。なによりも、苦痛がないということは、それ自身が救いですから。しかし、いったん麻痺した感覚が徐々にもどってくるそのあいだが、どんなにいやな、苦痛なものであるかということは、たとえば足のしびれなどの経験で、すでに知っておられると思います。ことばが回復するということは、いってみれば、こういう状態だといえます》

石原はこうした回復期の苦痛を酒と女に溺れることで耐えていた。『ロシナンテ』が、言葉の回復のための特効薬だったことは改めていうまでもない。

昭和三十年（一九五五）三月中旬、鹿野武一の妻キエから鹿野の急逝を知らせる葉書が届いた。鹿野はこの年一月から新潟県高田市の県立高田病院に単身赴任していたが、三月二日早朝、病院の宿直室で急性心臓麻痺のために死んでいるのが発見されたという。その少し前、石原は鹿野に頼まれて音楽の本を送ったばかりだったので、それはまさに青天の霹靂だった。石原は三月十六日付でお悔やみの手紙を出した。

《二、三日留守をして、机の上のお葉書を拝見してぼう然といたしました。何を申しあげていいのか分りません。私は鹿野君の存在を、ずっと前から一つの手がかりのようにして生きて来ただけに、私の受けたショックをどう説明していいか分りません。（中略）昭和十五年の冬、東京の部隊のストーヴのそばで言葉を交して以来、不思議に長い交友がつづいていたのですが、苦しい時を共にすることができても、楽しい時を共にすることができなかったことが残念です。おちつき次第、いろいろなことを申し上げたいと思います》

予告どおり、石原は四月初めに便箋十六枚にのぼる長い手紙を鹿野キエに送った。内容はわからないが、おそらくは故人への哀悼とその妻に対するいたわりに満ちた手紙だったと思われる。同じころ、石原は「五月のわかれ（死んだ男に）」という詩を書いて『文章倶楽部』に投稿し、同誌十月号に掲載された。なぜ「五月」なのかは不明だが、これが鹿野武一に捧げられた詩であることだけは疑う余地がない。

右手をまわしても
左手をまわしても
とどかぬ背後の一点に

よるひるの見さかい知らぬげに
あかあかともえつづける
カンテラのような
きみをふりむくこともも う
できないのか
ふりむくことはできないのか
なんという
愚鈍な時刻のめぐりあわせが
ここまでおれを
せり出したのだ
颪は蜜蜂をまじえて
かわいた手のひらをわたり
五月は　おれを除いた
どこの地上をおとずれるというのだ
ああ　騎士は五月に
帰るというのか
墓は五月に
燃えるというのか
耐えきれぬ心のどこかで

華麗な食卓が割れるというのか
皿よ　耐えるな
あざやかに地におちて
みじんとなれ青い安全灯
ああ　五月
猫背の神様に背をたたかれて
朝はやくとおくへ行く
おれの旗手よ

これは現代詩という形式で書かれた最も美しい挽歌のひとつである。石原がこれほど無防備におのれの悲しみを吐露した作品はほかにはない。悲しみはそれほど深かったのである。ところが、石原が愛したこの「騎士」は、前年十月に妹登美に宛てた手紙のなかで、こんなことを書いていた。
《あの厳しい生活条件――人間をすっかり裸にしてしまうと思われるような捕虜生活の中でも、自分は虚栄心の皮を被った態度《ポーズ》をもった人間だったということです》
《だからあの生活で自分が敬意を払ったのは、すっかりむき出しの人間性を発揮した人々でありながら、そんな人達には近付く勇気がなく、多くを語り合ふ機会を持ったのは、ポーズを持った人々であったと言へませう。純真な人々の中には自分のポーズに欺かれて近寄って来た人も二、三ありましたが》
この告白が「虚栄心の皮を被ったポーズ人間」のもうひとつのポーズではないと信じることにすれ

ば、ここには無二の親友であったはずの石原に対する重大な背信が語られている。なぜなら石原は鹿野のポーズに欺かれて近寄ってきた「純真な人々」の一人にすぎなかったことになるからである。真相が奈辺にあったたか、いまとなっては確かめようもないのだが、私たちはなお鹿野の「ペシミストの勇気」を信じつづけた石原の美しい友情のほうを信じたいと思う。

昭和三十年（一九五五）九月、石原はようやく定職を得た。日本橋兜町に事務所のある産業経済研究所という会社で、新薬のおかげで長い闘病生活から解放された林秀夫と同時入社だった。彼らと同じシベリア帰りの社長は、将来は満鉄調査部のような組織にしたいという夢を抱き、ソ連圏の情報を得るためにロシア語の翻訳者を求めていた。石原は電力部門、林は軽工業部門の担当で、ソ連の新聞や雑誌、関連資料に目を通してレポートにまとめるのが仕事だった。レポートが仕上がると、営業部員がそれを関連企業にセールスしてまわった。帰国したあともロシア語で食うしかないことには苦笑を禁じえなかったが、ともかくもこれで生活が安定し、石原は詩人としての絶頂期を迎えることになる。

〈ノート14〉クラリモンド

1

昭和三十年（一九五五）夏、石原吉郎は帰還後初めてシベリアを主題にした詩を書いて『文章倶楽部』に投稿した。代表作のひとつとされる「葬式列車」である。すでに見てきたように、この詩にシベリアという地名は出てこない。ただ《なんという駅を出発して来たのか／もう誰もおぼえていない》列車が、半分亡霊になりかけた人々を乗せて《いつも右側は真昼で／左側は真夜中のふしぎな国》を走りつづける情景が抑えた筆致で描かれているだけである。しかし、敗戦からまだ十年しかたっていない当時の読者は、この列車の行き先がシベリアの収容所であり、作者もその「亡霊」のひとりだったことを容易に想像することができた。石原がシベリアからの帰還者だったことは『ロシナンテ』同人以外には知られていなかったので、この詩は新鮮な驚きをもって迎えられ、以後彼は「シベリアの詩人」と呼ばれることになる。

この詩が掲載された『文章倶楽部』の同年八月号で、石原は選者の鮎川信夫、谷川俊太郎との鼎談「作品と作者とのつながりをどうみるか」に参加した。肩書は「読者代表」ということになっているが、鼎談の題目から見て、これはどうやら石原のために用意された企画だったらしい。そこで彼はこう語っている。

《僕みたいな境遇にあったものは過去というものに対するノスタルジアがとても強いんです。過去をいろんな形でたてなおしてみたい気持で一杯ですね。来年をうたうことは出来ないんです。いつも過去をうたってなければならないんです》

私たちはここで石原が「過去に対するノスタルジア」といっていることに留意しなければならない。ノスタルジアは甘やかな懐旧の情を表わす言葉で、そこには少なくとも苦渋や辛酸といった意味は含まれていない。すなわち、のちに一連のシベリア・エッセイをルオーの絵のように限どることになる暗鬱な色調は、ここには微塵も感じられない。もしそういってよければ、石原はこのとき「シベリアの詩人」という呼称を、むしろ晴れがましいものとして受け容れようとしていた。そしてこの号以後、彼の詩は「新人に席を譲るため」という名目で、投稿欄ではなく本欄に掲載されることになる。つまり石原吉郎はもはや「新人」ではなく、一個の詩人として認められたわけである。

投稿欄を卒業した石原の力量は、同誌十二月号に掲載された「自転車にのるクラリモンド」によって広く知られることになった。この詩もすでに第二章で見てきたが、ここでもう一度見ておかなければならない。

自転車にのるクラリモンドよ
目をつぶれ
自転車ににのるクラリモンドの

肩にのる白い記憶よ
目をつぶれ
クラリモンドの肩のうえの
記憶のなかのクラリモンドよ
目をつぶれ

目をつぶれ
シャワーのような
記憶のなかの
赤とみどりの
とんぼがえり
顔には耳が
手には指が
町には記憶が
ママレードには愛が

そうして目をつぶった
ものがたりがはじまった

自転車にのるクラリモンドの
自転車のうえのクラリモンド
幸福なクラリモンドの
幸福のなかのクラリモンド

そうして目をつぶった
ものがたりがはじまった

町には空が
空にはリボンが
リボンの下には
クラリモンドが

石原はのちにこの時期を回想して《一つの流れるようなリズムがいつもあって、そのリズムにのればいつでも詩が書けた》と語った。これはまさしくそのリズムにのって書かれた詩で、散文でパラフレーズすることをゆるさないエクリチュールの快楽が感じられる。ポール・ヴァレリーが《散文は歩行、詩は舞踏である》といったとき、舞踏とはたんに形式やスタイルのことだけではなく、この《流れるようなリズム》にのったエクリチュールの快楽をも意味していたはずである。

この詩の成立がそのようなものである以上、そこに込められた「意味」をさぐることに、さしたる意味があるとは思えない。「目をつぶれ」と呼びかけられたクラリモンドの「白い記憶」が、私たちに詩人自身のシベリア体験を想起させるのは確かだが、それはいわば深読みに属するもので、テクスト自体にそのことが表現されているわけではない。詩人はただ、クラリモンドが目をつぶったところから「ものがたりがはじまった」と書いているだけで、その物語の内実はついに明かされることがないのである。

クラリモンドという人名についても同じことがいえる。石原は一九七四年二月二十五日付でニューヨーク在住の研究者、佐藤紘彰に宛てた手紙のなかで《クラリモンド（ドイツの怪奇作家 Hans Ewers の小説に出てくる妖精の名で Klarimond、小説の題名も同じ）》と説明しているが、ハンス・エーヴェルスから借りたのはクラリモンドという名前だけで、小説の内容とはまったく関係がない。そもそも詩のなかのクラリモンドは、サーカスの自転車乗りを思わせる青年のイメージであって、どこからどう見てもドイツのゴシックロマンに出てくる妖精の仲間とは思えない。いいかえれば、クラリモンドはこの「ものがたり」の主人公ではあっても、自分の物語をもった登場人物ではないのである。

この詩には実は草稿ともいうべき先行作品があった。同年八月刊の『ロシナンテ』第三号に掲載された「クラリモンド」である。

それから　クラリモンド
僕らはいっしょにつまづいたね
いっしょにころんだね
アドリア海の波の上に

いくつも宝石がばらまかれた
僕らはみつけたね
大きな黒いかぶと虫
僕らはかざったね
美しい不幸のように
そうして僕らは挨拶した
たがいに祈禱書を交換した
僕らは出かけたね
大きなショーウインドの
フランスパンを見るために
イスパニアの麦畑に
いくつもいくつも灼けて落ちる
大きなきれいな落下傘
笑ってばかりいたね
口まねばかりしていたね
かわりばんこに　おんなじことを

マリオノフカの町には
いまでも人が住んでいる

「自転車にのるクラリモンド」はいきなり命令形で始まっていたが、この詩は終始クラリモンドに語りかける形式になっている。ただし、このクラリモンドはいま語り手の眼前にはいない。クラリモンドと同じ「物語」を共有する「僕」が、その「物語」を回想しながら読者に物語るという重層的な構造になっている。アドリア海の波の上でころんだり、イスパニアの麦畑に灼け落ちる落下傘を見たりした「僕ら」は、ひょっとすると人間ではなく妖精の子供なのかもしれない。細見和之の『石原吉郎　シベリア抑留詩人の生と詩』（中央公論新社、二〇一五年）によれば、クラリモンドはロマンス語系の言葉で「明るい世界」を意味し、日本の人名でいえばさしずめ「明世」に相当するという。「あきよ」といえば女性の名だから、サーカスの自転車乗りにはそぐわないが、妖精物語の主人公にはぴったりである。

とはいえ、石原は語義によってこの名称を選んだわけではないだろう。彼はただ響きのよさに惹かれてこの名を選んだのだが、それを飴玉のように舌の上でころがしているうちに次第にリズムが生まれ、そこから自然に「物語」が流れだしたのだと考えられる。「アドリア海」「イスパニア」などの地名についても同じことがいえる。それはもっぱら語感のよさから選ばれた名称であって、たんなる地名以上のものを意味しているわけではない。「マリオノフカの町」だけは、作者のシベリア体験に照らして何やら意味ありげに感じられるが、世界地図のどこを探してもそんな地名は見当たらない。もしそれが架空の地名だとすれば、この最後の二行だけは少なくとも意識的につくられた「物語」ということになる。

いずれにしろ、「シベリアの詩人」石原吉郎がこれほど手放しであっけらかんと「明るい世界」の讃歌をうたってみせたことはない。ロマンス語系の人名を題名に織り込んだ詩はほかにもあるが、この二つの「クラリモンド」は、いわばその讃歌の最高音部を形成している。そしてその多幸感が幾分かでも詩人自身の多幸感に由来するのだとすれば、私たちはそれを彼の生活史に探ってみなければならない。

この年（一九五五）九月に石原が産業経済研究所に就職したことはすでに述べた。一度は捨てたはずのロシア語でまたメシを食うことに多少の抵抗はあったが、満洲・シベリア以来の旧知の顔ぶれが多いこの職場は、彼に一種の安心感を与えた。年末にマラリアを発病し、自宅で開いた『ロシナンテ』第五号の合評会に病床から参加するというアクシデントはあったものの、もう薬餌の心配をする必要はなかった。十二月十八日には『ロシナンテ』の会員有志と鮎川信夫宅を訪問し、第六号の「ロシナンテ通信」にその訪問記を書いている。この時期の石原はまさしく「明るい世界」の住人だった。

昭和三十一年（一九五六）はさらに明るい年になった。四月四日、石原は田中和江と結婚した。和江は再婚だった。前夫はシベリア抑留中に死亡し、彼女は日本橋のデパートで労組婦人部の役員として活動していた。前夫の友人だった石原の弟、健二の紹介で石原と見合いをしたが、最初は「見るからに暗い感じがする」という理由で断わった。しかし、健二から再考を求められて熟慮した結果、今度は承諾の返事をした。こうして二人は結ばれた。新郎は四十歳、新婦は三十八歳だった。結婚式は九段の小さな料理屋で、石原の伯父夫婦を仲人に立てて行なわれた。列席者は両家の弟夫婦と数人の友人だけというささやかな式だった。当時、石原は中野区広町四四一の団地の一室に、北海道へ転勤した親戚の留守番役として住んでいたので、中野区役所に婚姻届を提出した。

2

第一次『ロシナンテ』は、この年八月に発行された第九号をもって解散することになった。解散の理由ははっきりしないが、どうやら会員同士が馴れ合って「毒の効用」を失ってしまったためらしい。石原は「あとがき」で、いかにも石原吉郎らしい韜晦語法でこう書いた。

《逆説をもちいなければ、ついに理解できないということはやはり悲しむべきことにちがいない。理解の盲点をまっすぐに突く逆説の力強さは魅惑にはちがいないが、逆説をもちいる時は、それが一つの不幸によって止むを得ず要請されたものだということを常に頭に置いておく必要がある。逆説が一つの類型となり終った時、誰もが同じように逆説を弄して面白くもおかしくもなくなる時、毒は本来の効用をうしなう。毒の誠実さは、いつもそのなかに一つの罪と痛みを自覚しているところにある》

これを逆説を用いずに素直に解読すれば、実力もないくせに逆説を弄したがる若い会員の相手をすることに「おっさん」はもう疲れました、あとは銘々で好きにやってください、ということになるだろう。すなわち、これは石原をリーダーとする会員制組織の解散宣言だったのである。

それを裏書きするように、『ロシナンテ』は翌九月から同人制に切り替えて再出発した。この第二次『ロシナンテ』には、粕谷栄一、大橋千晶、小柳玲子、勝野睦人らの新鋭詩人が新たに加わった。石原は相変わらず最年長の「おっさん」だったが、今度はあくまで同位存在者としての同人のひとりだった。有力同人のひとりで、のちに鮎川信夫とともに『石原吉郎全集』全三巻（花神社、一九七九—八〇年）を編むことになる粕谷栄一は、当時を振り返ってこう書いている。

《多く、若く未熟であったが、詩は、私たちの自由な新鮮な世界への関心そのものであった。私たちは、隔月くらいを距てて集まり、詩について語り合って別れた。私にとっては、はじめて、直接知った詩を書く人間の集団であった。若い、二十歳を幾つか出たぐらいの仲間が多かったが、私たちは、やがて、「ロシナンテ」が廃刊となると、社会に散乱して、殆どお互いを見失ってしまった。詩だけで、私たちは結ばれていたからである。「ロシナンテ」たちにとって、詩はいかなる条件も必要のないものであった。そしていかなる報酬も期待しないものであった。それは未知であり、それを書こうとすることの楽しさは、そのまま生きることの楽しさであった。「ロシナンテ」は、そのための場所であり、そのためのひとりひとりの姿勢であった》（「散漫なおぼえ書き」）

ここには同人詩誌というものの理想的なありかたが描かれている。あらゆる条件や利害を超えて、純粋に詩を書くことだけで結ばれた人間の集団——それこそ石原のめざしたものだった。《詩を書こうとする楽しさは、そのまま、生きることの楽しさであった》という粕谷の思いは、そのまま同人全員の思いでもあったに違いない。その「楽しさ」を可能にしたのは、ひとつには「もはや戦後ではない」といわれた時代そのものの明るさだろうが、なんといってもその中心に、あの多幸感に満ちた「クラリモンド」の詩人がいたからである。

昭和三十二年（一九五七）も快調だった。一月に出た日本文藝家協会編『日本詩集一九五七』に「葬式列車」が収録され、二月には「ヤンカ・ヨジェフの朝」が新鋭詩人として『詩学』に掲載された。「ヤンカ・ヨジェフの朝」は、前年秋のハンガリー事件の渦中でソ連軍に殺された青年をうたったものので、石原には珍しい「政治詩」である。重要な作品なので、少し長いが全文を引いておく。

ヤンカ・ヨジェフが死んだ日に

なぜ燭台を買ったろう
ヤンカ・ヨジェフが死んだ日に
なぜ手袋をわすれたろう
ヤンカは死ななくてもよかったし
燭台は買わなくてもよかったのだ
けれども　夜明けの燭台へ
十一月の霧をともしたとき
たしかにヤンカは死んだのだ
二台のソビエットの機関銃《タチャンカ》が
ほとんどいっしょにふきとばした
ふたつの腕と
トリコロールのリボン
ヤンカの両手は　ふたつの町の
ふたつの煉瓦をべつべつにつかみ
ひろげたまんまの招待のあいだを
まっさかさまにころげおちた
世界の未来へ　ブタペストの過去へ
いまではどこにも聞き手のない
古い兵士の歌のために

ちぎれた耳をおいたまま
レベルテ　エガルテ　フラタリテ！
レベルテ　エガルテ　フラタリテ！

十一月の霧のなかの
どの地下室も知っている
若いマジャールの黄金《きん》の胸毛
はだけたまんまのジプシイの朝
二台のソビエットの機関銃《タチヤンカ》が
ほとんどいっしょにおしだまった
暗い愚直な目を伏せた
ウラルの兵士の足もとで
今では誰でも知っている
ヤンカはボヘミヤの蕪《かぶら》の名
ヨジェフはチロルの聖者の名
ヤンカ・ヨジェフが死んだ日に
なぜ燭台を買ったろう
ヤンカ・ヨジェフが死んだ日に
なぜ手袋をわすれたろう

ヤンカは死ななくてもよかったのに！
燭台は買わなくてもよかったのに！
霧は燃えなくてもよかったのに！
未来は持たなくてもよかったのに！

見ればわかるように、ここにはどんな「思想」も「イデオロギー」もうたわれてはいない。詩人はただ、ヤンカ・ヨジェフが死んだ日に自分はなぜ燭台を買い、手袋を忘れたのだろうと自問しながら《ヤンカは死ななくてもよかったのに！／未来は持たなくてもよかったのに！》と嘆いてみせるだけである。《霧は燃えなくてもよかったのに！》という結末の二行にわずかに詩人の主張らしきものが感じられるが、さりとてこれを「反戦詩」「プロパガンダ詩」と呼ぶわけにはいかない。機関銃を発射したウラルの兵士の「暗い愚直な目」にも等分のまなざしが注がれていることでもわかるように、石原はむしろ、この政治的な事件を「告発」しないためにこそ、この詩を書いたのだということもできる。

このことは、同じ事件に取材した黒田喜夫の長詩「ハンガリヤの笑い」と比べてみれば明らかである。ここではその初めの二連を引く。

信じてくれ
ぼくは逆さに吊られ殺された
ぼくがちっとも知らない街　ブタペストで

吊るせ　人民の敵
ブランコみたいに揺すぶるのがいる
まだ息するぞなんて最後に頭をたたき割ったのがいる
残酷なかれら
かれらは知らないんだ　今朝九時にぼくが塩鮭で飯を食べていたことなんか
それでハンガリア語の呻きが解るか　憎悪の呻きが
躰より大きい胃袋　盲の眼を知っているか
足が胴の前を駆けた　肩から抜けた手が首を絞めた

物語のシチュエーションとしては、この詩も石原詩と同じ構造をもっている。石原詩の語り手が燭台を買ったり手袋を忘れたりしていたときに、こちらの語り手「ぼく」は塩鮭で飯を食べていた。しかし、事件への関わり方という点では、両者はまったく様相を異にする。石原詩の語り手はあくまでも同情的な傍観者にすぎないが、黒田詩の「ぼく」は知らない街ブタペストで逆さに吊られて殺されている。何よりも言葉の手ざわりが政治的な現実に見合って粗く生々しい。この詩はつぎのように結ばれている。

信じてくれ
賢い同志たち

これは可笑しい本当に可笑しい
ぼくは哄笑った　ぼくの屍体が
笑うほかない屍体の身震いで
辛いチャルダッシの
笑い声でいっぱいな
ハンガリヤで

この事件を契機に強硬なソ連批判派に転じた黒田は、やがて日本共産党を除名され、結核の病床で名詩「毒虫飼育」や「除名」を書くことになる。つまりハンガリー事件は黒田にとってその人生を決するほどの大事件だったのだが、石原の場合にはそれほど大きな影響は見られない。シベリアでいやというほどスターリニズムの毒を浴びてきた石原にとって、この事件はいわば想定内のできごとにすぎなかったのかもしれない。

結婚一年目の昭和三十二年（一九五七）四月、妻の和江も信濃町教会で受洗し、石原家は夫婦そろってキリスト教徒になった。二人は日曜日ごとに教会へ通い、日本現代詩人会の催しや詩集の出版記念会にも手をたずさえて参加した。この時期の二人はまさしく「おしどり夫婦」だった。六月二十五日、その夫婦に凶報がもたらされた。二人が息子のようにかわいがっていた『ロシナンテ』同人の勝野睦人が本郷通りの歩道でカーブを切りそこねたオート三輪車にはねられて即死したのである。勝野は当時二十歳、東京芸術大学の学生だった。

石原は同年八月発行の『ロシナンテ』十三号を「勝野睦人追悼号」とし、勝野の遺作二十数篇を一挙に掲載した。そこにはたとえばこんな詩が含まれていた。

「哀しみ」は
だれの裡にも
鐘楼のようにそびえています
あるひとは
とおくそれを仰いだだけで
さかしく瞳をそらします
また　ある人は
こころのおもわぬ方角に
その姿が　ふいにたちはだかるのに驚き
ひそかに小首をかしげます

（「鐘楼」前半）

一読して明らかなように、この詩は石原が帰還直後に立原道造の影響を受けて書きはじめたころの詩にとてもよく似ている。石原はおそらくそこに自分と同質の感受性を見いだし、その将来に期待をかけていたのだと思われる。勝野の死から十五年後の昭和四十七年（一九七二）、石原は『詩学』編集兼発行人嵯峨信之の協力を得て同誌八月号に「勝野睦人全遺稿詩集」を掲載した。生前はほとんど知られていなかった夭折詩人の名は、こうして長く人々の記憶に留まることになった。

この年（一九五七）の暮れ、さらなる悲運が石原を襲った。産業経済研究所の社長が四十歳という若さで過労死し、会社が倒産してしまったのである。石原や林秀夫などロシア語部門の六人は日本科学技術連盟という団体に引き取られ、ソ連の科学技術雑誌の抄録をつくる仕事を始めたが、これはそもそも商業的に成り立たず、彼らはふたたび職を失った。この失業時代に、石原は椎名麟三の『邂逅』を読んで強い感銘を受けた。

《『邂逅』を読んだとき、最初に私をひきつけたのは、ある奇妙な、生き生きした混乱と、その混乱がもつどうしようもないリアリティ、そしてその混乱の全体をささえているあるあたたかな安堵のようなものである。それは、受洗という新しい現実を通過した椎名氏が、必然的に直面させられた混乱と同質のものであったかもしれない。私には復活したキリストとの予想もしなかった邂逅という現実に、むしろ困惑している椎名氏の表情を見るような気がした。それはたとえば「おれはおれの無力に苦しみ、悩み、疲れている。それがお前たちに対するおれの自由と喜びのユーモラスな告白なのだ」とか「笑いながら、おこっていますよ」といった切迫した言葉によくあらわれている。正直なところ、これらの言葉に行きあたったとき、私はほとんど泣き出さんばかりであった（「『邂逅』について」）

石原は日本の戦後文学が終わったところから詩人として出発した。したがって多くの戦後詩人や戦後派作家とはすれ違いに終わったが、椎名麟三とだけはまさしく奇跡的に出会うことになった。その「邂逅」をもたらしたものが両者の受洗体験だったことはいうまでもない。当時の石原にとって、自由と混乱は完全に同義語であり、混乱を混乱のまま支えきる堅固な思想が求められていた。そのかすかな手がかりを、彼は椎名の「愛」と「ユーモア」に見いだしたのである。二度目の失業をうたったと思われる「棒をのんだ話」には、こうして椎名から学んだ苦いユーモアがあふれている。

うえからまっすぐ
おしこまれて
とんとん背なかを
たたかれたあとで
行ってしまえと
いうことだろうが
それでおしまいだと
おもうものか
なべかまをくつがえしたような
めったにないさびしさのなかで
こうしておれは
つっ立ったままだ
おしこんだ棒が
はみだしたうえを
とっくりのような雲がながれ
武者ぶるいのように
巨きな風が通りすぎる
棒をのんだやつと

のませたやつ
なっとくづくの
あいまいさのなかで
そこだけ　なぐりとばしたように
はっきりしている
はっきりしているから
こうしてつっ立って
いるのだ

この「棒」はもちろん肩たたき（解雇通告）という名の痛棒のことだが、そこにはおそらく貧乏の「乏」や茫然の「茫」も含意されていたに違いない。《なべかまをくつがえしたような／めったにないさびしさ》のなかで茫然と立ちつくす詩人の頭上を《とっくりのような雲》が流れ、《巨きな雲》が通りすぎていく。その全体を《笑いながら、おこって》眺めているまなざしがすなわち石原が椎名から学んだ「ユーモア」であり、もしそういってよければ新しく身につけた詩法だったのである。

それから半年、石原は失業保険とわずかな原稿料で食いつなぎながら職探しをつづけたが、昭和三十三年（一九五八）三月になってようやく仕事にありついた。アルマ・アタ時代からの収容所仲間で石原の俳句の先生でもあった斎藤保（俳号有思）は、帰国後、電源開発公社に勤めていたが、その斎藤の世話で、発足したばかりの社団法人海外電力調査会に臨時職員として採用されたのである。

海外電力調査会は電力九社の共同出資で設立された調査研究機関で、国鉄新橋駅にほど近い港区芝田村町の東京電力旧館内に事務所があった。石原は調査部に配属され、産業経済研究所のときと同じくロシア語文献の翻訳に従事した。在職中にフランス語とスウェーデン語を習得し、スウェーデン語の翻訳も手がけることになる。四年後には正規職員に昇格し、十年後にはロシア語主任としてソ連関係の年鑑の編集長をつとめた。主要な訳述論文に「ソ連電力経済論」「シベリアのエネルギー開発」「ソ連の大気汚染問題」などがある。詩人としての盛名の陰に隠れて目立たないが、ロシア語翻訳家、ソ連産業研究者としての石原の業績も忘れられてはならないはずである。

石原はそのころ、中野区雑色町五番地の影山方に下宿していた。そこから毎日、中央線と山手線を乗り継いで新橋の職場へ通勤した。昭和三十五年（一九六〇）に杉並区方南町に一時転居したあと、同年九月に埼玉県入間郡福岡村の公団住宅に入居し、ここが終の住処となった。こうして住所と通勤経路は変わったが、それから死ぬまでの二十年間、石原はれっきとしたサラリーマンでありつづけた。このこともまた、石原吉郎の読者の忘れてはならないことだと思われる。

〈ノート15〉俳人青磁

1

石原吉郎は詩人である前に俳人だった。学生時代にはモダニズム風の詩を書き、シベリアでも何篇かの詩を脳裏に刻んで日本に持ち帰ったが、それはあくまで習作ないしは草稿というべきもので、自分なりの方法論に基づいて意識的に作品をつくったのは、ハバロフスク収容所時代の韃靼句会をもって嚆矢とする。抑留の末期、ナホトカの収容所では、週に一度開かれる句会のために毎日所内の坂道を徘徊しながら苦吟したと述懐している。たとえそれが同好会レベルの句にすぎなかったにしても、こうした日常的な言語表現のトレーニングが帰国後の創作活動に影響を及ぼさなかったはずはない。

それを裏書きするように、石原は『荒地』の詩人中桐雅夫との対談「俳句と青春」（『俳句』一九七七年七月号）のなかで《ぼくは俳句から詩に入ったから、わりに短く締まったものが好きで、長いものが書けない》《ぼくの初期の詩は俳句的だとさかんに言われたんですよ。俳句の表現形式をそのまま使ったんだな。俳句の空間の広さというものを、ぼくは詩にそのまま使ったような気がするんです》と語っている。ここにいう「空間の広さ」とは詩が語り残した空間のことで、それがないと言葉の谺《エコー》が伝わらず、余韻が響かないと説明している。こうした詩的空間の広さは、初期詩篇に限らぬ石原詩の特徴であることを思えば、俳句はまさしく詩人石原吉郎の文学的青春だったということができる。

帰国後の数年間は詩作に集中したが、昭和三十三年（一九五八）秋、収容所仲間の斎藤保（俳号有思）に誘われて俳句結社『雲』に参加した。斎藤は石原と同じく八年間のシベリア抑留をへて昭和二十八年（一九五三）に帰国し、電源開発公社に勤めていた。石原は斎藤の紹介で三十三年（一九五八）七月に社団法人海外電力調査会の臨時職員になり、四年後に正規職員に採用されて死ぬまで勤務した。その意味で、斎藤は石原の俳句の師であると同時に実生活上の恩人でもあったといえる。

『雲』は抑留一年で帰国した韃靼句会の主宰者、佐々木有風が創刊した雑誌で、同人にはシベリアからの帰還者が多く、句風は相変わらず大ぶりな韃靼調だった。石原もハバロフスク時代から名乗っていた青磁という旧号で参加したが、すでに詩誌『ロシナンテ』に拠って精力的に詩を書いていた石原にとって、『雲』はそれほど居心地のいい場所ではなかった。旧来の同人たちは石原の新しい句を理解せず、「これは俳句なのですか」と首をかしげる者も多かった。なかでも運座という採点形式になじめなかったらしく、前記の対談でも《運座にはうんざりしました》と、およそ石原らしからぬ駄洒落をとばしている。結局三年ほどで『雲』を退会し、以後はめったに句をつくらなかった。

石原のこの時期の句はすべて『石原吉郎句集』（深夜叢書社、一九七四年）に収められている。その前後に多少の句作がないわけではないが、この詩人の背後霊ともいうべき俳人青磁の影を見定めるためには、とりあえずこの一冊があれば十分である。

その少女坐れば髪が胡桃の香

強情な愛の掌《て》ひとつ青林檎
女の手をんなにともす秋灯《あかり》
そばかすが濃くて別れぬ冬日の窓《と》
寒灯や睫毛なき眼にみつめらる
密会のリボンを高く冬凪ぎぬ
春雷を告白へ不意に近づく道
地下鉄《メトロ》のなかの婚約確《しか》と夏帽子
生涯の林檎かがやき婚約す
青春は刑罰青き踏みにじり

これらの句は、石原にも遅ればせの「青春」があったことを示している。彼にとって本来の青春はまさに「刑罰」であり、戦争とスターリニズムによって踏みにじられる苦難の日々だったが、にもかかわらず、あるいはむしろそれゆえに、ありえたはずの甘美な青春への想いは強く深かったのである。胡桃の香りのする少女、青林檎を載せた強情な愛の掌、冬日の窓に浮かびあがる頬の雀斑は、そのような夢想のなかで育まれ純化された青春の形象にほかならない。石原の初期詩篇と同じく、これらの句も現実との対応を欠いた想念の産物と見ていいが、告白と婚約をテーマにした後半の三句だけは、多少とも現実を反映しているように思われる。それというのも、石原はその二年ほど前に田中和江と婚約し、ささやかな結婚式を挙げているからだ。同じテーマを扱った詩に「風と結婚式」(『ロシナンテ』八号、一九五六年六月)がある。

ぼくらは　高原から
ぼくらの夏へ帰って来たが
死は　こののちにも
ぼくらをおもい
つづけるだろう
ぼくらは　風に
自由だったが
儀式はこののちにも
ぼくらにまとい
つづけるだろう
忘れてはいけないのだ
どこかで　ぼくらが
厳粛だったことを
あかるい儀式の窓では
樹木が　風に
もだえており
街路で　そのとき犬が
打たれていた

古い巨きな
時計台のま下でも
風は未来へ
聞くものだ！
ぼくらは　にぎやかに
街路をまがり
黒い未来へ
唐突に匂って行く

詩集『サンチョ・パンサの帰郷』のなかにあって、これは決して出来のいい作品ではない。めでたい結婚式にあえて「死」を持ち出すところはいかにも石原らしいとはいえるが、「自由」「儀式」「未来」といった措辞が半端で、改行が多いわりにはリズム感に乏しい。なによりも《忘れてはいけないのだ》《聞くものだ！》といった説教調が鼻につく。たとえそれが幸福に浮かれがちな自分に対する戒めだとしても、《聞くものだ！》の「！」だけはいただけない。「！」は記号であって詩語ではありえないからである。にもかかわらず、石原の詩と生涯を考えるうえで、この詩は看過しがたい意味をもっている。周知のように、こうしてにぎやかに「高原」から町へ帰って来た「ぼくら」は、やがて夫人の精神の変調と、おそらくはそれに起因する石原自身のアルコール依存症のために、まさしく「黒い未来」へと突入することになるからである。

とはいえ、石原はこの時期、こんな不吉な詩ばかり書いていたわけではない。「ゆうやけぐるみのうた」「アリフは町へ行ってこい」「自転車にのるクラリモンド」など、詩集『サンチョ・パンサの帰郷』の最高音部を形成する、軽快なリズム感をもった名詩が生み出されたのも、やはりこの時期のことである。この多幸感に満ちた時期だけは、俳句にも比較的ユーモラスな作品が多い。

馬車がひとつさトマトがひとつさ僕の朝
暮春の無為ナポレオンのごとき鰑《するめ》を買へ
「犬ワハダシダ」もはや嘘をつくまでもない
ジャムのごと背に夕焼けをなすらるる
旗のごとき貧乏　驢馬と夕日を行く
うそつきのうつくしさ「おい唐辛子」
あかんべえさせろ夕日へポストの奴
自転車のぼくに乗るぼく春の風

石原の詩や句にカタカナが混じるとき、その表現はにわかに精彩を帯びる。それは無論、東京外語でドイツ語とフランス語に加えてエスペラントを学び、軍隊ではもっぱらロシア語を武器とし、帰国後はまた北欧語の教室に通ったという並外れた語学への嗜好の反映だといっていいが、それと同時に、カタカナ自体がもつ音感や量感の軽さという側面も見落とせない。重厚で硬質な漢語が多い詩行に軽快なカタカナが混じることによって表現が中和され、詩の質感が深まるのだといえば、比喩としてはわかりやすいだろう。

馬車とトマトがいっしょに供される「僕の朝」は、ささやかにして豪奢、まさに詩人の食卓である。「ナポレオンのごとき鯣」とはまた大仰な表現だが、鯣の耳をエンペラーと呼ぶことを思えばストンと腑に落ちる。「犬ワハダシダ」の句について、俳人青磁はこう自解している。

《犬ははだしであるという、もはやわかり切っている事実を、のっぴきならない真実として承認するような瞬間が人生にそうたびたびあろうとは思われない。実存的な認識とは、ぼくらが平然とうけ入れている事実に、不安と危機感を以てもう一度ゆすぶり動かされる事だと僕は考える。それは「いわばやりきれない」救いのない真実である》

ここで石原のいっていることはわからなくもないのだが、こういう能書きを聞かされると、句がにわかに色あせて感じられるのも事実である。詩でも俳句でも語り残した空間の広さが大切だといったのは夫子自身ではなかったのか。「うそつきのうつくしさ」や「あかんべえさせろ」の句も同じことで、余計な理屈はつけずにただ言葉のダンスを楽しめばいいはずである。

「ジャム」の句は詩集『水準原点』の名詩「いちごつぶしのうた」(初出は『婦人公論』一九七一年五月号)を思い出させる。制作時期からいえば句のほうが十年ほど早いから、詩は句の弟分ということになる。

いちごつぶしておくれ
つぶせるいちご
みんなつぶしておくれ
しもやけのような
さむい夕焼けへ

みんなそっくり
つぶしこんでおくれ
しゃっくり出ても
つぶしておくれ
泣いても
じだんだふんでも
いちごつぶしておくれ
ジャムのような夕焼けを
背なかいっぱい
ぬりたくられ
おこってどこかへ
いってしまうまえに
いちごつぶしておくれ
いちご
つぶしておいておくれ

《しもやけのような／さむい夕焼け》というからには、これはどうやら満洲かシベリアの夕焼けらしい。とすれば、その夕焼けを《背なかいっぱい／ぬりたくられ／おこってどこかへ／いってしまう》のは詩人自身ということになるはずだが、そうすると《いちごつぶしておくれ》と執拗に懇願しているのは誰で、懇願されているのは誰なのか。そもそも「いちご」とはいったい何の表象なのか。ひょっとすると「いちご」は「苺」ではなく一期一会の「一期」のことではないのか。

こうしてみると、これは見かけによらず広い語り残しの空間をもったメタフィジック詩だといっていいのだが、じつはこのジャムの句以前に、その謎解きのヒントとなるような詩が書かれていた。『ロシナンテ』十一号（一九五七年三月）に掲載された「ゆうやけぐるみのうた」である。ここではその前半を引く。

火をつけた　おれ
火をつけたとも
からすは　横着もので
みみずく　不精もので
日ぐれの山みち
せなかいっぱい　火をつけてきた
火うち石　とてもかたくて
おれ　なみだでた
あいつ　たまげていった
ゆうやけだべか　おれのせなか
ばかいえ　ゆうやけ
おめの目のなかだべよ

あいつ　なんにも知らず
とてもでっかなゆうやけ
せなかいっぱい
おれ　ころげて家へかえり
両方の目だまへ　お灯明
あげたともさ

この詩の後半で、木の舟に乗った「おれ」と泥の舟に乗った「あいつ」がゆでだこのような夕日の海に漕ぎ出し、《おれ　ばかをいっぴき／ゆうやけの海へしずめてきた》と語られるところからみて、これはどうやら「かちかち山」を下敷きにした残酷童話らしいとわかるのだが、この童話の背景には疑いもなく残酷なシベリアでの体験が隠されている。石原はついにその内実を明かそうとはしなかったが、それはおそらく加害者と被害者が分かちがたく共存する環境のなかで人々がいっせいに人間性を失って晦冥の海に沈んでいくような恐怖の体験だったに違いない。この詩はこう結ばれている。

ああ　ああ
あいつ　なんにも知らね
なんにも知らね
ゆうやけぐるみ
海へしずんだ

ここでもう一度制作の順序を整理しておけば、最初に詩「ゆうやけぐるみのうた」が書かれ、その数年後に「ジャムのごと背に夕焼けをなすらるる」という句がつくられ、さらに十年後に詩「いちごつぶしのうた」が書かれた。したがって、「ジャム」の句は二つの名詩をつなぐ蝶つがいの役割を果たしたことになる。それに比べると、「自転車のぼくに乗るぼく春の風」と詩「自転車にのるクラリモンド」(『文章倶楽部』一九五五年二月号)との関係はわかりやすい。

自転車にのるクラリモンドよ
目をつぶれ
自転車にのるクラリモンドの
肩にのる白い記憶よ
目をつぶれ
クラリモンドの肩のうえの
記憶のなかのクラリモンドよ
目をつぶれ

このクラリモンドがドイツの怪奇小説に出てくる妖精の名に由来することはすでに見てきた。ただしそれは名称だけのことで、詩のイメージとしてはむしろサーカスの自転車乗りのほうがふさわしいとも指摘した。しかし、いずれにせよこの句をみれば、自転車に乗っているのも、その上に乗っているのも、要するに「ぼく」だったのだということがよくわかる。つまりクラリモンドは他の誰でもなく石原吉郎自身だったのである。「失語と沈黙」の詩人にも、ときにはこのようにやさしい「春の風」を感じるひとときがあったのだと知ることは、私たちの心を和ませる。

一方、『雲』の同人たちが「これは俳句なのですか」と首を傾げた句というのは、おそらくはつぎのような句のことだったろうと思われる。

黙秘権もちうたふ「海《ラ・メール》よ」肩から夏
林檎の切口かがやき彼はかならず死ぬ
百一人目の加入者受取る拳銃《コルト》と夏
モナコの暴動まぢかに驟雨の自動販売器
縊死者へ撓む子午線　南風《はえ》の air pocket
緯度ひとしき政変ヨットかたむき去る
薔薇売る自由血を売る自由肩の肉《しし》
蝙蝠交《さか》る夜をこめ華麗に帝王切開
猟銃狙ふ猟銃　柳絮《りゅうじょ》還らぬ午後
独立記念日火夫より不意に火が匂ふ

『雲』の同人ならずとも、これは確かに首を傾げたくなるような句である。早くいえば前衛的ということになるのだろうが、従来の俳句のリズムとシンタックスが意図的に破壊されて意味がたどりにくいうえに、作者の衒気が前面に出すぎて読者の感情移入を妨げる。石原はこの時期、中村草田男の句に惹かれていたというが、これはさしずめ韃靼調と『万緑』調の融合によって生み出された難解句といっていいだろう。

「縊死者へ撓む子午線」の句について、石原はこう自解する。

《一つの縊死体があるとき、かならずそれを通って一本の子午線があるはずです。熟れた果実におのおの一本の子午線があるように、一つの子午線がある以上、縊死体の重量に耐えるためにそれは当然、しなうはずです。もしもそれが南風の季節であるならば、南風のなかのその一箇所だけは、空洞のようなエヤー・ポケットであるはずです。「もしそれが南風の季節であるならば」。私は季語をいつもそのように使用しています。air pocket と特に横書きにしたのは、エヤー・ポケットというかな書きのムードをきらったためと、それから特にこういう横文字を嫌う人を考慮したうえでの、ささやかないやがらせです》

こんなわけのわからぬ講釈を聞かされて、俳句を趣味とする『雲』の同人たちはさぞ面食らったことだろうが、そこに込められた石原の「いやがらせ」だけは、確実に彼らに伝わったはずである。これは俳句という形式に安住し自足する人々に対する、石原の嫌悪と苛立ちの表現にほかならない。

また「林檎の切口」の句について、石原はこう述べる。

《死というイメージが、ついに墓地としか結びつかないという伝説を極力脱け出したいと私は考えます。〈雪というイマアジュが泥濘としか結ばれようとしない、かわいそうなやつら! 眼をとじたとき最初にこみあげるイマアジュがぼくらの魂の色だ〉と詩人飯島耕一はうたっています。彼とはもちろん私です》

この自解からもわかるように、石原はこのころすでに俳句という表現形式に飽きたりなさを感じはじめており、その欠落を現代詩の発想とイメージによって埋め合わせようとしていた。浜石という同人の句「脱穀の微塵の中の目鼻立」に寄せた評が如実にそれを物語っている。《「まっとう」で明快。まさにつぼにはまった感じだ。その上であえていいたいことは、この句の確かな構成の前で、読者は一切の自由なイメージを拒まれているということである。それが、結局この句の魅力をひどく貧しいものにしている原因であろう》

まっとうで明快で確かな構成をもった佳句に対して、それゆえにこの句は貧しいと感じるのであれば、彼はもはや俳句の世界にとどまることはできない。石原が《死というイメージが墓地としか結びつかない伝説》の世界から脱け出したのは、それからまもなくのことである。

2

昭和三十四年（一九五九）から三十五年（一九六〇）にかけて、石原は俳句に関するエッセイを三篇書いている。いずれも『雲』に発表したもので、俳論としてはともかく、詩論としては注目すべき多くの論点を含んでいる。なによりも重要なのは、それが一連のシベリア・エッセイより十年も早く書かれていること、すなわち石原の評論的な文章のはしりだということである。

最初のエッセイ「賭けとpoésie」（『雲』一九五九年四月号）で石原は《賭けの情熱は、いわば絶対的な喪失に九分どおり賭けているという情熱に存する》《賭ける者の情熱は放棄する者の情熱とまさにおなじものである》と前置きして、こんなふうに論理を展開する。

《一つの詩を書き終ることは、一つの詩を放棄することにひとしい。そこには、詩作と賭けとの奇妙な連関がある。一つの句の完璧さは、同時にその放棄のみごとさでもある。それが一つの象徴の完結であるなどと、性急ないい方はしないがいい。完結であるならば、それはもはやパラドックスとしての完結でしかない。そういう意味での、俳句の完結性ならば、僕には理解できる。完結するとは、一つの円周を閉じることであり、円の内部と外部を遮断することであり、永遠に孤立することである。しばしば祈りの姿にも見まがうそのような詩人の姿勢に、どのような未来を託することができるだろうか。たえず自己の内側にめくれ落ちて行くだけの壁を立て直すことが詩の完結であると信じて疑わない人にこそ、僕は賭けとしての詩、放棄としての詩を対立させたいと思う》

論理的には相当にあやういパラドックスを、切れ味のいい断言と執拗な畳句によってとにかく納得させてしまうという石原の評論文の特徴は、このころからすでに顕著である。論の当否はともかく、シベリア帰りの詩人が必敗の人生に賭けるような思いで日々詩を書いていたことを窺わせる文章といえるだろう。

「俳句と〈ものがたり〉について」(『雲』一九六〇年七月号)では、外国映画のスティールが比喩として持ち出される。それは高い足場の上で二人の青年があやうく身を支えている場面で、彼らは建物の角をはさんで互いに待ち伏せするような姿勢でぴったりと壁に背をつけている。よく見ると、一方の男は一匹の猫を片手につかんで相手に手渡そうとしている。《この奇妙な一つの場面は、一つの長い過去と、一つの長い未来、すなわち『物語』をもっている》として、石原はこう述べる。

《僕らが一つの場面に遭遇して強い関心を持つのは、それがかならず一つの物語をもつということ以上に、それが同時に無数の物語をもつということのためである。そのような同時性に対する関心が成立するのは、その物語を自己と関わるものとして見るという実存的関心の故であって、作品と読者が真剣に結びつく個所はその一個所を除いてはありえない》

《この場合、俳句は否応なしに一つの切口とみなされる。俳句は他のジャンルに較べて、はるかに強い切断力を持っており、その切断の速さによって、一つの場面をあらゆる限定から解放する。すなわち想像の自由、物語への期待を与えるのである。そこでは、一切のものは一瞬その歩みを止めなければならない。「時間よ止まれ」という声が響く時、胎児は産道で息をひそめ、死者に死後硬直の過程は停止する。愛しているもの、憎んでいるもの、抱擁しているもの、犯罪を犯しているもの、一切はその瞬間の姿勢のままで凍結しなければならない。そこでは、風景さえも一つの切口となることによって、物語をもちうる》

俳句は「物語」を切断する速さによって一つの場面をあらゆる限定から解放し、読者に「想像の自由」を与えるというのが、石原が構想した俳句のあるべき姿である。この「想像の自由」は前述の「語り残された空間の広さ」に通じ、さらに飯島耕一の「眼をとじたとき最初にこみあげるイマアジュ」にも対応していることはいうまでもない。それにしても「時間よ止まれ」以後のアリアはすばらしい。これは石原の数ある名文のなかでも絶唱のひとつといっていいだろう。

この時期、石原はもちろん俳句や俳論だけを書いていたわけではない。もしそういってよければ、彼の本業はあくまで詩人であって、俳句はいわば余技にすぎなかった。『雲』に参加した昭和三十三年(一九五八)の十二月に詩誌『荒地』の同人となり、『荒地詩集』一九五八年版に「五月のわかれ」「霧と町」など十八篇を発表した。年齢的には鮎川信夫らと同じ戦中派に属する石原は、このときようやく「戦後詩人」の仲間入りを果たしたのである。

昭和三十四年（一九五九）三月には『ロシナンテ』が第十九号をもって終刊し、五月に高田馬場のレストランで解散会が開かれた。それはこの雑誌で自己形成をとげた若い詩人たちにとって巣立ちの春を意味したが、彼らから「おっさん」と呼ばれた石原にとっては遅れてやってきた短い青春の終わりを意味した。以後、石原の詩や文章から、それまでの常套句だった「僕ら」という人称代名詞が消える。「おっさん」もまた自立したのである。

自立した石原は、この年十月、詩誌『鬼』に参加する。『鬼』は関西の実力派詩人が結集した詩誌で、同人には武田豊、天野忠、大野新、片岡文雄、谷川文子などのほか、『ロシナンテ』の粕谷栄一も加わっていた。石原はこの詩誌に「コーカサスの商業」「やぽんすきい・ぼおぐ」「酒がのみたい夜」など初期の名詩をつぎつぎに発表することになる。

「コーカサスの商業」には「――ある報復から」という意味深長な副題が付けられている。その冒頭の十三行。

そのとき君は斧の刃に
もたれていた
あるいはこういっても
いいだろう　斧が
君の背にもたれていたと
斧の刃にこそふさわしい
盾のようなその背を

斧よりほかの　だれが
そのように愛しただろうか
それはどんな日の朝でもいい
石のなかに風が立つためには
斧のなかで斧の刃が
めざめればよかった

これはおそらくコーカサスの山地で起きた何かの事件をテーマにしたものだと思われるが、例によって語り残された空間が広すぎて、「報復」の中身はもとより「コーカサスの商業」という題名の意味さえよくわからない。ただ、男のなかにある殺意がめばえる瞬間を描いた詩として、それこそ研ぎ澄まされた斧の刃のように鋭い作品といえるだろう。

ちょうどそのころ、石原自身も斧の刃に背をもたれるような危うい人間関係を生きていた。最大のアポリアは親族と先祖供養の問題だった。前述のように、帰国翌年の正月に故郷の伊豆を訪れた石原は、身を寄せた親戚のN氏から「まず赤（共産主義者）でないことをはっきりさせてほしい」と告げられて深く自尊心を傷つけられた。そのとき「祖先の供養を当然しなければいけない」ともいわれたのだが、N氏への反撥もあって、石原家の長男でありながら先祖の墓地を放置した。この問題をめぐっては、その後も親族の間で何度か話し合いがもたれたが、ついに決着がつかなかった。

昭和三十四年（一九五九）十月十九日、石原は弟の健二に最後通告ともいうべき長い手紙を書いた。のちに「肉親へあてた手紙」として広く知られることになる義絶状である。そこで石原は「道義的な責任」に対する自身の立場と考え方を①キリスト教徒として②信仰上の立場を切り離した人間として③戦犯受刑者としての三つの立場から、詳細に条理を尽くして論じている。

《なによりも私は、墳墓と儀式、および排他的な血族意識によって人間がつながりあい、かかわりあうということに強い不安と危機を感じないわけにはいきません。このような結びつきのなかで、私たちがどのように無意味に傷つけられ、また傷つけ、さらにまた無意味な妥協をくりかえさなければならないかということは、何よりも私自身いくたびか実感して来たことなのです》

《私の「留守中」にあなた方が、当然私の義務であるべき父親の葬儀をりっぱに果たし、母親の扶養の義務を引きうけたということが一つの「言い分」になっていることを私は理解できます。しかし、その期間に私が何をしていたかということをもう一度はっきり思い起していただきたいと思います》

《私はその時、単に「留守中」であったでしょうか。私はその時、自分の義務と責任とから「解放」されていたでしょうか。そうであるはずはない。あなた方が父の棺の蓋を掩いつつあったその同じ瞬間に私が何をしていたか、あなた方自身忘れるはずはないし、忘れていいはずはないと思います》

「その時、私が何をしていたか」を思い起こしてほしいと弟に呼びかけたとき、石原のなかに封印されていた「シベリア」が身を起こした。それが彼の「立場と考え方」を保証するものであるかぎり、彼はもはやそこから目をそむけることは許されない。こうして彼は「内なるシベリア」と正対し、ついには死に至る苦闘を強いられることになったのである。

〈ノート16〉
晩年

1

昭和三十五年（一九六〇）は日米安全保障条約が改定された年で、日本列島に「安保反対」の嵐が吹き荒れた。明治維新以来最大の内乱状態といわれたこの政治の季節を、石原吉郎は岸信介首相のいわゆる「声なき声」の一員として過ごした。かねてから政治嫌いを表明していた彼に、右からも左からも声をかけてくる者はいなかった。仮に署名を求められたとしても、彼は黙って首を横に振ったに違いない。

その嵐もようやく収まった同年九月末、石原は埼玉県入間郡福岡村（現在のふじみ野市）の上野台公団住宅八一号棟三〇二号室へ入居した。賃貸住宅ではあったが、それは彼が帰国後初めて手に入れた「自分の家」だった。当時、「方荘号字」という言葉がはやった。地方から東京へ出てきた者は、まず親戚や知人宅（方）に身を寄せ、やがて民間アパート（荘）に移り、結婚すると公団住宅（号）に入居し、子供が生まれると「字」の付く郊外に建売住宅を買って住むという意味である。帰国後の石原もここまでは同じコースをたどったが、夫婦のあいだに子供はできなかったので「号」が終の住処となった。

もっとも当時の上野台はまさしく「字」の付く農村地帯で、新橋の勤務先、海外電力調査会までは東武東上線と山手線を乗り継いで片道二時間近くかかった。

《壮観を誇る団地の周囲は、見わたすかぎりの麦畑であり、春になればアパートはいっせいに伸びた麦の穂で爽快に包囲された。栄養のいいひばりが重たげに羽ばたいては、めんどくさそうに舞いおりて来た。上野台へ移ってから二度ばかり、猛烈なノイローズにかかったが、もっぱら麦畑を積極的にあるきまわることで脱出した》（「麦畑と犬」）

石原にあって「麦」はいつも特別な意味をもっていた。詩集『いちまいの上衣のうた』に収められた「麦」（初出不明）の成立は、この時期の麦畑あるきを抜きにしては考えられない。

いっぽんのその麦を
すべての過酷な日のための
その証しとしなさい
植物であるまえに
炎であったから
穀物であるまえに
勇気であったから
上昇であるまえに
決意であったから
そうしてなによりも

収穫であるまえに
祈りであったから
天のほか　ついに
指すものをもたぬ
無数の矢を
つがえたままで
ひきとめている
信じられないほどの
しずかな茎を
風が耐える位置で
記憶しなさい

石原は昭和三十六年（一九六一）の秋から二年間、信濃町教会の副牧師渡辺紀子を自宅に招いて定期的に「聖書を読む会」を開いた。教会のあり方に対してはつねに懐疑的だった彼が、そんな布教活動に近いことをしたのは、あるいは麦畑に囲まれた自然環境のなせるわざだったのかもしれない。

昭和三十八年（一九六三）十二月、第一詩集『サンチョ・パンサの帰郷』が「現代詩人叢書」の一冊として思潮社から刊行された。シベリアから「帰郷」してちょうど十年、石原は四十八歳になっていた。この詩集は翌三十九年（一九六四）に「詩壇の芥川賞」といわれる第十四回H氏賞を受賞した。同年五月二十三日、新橋の蔵前工業会館で開かれた授賞式で、石原はおそらく日本文学史上最短と思われる受賞の言葉を述べた。「石原です。ありがとうございました」。

この年の九月、石原は勤務先の仕事で一ヶ月ほどカンボジアに出張した。メコン河支流に水力発電所を建設するための市場調査が目的だった。そのために彼は東京外語で第二外国語として学んだフランス語をもう一度勉強し直した。この出張を利用してアンコール・ワットを訪れたとき、巨大な遺跡が日々崩壊しつつあるさまを見て「一種異様な感動」を覚えた。

《アンコール・ワットはすでに創造されたモニュメントであることをやめ、日に日に風化し、崩壊しつつあることによって、今もなお変化し、うごきつづけているということであります。うごくものはすべて生命あるものだけではない。モニュメントとしての生命を断念したものが、なお崩壊しつづけることによって動きつづけていた。「生きつづけて」いたという不思議な感動は、断念という場にたどりついた現在の私にとって、かろうじて理解することができるように思います》(「断念と詩」)

石原はシベリアの収容所における「強制された日常」のなかで、あらゆる希望を断念することによって精神的に解放された。また帰国後フランクルの『夜と霧』を読んで、フランクルが告発を断念することによってラーゲリ体験を明晰に語りえていることに感銘を覚えた。そしてそこから「私は私以外のものであることを断念することによって、まぎれもない私として、今この場に存在している」という断念の思想を確立した。それは散文にパラフレーズすることをゆるされない詩の論理であり方法論でもあった。彼はそのとき、モニュメントとしての生命を断念することによって生きつづけるアンコール・ワットの岩塊に、いわば同位存在者としての親しみを感じたのである。

昭和四十年(一九六五)五月、石原は和江夫人とともに『鬼』の同人会に参加し、滋賀県長浜市の武田豊の自宅に泊まった。翌日は同人たちと京都の嵯峨野を散策し、さらに大阪へ出て三井葉子、角田清文、中村光行らと会合した。同行した大野新によると、石原は「苦しんでまで詩を書きたいとは思わない。楽しく書いて、書けなくなったらやめるんだ」などと上機嫌に語りつづけ、嵯峨野の風景などは見ようとしなかった。石原にとって『鬼』はそれほど居心地のいい雑誌だったのである。

六月、『ロシナンテ』の同人だった好川誠一が郷里の会津若松で自殺した。好川は年少ながら『文章倶楽部』の投稿欄では石原よりも先輩で、『ロシナンテ』創刊時には中心的な役割を果たした。しかし、その後は石原の盛名の陰に伸び悩み、ここ数年はノイローゼ状態になっていた。そのことに負い目を感じた石原は『詩学』の嵯峨信之に頼んで急遽「好川誠一追悼特集」を組んでもらい、そこに「好川誠一とその作品」を書いた。そのことが機縁となって、石原は以後、晩年にいたるまで「東京詩学の会」の講師をつとめ、嵯峨とともに若い詩人の指導と育成にあたった。この会からは女性を中心に多くの有力詩人が育ったが、その起点に一人の無名詩人の死があったことは意外に知られていない。

こうして『ロシナンテ』の同人を失った石原は、以後ますます関西の詩人たちとの親交を深める。十一月には京都で開かれた大野新の第二詩集『藁の光り』の出版記念会に出席し、滋賀県守山市の旅館に三泊した。それからまもなく、大野は和江夫人から走り書きの手紙を受け取った。そこには石原の異常な行動が記されていた。

夕方、勤務先から帰宅した石原が服も脱がずに風呂場に閉じこもって泣きじゃくった。翌日からは欠勤し、以後五昼夜にわたって酒を飲みつづけた。夫人が理由を問いただすと、職場で同僚の仕事が遅れていたのを見かねて手伝おうとしたところ、「きみはおれの仕事を奪う気か、余計なことはしないでくれ」と激しく拒否されたのだという。この同僚もおそらくはシベリアからの帰還者で、収容所における加害＝被害の関係が逆写しのフィルムのように再現されたのである。石原は以後、さまざまな奇行を繰り返すことになるが、これが記録に残された最初の症例である。

昭和四十二年（一九六七）八月、函入り上製本の『石原吉郎詩集』が思潮社から刊行された。そこには第一詩集『サンチョ・パンサの帰郷』の全篇と未刊の第二詩集『いちまいの上衣のうた』の五十三篇、それにメルヘン風の短篇小説「棒をのんだ話」が収録されていた。単行本としては刊行されることのなかったその第二詩集のために、石原は「もうひとつのあとがき――詩へ駆立てたもの」を書いた。

《『もしあなたが人間であるなら、私は人間ではない。もし私が人間であるなら、あなたは人間ではない。』これは、私の友人が強制収容所で取調べを受けたさいの、取調官に対する彼の最後の発言である。その後彼は死に、その言葉だけが重苦しく私のなかに残った。この言葉は挑発でも、抗議でもない。ありのままの事実の承認である。そして私が詩を書くようになってからも、この言葉は私の中で生きつづけ、やがて『敵』という、不可解な発想を私に生んだ。私たちはおそらく、対峙が始まるや否や、その一方が自動的に人間でなくなるような、そしてその選別が全くの偶然であるような、そのような関係が不断に拡大再生産される一種の日常性ともいうべきものの中に今も生きている。そして私を唐突に詩へ駆立てたものは、まさにこのような日常性であったということができる》

前述の職場での出来事は、まさしくその「不可解な日常性」の唐突な発現にほかならなかった。この未刊詩集の冒頭には、その名も「しずかな敵」と題する作品が置かれている。

おれにむかってしずかなとき

しずかな中間へ
何が立ちあがるのだ
おれにむかってしずかなとき
しずかな出口をだれがふりむくのだ
おれにむかってしずかなとき
しずかな背後は
だれがふせぐのだ

昭和四十三年（一九六八）夏、大野新のもとに石原から二冊のノートが送られてきた。《ノートを人に見せるのは余りいい趣味だとは思いませんが、大野さんにだけは見ていただきたい気がして、今日そちらへ送りました。適当な時期に送り返して下さればありがたいと思います》という手紙が添えられていた。

このノートは昭和三十四年（一九五九）から三十七年（一九六二）まで、すなわち『ロシナンテ』の終刊から『鬼』への参加のころにかけて、石原が日記代わりに書いていた思想的断章といったもので、やがて書かれることになるシベリア・エッセイの演習ノートともいうべき性格をもっている。たとえば、一九五九年のノートの一節。

《私がシベリヤで、くりかえしくりかえし自分にいい聞かせてきた言葉――滅びなければならない時が来たら、いつでもしずかに滅びて行こうという言葉を、ようやく私は忘れはじめたのではないか。だが、帰還後しばしば私をおそった、あの痛みにみちた安らぎがふたたび私にかえってきたような気

がする》（六月五日）

《シベリヤでどのような限界状況にいたかということはこの際問題ではない。またその際何を考えたかということも今となっては問題ではない。問題は、現在の私自身が、シベリヤの経験を「どう受けとめているか」ということである》（十月二十七日）

そしてたとえば、一九六〇年のノートの一節。

《日本がもしコンミュニストの国になったら（それは当然ありうることだ）、僕はもはや決して詩を書かず、遠い田舎の町工場の労働者となって、言葉すくなに鉄を打とう。働くことの好きな、しゃべることのきらいな人間として、火を入れ、鉄を灼き、だまって死んで行こう。社会主義から漸次に共産主義へ移行して行く町で、そのようにして生きている人びとを、ながい時間をかけて見て来たものは、僕よりほかにはいないはずだ》（八月七日）

こういう私的なノートを他人に見せるのは、確かにあまりいい趣味とはいえないが、石原としてはそのまま捨ててしまうには忍びなく、かねてから石原吉郎論を書くと公言していた大野にだけは読ませたいと思ったのである。ただし、適当な時期に送り返してほしいといっていることからも明らかなように、それはあくまで大野に読ませることが目的で、公表を前提にしたものではなかったはずである。

ところが、二冊のノートを一気に読み終えた大野は「自分の受苦の忍耐だけで石原吉郎を理解できるとしていた思いあがり」を無残に打ち砕かれ、これを「日本人に共通のノート」として公開したいという強い思いに駆られた。そこで石原の了解をとった上で、自分の編集する同人誌『ノッポとチビ』の第三十三号に「一九五九年九月より一九六一年までのノート」と題して掲載した。石原から以前に預かっていた「肉親へあてた手紙」も同時に掲載した。

この掲載は詩壇に大きな反響を呼んだ。岩田宏が『現代詩手帖』十二月号の年間展望で「今年いちばんの問題作」として取り上げたほか、『詩学』翌年一月号の座談会でも言及された。このため『ノッポとチビ』編集部には掲載誌を譲ってほしいという依頼が殺到し、大野は急ぎ増刷に踏み切った。詩の同人誌が増刷されたのは、おそらく空前絶後のことである。

このノートと手紙は、詩人石原吉郎がすぐれて思想的な評論の書き手でもあることを内外に印象づけた。それ以後、石原のもとには各種の雑誌から評論やエッセイの依頼が相次ぐようになり、身辺がにわかにあわただしくなった。和江夫人の精神的変調がそれにさらに拍車をかけた。

「肉親へあてた手紙」の公表は、和江にとってはまさしく青天の霹靂だった。義弟の健二に対しては、石原と自分を引き合わせてくれた恩人として感謝と親しみを感じていた。石原がすべての親族と義絶したことは知っていたが、それはあくまで内々のことで、決して外に洩らしてはならないことだった。ところが、その義絶状が雑誌に掲載され、広く世間に知られてしまった。これでは健二に顔向けできないという自責の思いが彼女を懊悩させた。そしてその怒りはもっぱら大野新に向けられた。彼女は知り合いの詩人たちに次々に電話をかけ、「あれは大野が石原に無断で掲載したもので、内容も勝手に改竄されている」と繰り返し訴えるようになった。この電話は昼夜を問わず、相手の都合を無視して、しばしば数時間の長きに及んだ。石原に「なんとかしてほしい」と苦情をいう者もいたが、その原因をつくった彼は茫然とそれを見守るしかなかった。

2

こうした火宅状態のなかで、石原は一連のシベリア・エッセイを書きはじめた。すでに何度か引用紹介した文章も多いので、ここではただ題名と掲載誌のみをあげておく。

「確認されない死のなかで」(『現代詩手帖』六九年二月号)
「ある〈共生〉の経験から」(『思想の科学』六九年三月号)
「ペシミストの勇気について」(『思想の科学』六九年四月号)
「オギーダ」(『都市』三号、七〇年七月)
「沈黙と失語」(『展望』七〇年九月号)
「強制された日常から」(『婦人公論』七〇年十月号)
「終りの未知」(『展望』七一年四月号)
「望郷と海」(『展望』七一年八月号)
「弱者の正義」(『展望』七二年八月号)

三年半の間に九篇という執筆量は決して多いというわけではないが、それまでほとんど評論文を書いたことのなかった石原にとって、それは文字通り身を削るように過酷な日々だった。のちに中桐雅夫との対談「俳句と青春」のなかで《もうあんな苦しみはしたくない》と前置きしてこう語っている。《これは自分だけのことかもしれないけれど、原稿を書いていると、あるところでぷっつり切れちゃうんです。そしてほかの発想が入りこんで来て、別の文章が出てくるんですよ。そういう文章が十ばかり出来た。このままでは書いていけないからと、ハトロン紙に間を置いてそれをずっと貼っていったんです。（中略）原稿料前借の形で湯河原へ行って、その間を埋めようと思った。そうしたら、ひとりで行ったものだからね。冷蔵庫をあければ酒がいくらでもあるでしょう。酒ばっかり飲んでて書けないの。これは駄目だと思って東京へ帰ってきて、それから繋いでいったんです》

このエピソードは私たちに二つのことを伝えている。一つはこれらのエッセイが帰国後十五年の「痛みにみちた安らぎ」を代償にして書かれたこと、そしてもうひとつは、その痛みに耐えるためには浴びるほど酒を飲むことが必要だったという事実である。『ロシナンテ』以来の盟友粕谷栄一は、石原の死に際して「石原さんはシベリア・エッセイなど書くべきではなかった。詩だけ書いていればよかったのだ」と慨嘆したが、それはやはりこの詩人の宿命だったというしかなさそうである。

これらのシベリア・エッセイは、昭和四十五年（一九七〇）十二月に『日常への強制』と題して構造社から刊行された。このときはさほど評判にはならなかったが、昭和四十七年（一九七二）十二月に筑摩書房から評論集『望郷と海』として刊行されると読書界に大きな反響を呼び起こし、新聞各紙の「今年の収穫」アンケートの上位に選ばれた。

こうして石原は吉本隆明や谷川雁につづく「思想詩人」として脚光を浴びることになったが、それはもとより彼の望んだ「位置」でもなければ、彼にふさわしい「名称」でもなかった。彼が欲していたのは、たとえば次のような立場と名称だったはずである。

フェルナンデスと
呼ぶのはただしい

寺院の壁の　しずかな
くぼみをそう名づけた
ひとりの男が壁にもたれ
あたたかなくぼみを
のこして去った
〈フェルナンデス〉
しかられたこどもが
目を伏せて立つほどの
しずかなくぼみは
いまもそう呼ばれる
ある日やさしく壁にもたれ
男は口を　閉じて去った
〈フェルナンデス〉
しかられたこどもよ
空をめぐり
墓標をめぐり終えたとき
私をそう呼べ
私はそこに立ったのだ

石原の中期を代表するこの詩は、詩誌『ペリカン』の十四号（一九七〇年一月）に発表されたが、発想されたのはそれより十年近く前のことだったらしい。石原はのちにこう語っている。

《この詩は、自分でも好きなものの一つです。ずいぶん昔のことになりますが、もしここに一人の心やさしい男がいて、ある日壁にもたれたのち、どこへともなく立去ったとしたら、彼がもたれた固い壁に、たぶんあたたかく、やわらかなくぼみが残るのではないかという発想が唐突にありました。

その発想のみなもとは、今でも不可解なままですが、たぶん、追いつめられた苦痛な詩を書きつづけていたときでしたから、反射的な救いのように私を訪れたのではないかと思います》（「『フェルナンデス』について」）

その発想はメモに書き残されたまま十年近くの時がすぎた。ある日、外を歩いていると「フェルナンデス」というスペイン系の名前がふと口をついて出た。その瞬間、反射的にそれが前述の発想に結びついた。

《ことばに出会うという機縁の不思議さを、その時ほど痛切に感じたことはありません。私にはめったにない感動的な瞬間でした。私はそのことばを手ばなすまいとして一時間ほど町を歩きまわっているうちに、詩のほとんどを頭のなかで書きあげました》（同前）

これはまさしく至福の瞬間だった。石原にとって詩人とは、このようにしばし寺院の壁にもたれたのちに口を閉ざして立ち去るような男のことであり、詩とはそのあとに残された「あたたかなくぼみ」のようなものでなければならなかった。しかし、一躍有名人となった彼にそんな静かな時は訪れず、誰も彼を「フェルナンデス」と呼んではくれなかった。

昭和四十八年（一九七三）の夏ごろから、和江が心身のバランスを崩して寝込むことが多くなった。

石原はそのつど勤めを休んで看病したが、執筆と看病による疲労感から次第に飲酒量が増え、アルコール依存症に近い状態になっていた。つまり、この時期の石原夫妻は、鶏と卵の先後はともかく、双方が相手の病状を悪化させるような生活をしていたことになる。この年の暮、石原は『望郷と海』で第十一回歴程賞を受賞したが、授賞式に出席した彼を見て、参会者はひとしくその憔悴ぶりに息を呑んだ。そのころ、石原はすでに早すぎる「晩年」に足を踏み入れていた。

昭和四十九年（一九七四）は、石原の五十代最後の年である。この年一月、彼は詩集『禮節』をサンリオ出版から刊行し、二月には『石原吉郎句集』を深夜叢書社から上梓した。六月には大岡昇平と対談し、十一月には評論集『海を流れる河』を花神社から出版した。一見きわめて活動的だったように見えるが、内実は酒によってなんとか生かされているような状態だった。『禮節』の表題作「礼節」はこんな作品である。

いまは死者がとむらうときだ
わるびれず死者におれたちが
とむらわれるときだ
とむらったつもりの他界の水ぎわで
拝みうちにとむらわれる
それがおれたちの時代だ
だがなげくな
その逆縁の完璧において

目をあけたまま
つっ立ったまま
生きのびたおれたちのそれが礼節ではないか

これはなんとも無残な詩である。生者が目をあけて突っ立ったまま死者にとむらわれる、それが生き延びた者の礼節ではないかと詩人はいうのだが、そこにはもはや《すなわち最もよき人びとは帰っては来なかった》(『サンチョ・パンサの帰郷』あとがき)という、あの死者たちに対する礼節は感じられない。感じられるのはただ「生ける屍」ともいうべき石原の底しれぬ疲労感だけである。

この時期から、石原はしばしば鎌倉へ出かけるようになった。そこには「他界への入口」があったからである。

《少し前に、雨の北鎌倉を一日歩きまわったことがある。たまたま立ち寄った寺に、北条政子と源実朝の墓があった。いずれも洞窟の暗がりに凝然と立ちすくんでおり、その荒涼とした気配が気に入ってしばらくたたずんでいたのをおぼえている。

たぶんその時私が立っていたのは他界への入口のような所であったろう。しばらく生きるために、私はそこを立ち去った。生き残ったということは、私には大変重たい事実であって、不用意に私はその事実から立ち去ることはできない》(「生きることの重さ」)

おそらくはこの寿福寺での体験が機縁となって、石原はその後、道元に親しみ、『正法眼蔵随聞記』を座右に置くようになった。曹洞禅は作法と礼式を重んじる。その礼法に親しむにつれて、石原は鎌倉武士が体現していた(と信じる)禅の精神と所作の美しさにのめりこんでいく。この年十二月、

『ユリイカ』増刊号に掲載された六篇の詩が、何よりも雄弁にその傾斜のはげしさを物語っている。

いわれを問われるはよい。問われるままに　こたえる
都であったから。笠をぬぎ　膝へ伏せて答えた。重ねて
北條と。かどごとに笠を伏せ　南北に大路をくぐりぬけ
た。都と姓名の　そのいわれを問われるままに。

（「北條」）

跨ぎしな　敷居を濡らすかに吹きおろす雨を　のけぞ
って浴びることになった。用意のないことで　どのよう
に安堵したであろう。藁で編みあげたものが爪先にかか
る一案を　指のひとつで　とっさの間に外した　八の字
に白くやけのこった足の甲を　切通しのすずしい道へ交
互に踏みちがえたが　雨は爪先を濡らさずに　踵ばかり
を黒くぬらした

（「蕭条」）

これらの詩は美しい。美しすぎるほどに美しい。しかし、美しいのは詩の容器ばかりで、そこには詩人の自己陶酔のほかにはなにも入っていない。もしそういってよければ、石原はこのとき二度目の、

そして最後の「失語」の時を迎えていた。

昭和五十年（一九七五）七月、石原は日本現代詩人会の会長に選任された。これはおよそ実権のない名誉職にすぎなかったが、石原自身には目がくらむほどの高位に上りつめたように感じられた。同会が主催するH氏賞の授賞式では、人にものを授けるという畏れおおさと緊張感のために、賞状を渡す指先の震えが止まらなかった。しかし周囲はそれに気づかず、単にアルコール依存症の症状として見過ごした。

昭和五十一年（一九七六）二月には評論集『断念の海から』が日本基督教団出版局から、五月には『石原吉郎全詩集』が花神社から刊行された。詩やエッセイの執筆量も多く、求められるままに講演や対談も引き受けた。こうして文名はさらに高まったが、疲労もまた頂点に達した。

和江は前年から心身の不調を訴えて入退院を繰り返していたが、十月初めに詩人安西均の世話で精神病院に入院することになった。安西にも同病の妻があった。そのころ石原は酒ばかり飲んでまともに食事を摂らなかったので、栄養障害の兆候が現れていた。精神病院へ向かう車のなかで、和江は安西に「この人を早く病院へ連れていって」と訴え、石原はしきりに缶ビールをねだった。

十一月五日、詩誌『地球』主催の「地球の夕べ」が都内のホテルで開かれた。小柳玲子の『サンチョ・パンサの行方』によれば、遅れてやってきた石原は会場へは入らず、ロビーにいた新藤凉子にカバンから真新しい切出し小刀を取り出して見せ、「これね、死のうと思って買ったんだよ。今朝もこれでおなかを切ったんだ」といった。新藤が「死にたけりゃ、もっと楽な死に方を教えてあげるから、こっちへよこしなさい」といって小刀を取り上げると、石原は「そんなもん、また買えるんだから」とくやしそうにいいながら、いきなりズボンを下げて下着をめくり、下腹部をさらけ出して見せた。

そこにはみみずばれ程度のためらい傷がついていたという。

鎌倉武士の潔さにあこがれた石原は、昭和四十五年（一九七〇）十一月に市ヶ谷の自衛隊東部総監部に乗り込んで割腹した三島由紀夫や、前年（一九七五）三月に日本刀で頸動脈を切って自殺した村上一郎の死に強い衝撃を受けていた。そこで自分も彼らに殉じて死ぬつもりだったらしいが、心身ともに消耗した彼に、もはやそれだけの気力は残されていなかったのである。

十一月十五日、石原は出勤途中に新橋駅で貧血を起こして昏倒し、救急車で青山の斎藤病院に運ばれた。アルコール依存症に加えて肝機能障害が見つかり、二週間の入院を余儀なくされた。歌人斎藤茂吉の長男が経営するこの病院で、石原は無気力状態から抜け出すために短歌をつくった。これらの短歌は「病中詠二十五首」と題して『現代詩手帖』の五十二年（一九七七）三月号に発表され、死後に刊行された歌集『北鎌倉』（花神社、一九七八年）に収められた。

この夜よりひとつの村へ行き暮るる蹄のおとはつひにあらざる
我が指はなほも生くると言ひ放つその指を垂る黒き火を見よ
わが雨はわが傘にこそ降りそそげ旱天の砂は旱天のまま

石原はそれまで短歌をつくったことはなかったが、岡井隆や塚本邦雄の歌を愛読していたので、あまり苦労せずに歌が生まれてきた。《なぜああいうときに短歌が書けるかと考えたら、形があるからですね》と、のちに中桐雅夫との対談で語っている。石原がもう少し長生きしていたら、あるいは歌人としても名を成していたかもしれない。

昭和五十二年（一九七七）十一月十三日夜、石原は親しい女性詩人に電話をかけ、「明日、外出の予定があるので朝九時に起こしてください」と頼んだ。翌朝、彼女がその時刻に電話をすると、石原は「外出するのはやめました。これから風呂に入って休みます」といった。その後、石原と親しいもうひとりの女性詩人が電話をしたが、何度かけても応答がなかった。不審に思った彼女が十五日午後一時ごろ団地を訪ねると、石原は浴槽のなかで死んでいた。警察の検死の結果、酒を飲んで入浴し、急性心不全を起こしたものと診断された。死亡推定時刻は最初十三日夜八時ごろと発表されたが、のちに十四日午前十時ごろと訂正された。形のうえでは病死だったが、それはまさしく自らが招き寄せた死だった。

岸辺のない海を漂いつづけた「シベリアの詩人」は、こうしてようやく向こう側の岸に流れついた。三日前に六十二回目の誕生日を迎えたばかりだった。

あとがき

私事にわたって恐縮だが、私は一九七四年に詩集『カナンまで』で第二十四回H氏賞を受賞した。その年の選考委員のひとりだった石原吉郎が私の詩集を推してくれたらしい。《郷原宏氏の詩集『カナンまで』が本年度のH氏賞に決定したことを、近ごろさわやかな出来事として私は受けとった》で始まる石原の選評を読んで、私はひそかに快哉を叫んだ。受賞のよろこびもさることながら、敬愛する「シベリアの詩人」に《近ごろさわやかな出来事》と言ってもらえたことが何よりもうれしかったのである。

私が初めてこの詩人と出会ったのは、その十年ほど前、一九六五年秋のことである。この年、私たちの詩誌『長帽子』は、石原たちの詩誌『新詩篇』と合併号を出すことになった。石原吉郎、風山瑕生、角田清文など『新詩篇』の同人から送られてきた原稿を私たちが編集し、二つの表紙をもつ一冊の雑誌として刊行した。同人詩誌の合併号は珍しかったので、これはちょっとした話題になった。

渋谷の喫茶店で開かれた両誌合同の合評会に、石原は夫人同伴でやってきた。詩人としての絶頂期を迎えていた石原は、心身ともに健康で饒舌だった。合評会が終わって食事会に移ると、彼はシベリアの強制収容所における「共食」の作法を身振り手振りで実演してみせた。その後も『長帽子』の集会にゲストとして参加するたびに、シベリアでの体験を語ってやまなかった。当時石原は五十歳、私は二十三歳で親子ほどの年齢差があったが、彼はそれを感じさせなかった。

それから十数年、私は周回遅れの後続ランナーとして、石原の背中を見ながら同じトラックを走りつづけた。ときにその姿を見失いそうになることもあったが、彼の書くものにはすべてリアルタイムで目を通した。やがてその足取りがおぼつかなくなり、ついに走路外に倒れ込む場面を目撃した。そしてその痛ましい最期を見届けたとき、私はいつか私の石原吉郎論を書こうと自分に誓いを立てた。

しかし、生業の雑文書きに追われてその誓いを果たせないでいるうちに、多田茂治『石原吉郎「昭和」の旅』、細見和之『石原吉郎　シベリア抑留詩人の生と死』、野村喜和夫『証言と抒情　詩人石原吉郎と私たち』といった力作がつぎつぎに世に出て、私にはもはや書くべきことは残されていないと感じるようになった。

そんなとき、未來社の西谷能英氏から「『未来』に石原吉郎論を書かないか」というお誘いを受けた。自分には石原の謦咳にじかに接したという「位置」と「条件」があるのだから、そこになお書くべき余地が残されているかもしれないと思い直して、この申し出を受けることにした。こうして本稿は四年という長きにわたって『未来』に連載された。われながら物足りない点は多いが、いまはただ身のつたなさを憾む以外に術がない。

かつて編集者でもあった私は、本というものはすべて著者と編集者の二人三脚の産物だと考えている。すぐれた詩人にして詩論家（野沢啓氏）でもある自称「偏執的編集者」の心づよい伴走がなければ、本書は成立しなかった。ここに記して深謝の意を表したい。

二〇一九年十月

郷原　宏

参考文献

〈詩歌句集〉
詩集『サンチョ・パンサの帰郷』（思潮社、一九六三年）
詩集『水準原点』（サンリオ出版、一九七二年）
詩集『禮節』（サンリオ出版、一九七四年）
句集『石原吉郎句集』（深夜叢書社、一九七四年）
詩集『北條』（花神社、一九七五年）
詩集『足利』（花神社、一九七七年）
詩集『満月をしも』（思潮社、一九七八年）
歌集『北鎌倉』（花神社、一九七八年）

〈全詩集〉
『石原吉郎詩集』（思潮社、一九六七年）
現代詩文庫『石原吉郎詩集』（思潮社、一九六九年）
『石原吉郎全詩集』（花神社、一九七六年）
現代詩文庫『続・石原吉郎詩集』（思潮社、一九九四年）

〈全集〉
『石原吉郎全集』全三巻（花神社、一九七九～八〇年）

〈評論・随筆集〉
『日常への強制』（構造社、一九七〇年）
『望郷と海』（筑摩書房、一九七二年）
『海を流れる河』（花神社、一九七四年）
『断念の海から』（日本基督教団出版局、一九七六年）
『海への思想』（対談集）（花神社、一九七七年）
『一期一会の海』（日本基督教団出版局、一九七八年）

〈研究・論考〉
清水昶『石原吉郎』（国文社、一九七五年）
墨岡孝『見果てぬ夢の地平を透視するものへ』（詩の世界社、一九七六年）
大野新『沙漠の椅子』（編集工房ノア、一九七七年）
内村剛介『失語と断念』（思潮社、一九七九年）
芹沢俊介『戦後詩人論』（たざわ書房、一九八〇年）
安西均『石原吉郎の詩の世界』（教文館、一九八一年）
郷原宏『詩のある風景』（未來社、一九八一年）
清水昶『詩は望郷する』（小澤書店、一九八五年）
小田久郎『戦後詩壇私史』（新潮社、一九九五年）
落合東朗『石原吉郎のシベリア』（論創社、一九九九年）
多田茂治『石原吉郎「昭和」の旅』（作品社、二〇〇〇年）
小柳玲子『サンチョ・パンサの行方』（詩学社、二〇〇四年）
畑谷史代『シベリア抑留とは何だったのか——詩人・石原吉郎のみちのり』（岩波ジュニア新書、二〇〇九年）
冨岡悦子『パウル・ツェランと石原吉郎』（みすず書房、二〇一四年）

細見和之『石原吉郎　シベリア抑留詩人の生と死』（中央公論新社、二〇一五年）
野村喜和夫『証言と抒情　詩人石原吉郎と私たち』（白水社、二〇一五年）

〈雑誌特集〉

『詩学』一九七三年一月号（詩学社）
『ユリイカ』一九七八年一月号（青土社）
『現代詩手帖』一九七八年一～二月号（思潮社）
『詩学』一九七八年二月号（詩学社）
『現代詩読本　石原吉郎』（思潮社、一九七八年七月）
『びーぐる』第二八号（澪標、二〇一五年七月）
『詩の練習』第二五号（詩の練習、二〇一六年）

〈シベリア関係〉

内村剛介『生き急ぐ――スターリン獄の日本人』（三省堂、一九六七年）
菅孝治『語られざる真実』（筑摩書房、一九七五年）
鹿野登美「石原吉郎と鹿野武一のこと」（『詩学』一九七八年五月号）
鹿野登美「遍歴の終わり――鹿野武一の生涯」（『思想の科学』一九八二年八月号）
西尾康人『凍土の詩』（早稲田出版、一九九五年）
林利雄『時痕』（近代文芸社、一九九五年）
栗原俊雄『シベリア抑留――未完の悲劇』（岩波新書、二〇〇九年）
富田武『シベリア抑留　スターリン独裁下「収容所群島」の実像』（中公新書、二〇一六年）

石原吉郎年譜

大正四年（一九一五）　当歳

十一月十一日、静岡県田方郡土肥村土肥（現在の伊豆市土肥）に、石原稔《みのる》二十六歳、秀《ひで》二十三歳の長男として生まれる。石原家は土地の旧家で、稔の祖父重兵衛は土肥村の戸長（村長）をつとめた。稔は夜間工業（校名不詳）出の電気技術者として各地の発電所の建設などに従事した。

大正八年（一九一九）　四歳

三月一日、母秀は次男健二を出産した後の肥立ちが悪く二十七歳で死亡。吉郎は満三歳四ヶ月で生母を失った。幼児二人を抱えた稔は、やがて東北の農家育ちで六歳年下のいくを後妻に迎えたが、内向的な吉郎はこの継母になつかなかった。

大正十五年（昭和元年、一九二六）　十一歳

一家は稔の仕事の関係で東京―福島―東京―新潟と転居を重ね、吉郎はそのつど転校を余儀なくされたが、この年、東京府下（住所不詳）に居を定めた。ただし、以後十年ほど稔の半失業状態つづく。

昭和三年（一九二八）　十三歳

四月、東京・目黒の攻玉社中学校に入学。途中で一度、新潟中学校に転校したが、一年足らずで復学した。学業成績はつねに上位で、とくに体操、国漢、作文を好んだ。嫌いな科目は化学。上級になると修身（倫理）に関心を抱く。

昭和七年（一九三二）　十七歳

四年生のとき島崎藤村の『若菜集』を読んで一週間ほど熱に浮かされた状態になる。また生田春月訳のハイネ詩集を読

んで春月に傾倒。

昭和八年（一九三三） 十八歳

三月、文芸部の機関誌『攻玉』第三十三号に創作「都会の横顔」を発表。攻玉社中学校を卒業して東京高等師範学校を受験したが失敗、一年間の浪人生活を余儀なくされる。

昭和九年（一九三四） 十九歳

再び東京高師に挑戦したが失敗し、東京外語ドイツ部貿易科に入学した。当時の東京外語は四年制の専門学校だった。

昭和十年（一九三五） 二十歳

河上肇の『貧乏物語』を読んだのがきっかけでマルクス主義文献を読みあさる。またエスペラントに関心をもち、校内にエスペラント・サークルを組織、「ポ・エ・ウ」（プロレタリア・エスペランチスト同盟）の残存メンバーと会合した。

昭和十一年（一九三六） 二十一歳

二月「二・二六事件」勃発。校舎（現在の毎日新聞社敷地の一部）が警戒区域に入ったため学年末試験が中止になる。文芸部委員となり、文芸部機関誌『炬火《かがりび》』に詩二篇を筆名で発表。

昭和十二年（一九三七） 二十二歳

北條民雄の「いのちの初夜」を読んで衝撃を受け、以後、北條の作品をむさぼり読む。『炬火』二十五号の編集・発行責任者として東京外語出身作家（二葉亭四迷、有島生馬、永井荷風、石川淳、小田嶽夫）の作家論特集を組む。

昭和十三年（一九三八） 二十三歳

東京外語を卒業して大阪ガスに入社、研究部で業務用文書の翻訳などにあたる。六月、父とともに故郷の伊豆を訪れ、修善寺の小学校で徴兵検査を受ける。結果は第二乙種・第一補充兵役。

このころシェストフの『悲劇の哲学』を読んだのがきっかけで集中的にドストエフスキーを読む。戦争への不安に駆られてキリスト教に関心をもち、大阪の住吉教会で、カール・バルトに師事したエゴン・ヘッセルに会う。旧弊な住吉教会にあきたらず姫松教会に移り、七月九日、同教会でヘッセルから洗礼を受ける。

昭和十四年（一九三九）　二十四歳

九月、神学校入学を決意し、大阪ガスを退職して上京。ヘッセルのすすめで、福田正俊の牧会する信濃町教会へ転籍し、東京神学校の受験準備を始める。

十一月、召集を受け、静岡市の歩兵第三十四連隊に入隊、歩兵砲中隊速射砲（対戦車砲）班に配属される。

昭和十五年（一九四〇）　二十五歳

四月、北方情報要員第一期生として大阪露語教育隊へ分遣され、十一月までの八ヶ月間、ロシア語の促成教育を受ける。

十一月、一期教育修了者のうちから成績優秀な五名が選抜され、東京教育隊に新設された高等科へ送られる。各地の教育隊から選抜された三十名のなかに奈良教育隊出身の兵長、鹿野武一がいて以後、親交を結ぶ。

昭和十六年（一九四一）　二十六歳

高等科に二つの学習サークルが生まれた。京都帝大経済学部の出身者が組織したマルクス主義研究会と石原が中心になって組織したキリスト教の読書会。鹿野武一はその両方に参加した。日曜日には外出が許可されたので、信濃町教会の礼拝に出席し、三軒茶屋に引退していたニコライ堂のセルギイ神父を三度訪問した。

七月、関特演（関東軍特別演習）と称する大動員が行なわれ、高等科生は一部、参謀本部要員を残して関東軍司令部に転属となる。七月下旬に東京を出発、下関で同じ関東軍司令部へ転属する陸軍中野学校の学生と合流し、朝鮮半島を経由して八月上旬に新京に到着。ひとまず関東軍司令部に落ち着いたあと各地の特務機関に配属された。石原は哈爾浜《ハルピン》機関で一班（軍状）と特諜班（流言や逆宣伝の分析）を兼務することになり、三四五部隊（関東軍露語教育隊）から通勤した。鹿野も同じく哈爾浜機関に配属されたが、職務が五班（白系ロシア人工作）で班内に起居したため週に一回程度しか会えなかった。
十二月八日、三四五部隊で非常呼集を受け、米英と戦闘状態に入ったことを知る。

昭和十七年（一九四二）　二十七歳
四月、召集解除で東安省防疫所勤務となった鹿野を哈爾浜駅に見送る。五月、新京の関東軍司令部に復帰、五課（情報）内情班（ソ連軍の士気に関する情報の分析）に勤務。司令部内の兵舎に起居する。
十一月、召集解除。引き続き関東軍特殊通信情報隊（秘匿名称、満洲電々調査局）に徴用され、哈爾浜本部に勤務。護軍街にあった満電の独身寮「護軍寮」に起居する。同じ寮に詩人の倉橋顕吉がいた。
この年、鹿野は東安省防疫所に隣接する省立病院の看護婦関屋キエと結婚。

昭和十八年（一九四三）　二十八歳
この年、鹿野は開拓団の医師になるという初志を捨てて三江省の八富里《ばふり》村に一介の開拓民として入植した。

昭和十九年（一九四四）　二十九歳
このころ護軍寮で酒を飲むと同僚を襲って決闘騒ぎを引き起こし、「石原の鳶口ストーム」と呼ばれた。また、このころキェルケゴール、ドストエフスキー、トルストイを愛読し、ガリ版刷りの寮報に「鼈《べつ》」と題する詩を発表した。

昭和二十年（一九四五）　三十歳
八月九日、ソ連の対日宣戦布告の全文を手分けして翻訳。ソ連の参戦によって部隊の任務は実質的に終了した。
八月十五日、「重大発表」のあと部隊は解散。南崗《ナンガン》（ハルピン市山手、日本人居住区）から道裡《ダオリ》（下町、混住地帯）へ疎開、スンガリー（松花江）に近い寮に入る。ソ連軍の接収に備えて満洲電々ハルピン管理局に転属。

八月下旬、ソ連軍による日本人狩りが始まる。

九月中旬、ソ連通信兵一個分隊および日本人電工数人とともにハルピン・北安間の通信線復旧工事に従事。

十月上旬、電々管理局勤務を解かれ、雑役、下水掃除などで生計を立てる。

十二月中旬、エム・ベ・デ（ソ連内務省）軍隊に連行され、旧日本領事館地下の留置場に留置される。

十二月下旬、トラックで哈爾浜郊外へ輸送され、待機していた貨車に分乗。貨車の半分は新京方面からの拘留者で占められていた。満洲領内を北上し、十二月末にソ連領に入る。

昭和二十一年（一九四六）　三十一歳
一月、チタ到着。梯団再編成後、出発。イルクーツク、ノボシビルスクをへてカザフ共和国（現在のカザフスタン）を南下。一月末、アルマ・アタに到着。第三分所に収容される。

昭和二十三年（一九四八）　三十三歳
八月、拘留者および一部捕虜を分離、梯団を編成してアルマ・アタを出発。ノボシビルスク、ペトロパウロフスクをへてカラガンダに到着。同市郊外の日本軍捕虜収容所に収容される。

昭和二十四年（一九四九）　三十四歳
二月、深夜呼び出され、数回取調べを受けたあと、同市第十三収容所へ送られ、同収容所に併設された中央アジア軍管区軍法会議カラガンダ臨時法廷へ引き渡され、法廷付設の独房に収容される。同日、ロシア共和国刑法五十八条（反ソ行為）六項（諜報）により起訴され、起訴状に署名。
四月、法廷に呼び出され、重労働二十五年（死刑廃止後の最高刑）の判決を受ける。同夜、モスクワの最高裁へ上告（これは法廷側の慫慂で半ば形式的に行なったもので、二三ヶ月後に形式的に却下された）。翌日、カラガンダ第二刑務所に囚人として収容される。
九月、ドイツ、ロシア、ルーマニアなどの受刑者とともにエタップ（輸送梯団）を編成、同市の民警留置場に一泊したあと、ストルイピンカ（拘禁車）で出発。ペトロパウロフスク、ノボシビルスクのペレスールカ（中継収容所）をへてタイシェットのペレスールカに到着。
十月、東西両方面よりタイシェットに到着した受刑者とともに大梯団を編成、バイカル湖とアムール河を結ぶバム鉄道（第二シベリア鉄道）を貨車で北上、密林地帯の収容所コロンナ33に到着。森林伐採労働に従事。爾後、翌年九月までが入ソ後最悪の一年となる。

昭和二十五年（一九五〇）　三十五歳
四月、伐採期間の終了とともにコロンナ30へ移動。流木、土木、鉄道工事、採石などに従事。この間、栄養失調で二度入院した。
九月、沿線一帯の日本人およびドイツ人受刑者のほぼ全員がタイシェットへ送還された。ここで梯団を編成し、貨車でドイツ人は西送、日本人は東送。車中ほとんど昏睡状態のままハバロフスクに到着、ハバロフスク市第六分所に収容される。
収容直後は心身の衰弱が甚だしく、健康診断の結果、労働を免除され、所内の軽作業、靴工などに従事。このころから労働条件と給与は一般捕虜並の水準に復し、健康状態は急速に回復した。

昭和二十六年（一九五一）　三十六歳
四月、健康回復とともに労働免除を取り消され、市内の建設現場で左官として働く。

昭和二十八年（一九五三）　三十八歳
三月、スターリンが死去し、特赦の噂が流れはじめる。
五月某日、早朝全員集合を命じられる。読み上げられるリストに従って二つのグループに分けられ、残留組を残して二十一分所へ移動。これと入れ違いに二十一分所の一部が六分所へ移動する。グループの顔ぶれを見て六分所残留者を帰還組と判断して落胆する。

数日後、移動組の数名とともに六分所へ送還される。五月末、六分所の全員が貨車に乗せられてハバロフスクを出発、六月初めナホトカに到着して旧日本軍捕虜収容所へ収容される。移動の目的などいっさい知らされぬまま六ヶ月待機。

十一月二十九日早朝、全員集合を命じられ、呼ばれた順に構外のバラックに移動。ここで被服の支給と税関吏による所持品の検査を受ける。夜に入ってトラックに分乗、ナホトカ埠頭に到着。同夜、興安丸に乗船。

十一月三十日、早朝ナホトカを出港。日本海を南下する途中で新聞社機の歓迎に会う。八年ぶりに日本のラジオが興安丸の現在位置を告げるのを聞く。終夜眠らず。船内で密告の前歴者に対するリンチが行なわれる。同日夜、舞鶴港に入港。新聞記者、カメラマンなどが乗船してくる。

十二月一日、早朝から各種団体の訪問を受ける。検疫、通関などの手続きを終わり、正午ごろランチにて上陸開始。出迎えは弟健二のみ。初めて父母の死を知らされる。

二日、復員式。正式に軍務を解かれ、旧陸軍軍服、軍靴、毛布と旅費等手当二万円を支給される。

三日、午後、東京・東北・北海道向け梯団に編入され、舞鶴駅を出発。駅頭で日本共産党員が「諸君を待つものは飢餓と失業だけである」と演説し、激昂した帰還者によって袋叩きにされる。同様の事件は上野駅でも起こった。

四日、品川駅に到着、いったん健二宅に落ち着く。

七日、厚生省引揚援護局にて八年間の報酬四万円を受領する。

十三日、信濃町教会の礼拝に出席。

十二月中旬、満洲電々時代の同僚林秀夫を川崎市の登戸稲田病院に見舞う。

昭和二十九年（一九五四）　三十九歳
一月、静養のため土肥に帰郷し、親族の鈴木二平方に滞在したが、予定を早めて十日ほどで東京へ戻り、以後二度とこの地を訪れなかった。このころ、林秀夫にはがきで短い詩を書き送ったほか、信濃町教会の会報（六、七、十二月）にも詩を寄稿した。
九月、『文章倶楽部』に投稿した詩「夜の招待」が特選に選ばれ十月号に掲載された。選者は鮎川信夫と谷川俊太郎。
十月、ラジオ東京（現在のＴＢＳラジオ）で翻訳のアルバイトを始めたが、自分のために前任者が仕事を奪われていることに気づき、約半年でやめる。

十一月、『文章倶楽部』投稿欄の常連だった好川誠一、河野澄子と三人で詩誌発行の相談会をもつ。

十二月二十五日、『文章倶楽部』東京支部の忘年会で詩誌『ロシナンテ』の創刊を決める。

昭和三十年（一九五五）　四十歳
二月、杉並区方南町四二七―一七、上脇方へ転居。

四月、『ロシナンテ』第一号発行。謄写印刷十六ページ。隔月刊。会費百二十円。会員数二十七名。主なメンバーは石原、好川、河野、岡田芳郎、田中武、岸岡正、淀縄美三子など。

六月、『ロシナンテ』第二号発行。同月、中野区広町住宅四一一、金野方に転居。

八月、詩「葬式列車」を『文章倶楽部』に発表。読者代表として鮎川信夫、谷川俊太郎との鼎談「作品と作者とのつながりをどうみるか」に参加。この号から石原の作品は本欄に掲載される。

九月、産業経済研究所に就職。

十二月、マラリアを発病。自宅で開いた『ロシナンテ』第五号合評会に病床から参加。

十二月十八日、『ロシナンテ』会員有志とともに鮎川信夫宅を訪問。

【この年の主な作品】「サヨウナラトイウタメニ」「夜がやってくる」「自転車にのるクラリモンド」

昭和三十一年（一九五六）　四十一歳
一月、「夜がやってくる」が『詩学』の一九五五年度代表作品集に掲載される。

二月、『ロシナンテ』第六号発行、合評会を自宅で開く。

四月四日、田中和江（当時三十八歳）と結婚。伯父夫婦の媒酌により九段の料亭で内輪の式を挙げる。六月十六日、中野区役所に婚姻届。

四月、『ロシナンテ』第七号（一周年記念号）発行。巻頭言「あれから一年」を書く。

六月、『ロシナンテ』第八号発行。

八月、『ロシナンテ』第九号発行、この号をもって第一次『ロシナンテ』解散。

九月、『ロシナンテ』は会員制から同人制に切り替えて再出発。終刊十九号までに参加した主な同人は、吉田睦彦、勝野睦人、竹下育男、小柳玲子、中鉢敦子、木下恵美子、佐々木双葉子、粕谷栄一、大橋千晶。

昭和三十二年（一九五七）　四十二歳
一月、詩「葬式列車」が日本文藝家協会編『日本詩集1957』に収録される。

二月、詩「ヤンカ・ヨジェフの朝」を『詩学』に発表。

四月二十一日、妻和江、信濃町教会で受洗。

六月二十五日、『ロシナンテ』同人勝野睦人、交通事故のため死去。

九月、中野区雑色町五、両角方へ転居。このころ産業経済研究所が倒産したため失職、失業保険と内職で食いつなぐ。

【この年の主な作品】「ゆうやけぐるみのうた」「その朝サマルカンドでは」

昭和三十三年（一九五八）　四十三歳
二月、中野区雑色町五、影山方へ転居。

七月、収容所時代の友人斎藤保（俳号有思）の世話で社団法人海外電力調査会に臨時職員として採用される。昭和三十七年に正規職員となり、以後死ぬまで在職。仕事は主にソ連の電気事業関係の調査研究とロシア語文献の翻訳。在職中にフランス語とスウェーデン語を習得し、スウェーデン語文献の翻訳も手がけた。

この年、ハルピン俳壇の中心メンバーだった佐々木有風主催の俳誌『雲』に参加。俳号は石原青磁、のちにせいじ。

十二月、『荒地』同人となり『荒地詩集一九五八年』に詩「五月のわかれ」「霧と町」など十八篇を掲載。

【この年の主な作品】「さびしいといま」「アリフは町へ行ってこい」「脱走」

昭和三十四年（一九五九）　四十四歳
この年は句作に集中し、神田神保町で開かれた『雲』の例会にも欠かさずに出席した。

三月、『ロシナンテ』は第十九号をもって終刊、五月に高田馬場「大都会」で解散会。

十月、詩誌『鬼』に参加。同人は武田豊、天野忠、大野新、太田浩、片岡文雄、粕谷栄一、斎藤広志、谷川文子、中川逸司、西川勇、山田博など。

十月二十九日、「肉親への手紙」を弟健二あてに郵送。

昭和三十五年(一九六〇) 四十五歳
二月から十二月まで『詩学』研究作品合評選者をつとめる(他の選者は安西均、岩田宏、近藤東、山本太郎)。

このころ、杉並区方南町に一時転居。

九月三十日、埼玉県入間郡福岡村(現在のふじみ野市)上野台公団住宅八一―三〇二へ転居。ここが終の棲家となる。

【この年の主な作品】「条件」「やぽんすきい・ぼおぐ」「棒をのんだ話」

昭和三十六年(一九六一) 四十六歳
この年の秋から信濃町教会の副牧師渡辺紀子を中心に自宅で「聖書を読む会」を開く。この会は昭和三十八年ごろまで続いた。
【この年の主な作品】「酒がのみたい夜」「馬と暴動」「位置」

昭和三十七年(一九六二) 四十七歳
七月、俳句一句を『雲』に発表。以後、句作は途絶える。
十二月、「お化けが出るとき」が『現代詩手帖』の一九六二年度代表作詩選に入る。
【この年の主な作品】「お化けが出るとき」「夜盗」

昭和三十八年(一九六三) 四十八歳
十二月、第一詩集『サンチョ・パンサの帰郷』を「現代詩人叢書」第十冊として思潮社から刊行。

【この年の主な作品】「納得」「足ばかりの神様」「生涯2」「伝説」

昭和三十九年（一九六四） 四十九歳
三月、同人誌『罌粟』に参加。同人は中平耀、笹原常与、永井善次郎、阿部弘一、佐藤憲。

詩集『サンチョ・パンサの帰郷』により第十四回H氏賞を受賞。五月十三日、蔵前工業会館で開かれた日本現代詩人会の「五月の詩祭」で表彰される。

九月六日から一ヶ月間、仕事でカンボジアに出張し、メコン川支流サンポールで発電所建設のための市場調査。

十月、『現代詩手帖』増刊『戦後詩代表作百選』に「位置」が選ばれる。

【この年の主な作品】「いちまいの上着のうた」「生涯1」「風琴と朝」「橋をわたるフランソワ」「シベリヤのけもの」

昭和四十年（一九六五） 五十歳
五月二日、『鬼』同人会に出席、滋賀県長浜市の武田豊宅に宿泊。翌日京都に遊び、大阪で三井葉子、角田清文、中村光行らと会合。

六月、『ロシナンテ』同人好川誠一が自殺。『詩学』追悼特集号に「好川誠一とその作品」を発表。

八月、奥多摩で開かれた『歴程』詩のゼミナールに夫婦で参加、二泊。

十一月、大野新詩集『藁のひかり』出版記念会に出席。『現代詩手帖』一九六五年代表作六十選に「ひとりの銃手」が選ばれる。

十二月三十日から翌年初めまで湯河原温泉に滞在。

【この年の主な作品】「しずかな敵」「花であること」「大寒の日に」「棒をのんだ話」

昭和四十一年（一九六六） 五十一歳
五月、詩「葬式列車」が安西均編『戦後の詩』（社会思想社）に収録される。
六月、あすなろ書房（志賀郁夫）と上信電鉄が企画した群馬県神津牧場ツアーに西脇順三郎、田村隆一、山本太郎、嵯峨信之らと参加。

七月から翌年十二月まで『詩学』の研究作品合評選者をつとめる。

十二月、昭和四十二年度H氏賞選考委員になる。詩「卑怯者のマーチ」が『現代詩手帖』一九六六年詩選に選ばれる。

【この年の主な作品】「残党の街」「土地」「対座」「馬に乗る男の地平線」

昭和四十二年（一九六七）　五十二歳
一月、『詩学』座談会「一九六六年詩的総括・一九六七年詩的展望」（栗田勇、鍵谷幸信、笹原常与、嵯峨信之）に参加。

三月、高崎市のあすなろ書房で開かれた曾根ヨシ詩集『野の腕』出版記念会に夫婦で出席し、錦山荘に一泊。

八月、『石原吉郎詩集』（思潮社）刊。

九月、「一九五九年九月より一九六一年までのノート」「肉親へあてた手紙」が『ノッポとチビ』三十三号に掲載される。

十二月、『現代詩手帖』一九六七年詩選に詩「本郷肴町」が選ばれる。

【この年の主な作品】「霧のなかの犬」「霰」「寝がえり」「定義」

昭和四十三年（一九六八）　五十三歳
一月、「鴉の会」の集まりで久里浜へ出かけ、クロフネ食堂に一泊、翌日鎌倉に遊ぶ。同行者は大野新、清水昶、中村光行、広部英一、岡崎純、筧槙二など。

二月、『現代詩手帖』鼎談「石原吉郎、像を移す」（山本太郎、岩田宏）に参加。

五月十日、岡山の坂本明子を訪問。

十一月三日、早稲田詩人会主催「石原吉郎を囲むシンポジウム」に出席。

十二月、『詩と批評』の「詩人が選んだ今年の代表作」（黒田三郎編）に「残り火」が選ばれる。

【この年の主な作品】「泣きたいやつ」「木のあいさつ」「斧の思想」

昭和四十四年（一九六九）　五十四歳

四月、日本フィリップス・レコードの「日本現代詩大系」のために詩「葬式列車」「脱走」「生涯」を朗読して吹き込む。

六月、石垣りん、会田綱雄、嵯峨信之らと高崎・あすなろ書房の朗読会に参加、八景苑に一泊。

八月、現代詩文庫『石原吉郎詩集』（思潮社）刊。

十一月、毎週金曜日の『朝日新聞』に詩「見る」「収穫」「走る」「秋」を写真とともに掲載。

この年からシベリア・エッセイを書き始める。「確認されない死のなかで」（『現代詩手帖』）、「ある〈共生〉の経験から」（『思想の科学』）。

【この年の主な作品】「月明」「しずかな日に」「じゃがいものそうだん」

昭和四十五年（一九七〇）　五十五歳
三月、「脱走」「しずかな敵」が『日本の詩歌27　現代詩集』（中央公論社）に収録される。

七月、第二回ヒロシマ・ルネッサンス美術展のために詩「検証」を書く。

十二月、評論集『日常への強制』（構造社）刊。

十二月、『ユリイカ』の「現代詩100年アンソロジー」に「葬式列車」収録。日本現代詩人会主催の詩画展に「彼女は／靴下のほか／誇るべきものを／持たなかった」と題する版画を出品。

【この年の主な作品】エッセイ「ペシミストの勇気について」（『思想の科学』）、「オギータ」（『都市』）、「沈黙するための言葉」（教養文庫『現代詩講座』）、「失語と沈黙」（『展望』）、「強制された日常から」（『婦人公論』）。詩「フェルナンデス」「ひざ」「海をわたる」

昭和四十七年（一九七二）　五十七歳
一月、NHKテレビ「ひるのプレゼント」に出演、シベリヤの冬に関する短い談話と詩「大寒の日に」を朗読。

一月から十二月まで、『月刊キリスト』読者投稿詩の選者をつとめる。

二月、詩集『水準原点』（山梨シルクセンター）刊。

三月、『新潟日報』のインタビュー「いま、私たちの社会で……」で連合赤軍事件について語る。

五月、『鬼』別冊の表紙絵を描く。

八月、ソニービル四階「詩への広場」展に出品（〜十月）。

九月、「ぱるこ・ぽえとりい展」（池袋パルコ）に出品。

十月、『詩と思想』座談会「戦後詩の原体験から」（吉野弘、長谷川龍生、村岡空）に参加。

十二月、評論集『望郷と海』（筑摩書房）刊。

十二月、『現代詩手帖』一九七二年アンソロジーに詩「満月」など四篇収録。

【この年の主な作品】「全盲」「世界がほろびる日に」「礼節」

昭和四十八年（一九七三）　五十八歳
一月、『現代詩手帖』で鮎川信夫と対談「生の体験と詩の体験と」。
一月、『ぴーいん』（『月刊キリスト』改題）投稿詩の選と選評（〜十二月）
二月、第二十四回H氏賞選考委員。『詩学』鼎談「日常性をめぐって」（清水昶、佐々木幹郎）に参加。『現代詩手帖』投稿欄の選と選評（〜四月）
三月二十一日、日本現代詩人会主催の越生観梅ハイキングに参加。
四月、東京12チャンネルで三國一郎のインタビュー「ソ連強制収容所にて」。
この夏、和江が体調を崩し、その看病疲れから飲酒量が増え、精神的な不安定つづく。
九月、『現代詩文庫56　吉原幸子詩集』（思潮社）に作品論「最高の法廷で」寄稿。
十二月、『望郷と海』により第十一回歴程賞を受賞。
【この年の主な作品】「ユーカリ」「しずかなもの」

昭和四十九年（一九七四）　五十九歳
一月、詩集『禮節』（サンリオ出版）刊。
二月、句集『石原吉郎句集』（深夜叢書社）刊。

三月、講演「ことばは人に伝わるか」（日本現代詩人会主催月例現代詩ゼミ第一回、東京都勤労福祉会館）
六月、大岡昇平との対談「極限の死と日常の死」（『終末から』六月号）
十一月、評論集『海を流れる河』（花神社）刊。
十二月、『ユリイカ／現代詩の実験』に詩「一條」「北條」「さくら」「都」などを掲載。
十二月、『現代詩手帖』一九七四年アンソロジーに詩「懲罰論」掲載。
【この年の主な作品】「世界より巨きなもの」「痛み」「北鎌倉扇ヶ谷」

昭和五十年（一九七五）　六十歳
この年、疲労感つよく酒量が増大する。

四月、詩集『北條』（花神社）刊。

四月六日、江森國友、村岡空、吉原幸子らと一碧湖畔に遊び、新藤涼子の山荘に二泊。

四月十三日、高崎・あすなろ書房の朗読会に出席、一泊。

六月、長谷川龍生、藤井貞和と『現代詩手帖』新人作品合評（翌年五月まで）。

七月、日本現代詩人会会長に就任。任期二年。

九月、『現代詩文庫64　新川和江詩集』（思潮社）に作品論「ものを造る目」を寄稿。

十二月、『現代詩手帖』一九七五年アンソロジーに詩「さくら」ほか五篇掲載。

【この年の主な作品】「衰弱へ」「疲労について」「足利」

昭和五十一年（一九七六）　六十一歳
二月、評論集『断念の海から』（日本基督教団出版局）刊。
二月、詩「位置」ほか十三篇、『日本現代詩大系12』（河出書房新社）に収録。
四月、新日本文学会の現代詩講座で講演「私の詩歴」（新日本文学会館）。
五月、『石原吉郎全詩集』（花神社）刊。

六月、銀座「銀の塔」で全詩集出版記念会。

七月、疲労はげしく心身ともに不安定な状態つづく。

十月、和江夫人、精神病院に入院。このころからさらに飲酒量が増え、栄養障害が現われる。

十一月十五日、出勤途中、新橋駅で貧血のため昏倒し、救急車で斎藤病院に入院。

十二月二十八日、退院。肝障害と酒精神経炎は軽快。

十二月、『現代詩手帖』一九七六年アンソロジーに「うつくしい日に」ほか六篇。

【この年の主な作品】「寝がえり」「北鎌倉壽福寺」「レストランの片隅で」「盲導鈴」

昭和五十二年（一九七七）　六十二歳
一月、体調不良のため定期的に通院治療を受ける。
三月、短歌「病中詠二十五首」（『現代詩手帖』）
四月、和江、いったん退院するも数日後に再入院。
六月、佐古純一郎と対談「キリストはだれのために十字架にかかったか」（『キリスト教文学の世界13』月報）
六月二十五日、和江、退院。
七月、中桐雅夫と対談「俳句と青春」（『俳句』）
八月、対談集『海への思想』（花神社）刊。
このころ疲労はげしく、また飲酒量が増える。
九月、蔵書三百冊を東村山図書館へ寄贈。
十月、日本現代詩人会を退会。清水昶と対談「自己空間への渇望」（『流動』）。安西均と対談「裏返して見るキリスト像」（『近代日本キリスト教文学全集13』月報）。
このころ、泥酔して切腹の真似、深夜の電話などの奇行が増える。
十一月五日、和江、入院。このころまた飲酒量が増え、しばしば人事不省に陥る。
十一月九日、講演「現代詩について」（東村山図書館）

十一月十四日午前十時ごろ（推定）、自宅で入浴中に急性心不全で死亡。翌日訪問した詩人笠原三津子により発見される。

十一月十六日、上野台団地集会所で密葬、東松山火葬場で荼毘に付される。

十一月十九日、日本基督教団信濃町教会で告別式。葬儀委員長は宗左近。

十二月、詩集『足利』（花神社）刊。

昭和五十三年（一九七八）　死後一年
二月、詩集『満月をしも』（思潮社）刊。
三月、歌集『北鎌倉』（花神社）刊。

【著者略歴】
郷原宏（ごうはら・ひろし）
詩人・文芸評論家
1942年、島根県出雲市生まれ。早稲田大学政治経済学部新聞学科卒。元読売新聞記者。詩誌『長帽子』同人。74年、詩集『カナンまで』でH氏賞受賞。83年、評論『詩人の妻——高村智恵子ノート』でサントリー学芸賞受賞。2006年『松本清張事典決定版』で日本推理作家協会賞（評論部門）を受賞。その他の著書に『歌と禁欲』『立原道造』『詩のある風景』『清張とその時代』『物語日本推理小説史』『日本推理小説論争史』『乱歩と清張』『胡堂と啄木』など多数。

岸辺のない海　石原吉郎ノート

2019年11月11日　初版第1刷発行

定価　本体3800円＋税

著者　郷原宏

発行者　西谷能英

発行所　株式会社 未來社
〒156-0055 東京都世田谷区船橋1-18-9
振替 00170-3-87385　電話 03-6432-6281(代表)
http://www.miraisha.co.jp/　info@miraisha.co.jp

印刷・製本　萩原印刷

ISBN978-4-624-60123-2 C0092

金子光晴デュオの旅
鈴村和成・野村喜和夫著

昭和の大詩人、金子光晴の足跡を追った紀行文。マレー、ジャワから中国南部、さらにパリ、フランドルの地をたずね歩き、金子文学の内実を克明に追跡する。写真多数収録。

二六〇〇円

東北おんば訳　石川啄木のうた
新井高子編著

東日本大震災を機に、詩人でもある著者が大船渡市の仮設住宅等をまわり、啄木の短歌一〇〇篇を土地ことばに訳すプロジェクトの成果。文字と音声による啄木短歌のリアリティ。

一八〇〇円

東日本大震災以後の海辺を歩く
原田勇男著

〔みちのくからの声〕仙台在住の詩人が、3・11以後の被災地を歩き、見て、現場の声に耳を傾け、大震災のいまだ癒えぬ傷跡と向き合い寄りそう言葉を模索する。写真24点収録。

二〇〇〇円

言振り
高良勉著

〔琉球弧からの詩・文学論〕山之口貘をはじめとする琉球の主要詩人・歌人たちの紹介、批評と評論を中心に、琉球と関係の深い現代詩人や作家を琉球との関係において論評する。

二八〇〇円

日本詞華集
西郷信綱・廣末保・安東次男編

記紀、万葉の古代から近現代に至るまでの秀作を収録。各分野で第一線を走った編者三名の独自の斬新な詩史観が織りなす傑作アンソロジー。西郷氏による復刊「あとがき」を収録。

六八〇〇円

〔消費税別〕